幸福第一课
善待自己

东方笑 主编

北京联合出版公司
Beijing United Publishing Co.,Ltd.

图书在版编目（CIP）数据

幸福第一课：善待自己 / 东方笑主编 .-- 北京：北京联合出版公司，2014.8
（2023.1 重印）
ISBN 978-7-5502-3170-2

Ⅰ.①幸… Ⅱ.①东… Ⅲ.①散文集—中国—当代 Ⅳ.①I267

中国版本图书馆 CIP 数据核字 (2014) 第 119089 号

幸福第一课：善待自己

作　　者：东方笑
出 品 人：赵红仕
责任编辑：孙志文
封面设计：王　鑫

北京联合出版公司出版
（北京市西城区德外大街83号楼9层 100088）
北京新华先锋出版科技有限公司发行
大厂回族自治县德诚印务有限公司印刷　新华书店经销
字数310千字　787毫米×1092毫米　1/16　24印张
2014年9月第1版　2023年1月第2次印刷
ISBN 978-7-5502-3170-2
定价：68.00元

序　言

善待自己

我们每天拼命地工作，为的是什么？心累的时候，要怎么做？忙忙碌碌地过着每一天，为的又是什么？一个人没有希望，没有欲望，更没有愿望和没有盼望，活着又有什么意义？

人要会学会善待自己，只有善待自己，才会让自己好过一些，才会让生活过得丰富一些，活着就要快乐，就应该幸福，不是吗？

不要去考虑无关紧要的东西，不要去在意别人的看法与议论，要活出一个真实的自己。我们的生活应该由我们自己来掌控，不是吗？

我们应该都听说过这样一个故事：

一只狐狸在路上闲逛时，忽然发现一个很大的葡萄园，葡萄结满了整个树丫，每颗葡萄看起来都能让人流下口水。

狐狸想要进去，但它只能从栏杆的缝隙中钻进去。狐狸却因身体太胖，钻不进去。于是它决定减肥，让自己瘦下来。狐狸在园外饿了三夜后，果然变得苗条了，真是皇天不负苦心人，它终于顺利地钻进了葡萄园内。

狐狸在园内大吃起来，不知吃了多久，终于心满意足了。当它想溜出园外时，却发现自己又因为吃得太胖而钻不出栏杆，于是只好在园内饿了三天三夜，瘦得跟原先一样时，才顺利地钻出去。

回到外面世界的狐狸，看看园内的葡萄，不禁大发感叹：空着肚子进去，又空着肚子出来，白忙活了一场!

和那只狐狸一样，在我们每个人自己的游戏中，或者是在别人的游戏中，你都是这样，两手空空地来，两手空空地去。但是，如果你换一个角度来看，我们似乎不应该只关注到人生的结果。即使生命最终是一场空，但也要有丰盈的过往。

善待自己，善待人生，或许你和许多人一样，最终只是空忙一场，但过程同样重要。人可以有欲望，但要分清自己当时所处的位置。善待自己，善待命运，这是游戏的潜规则。

尽量让自己快乐，尽情地享受生活。

善待自己并不等于放任自己。放纵自己的人，会得到短期的快乐。但同时也会因为目光短浅而失去更多的未来和发展的机会。在成长的过程中难免会有迷失方向的时候，在这个时候我们应该放慢自己的脚步，学会思考和分析，给自己一个机会和信心。

如果没有迷失自我，并且一直在不懈努力，那么我们就应该坚持下去，就应该用更多的时间规划现在和将来。

朋友，当不幸降临到你身边的时候，给自己一个微笑。对自己说：“这一切都会过去，珍惜生活中的每一寸时光，善待自己吧！”

目　录

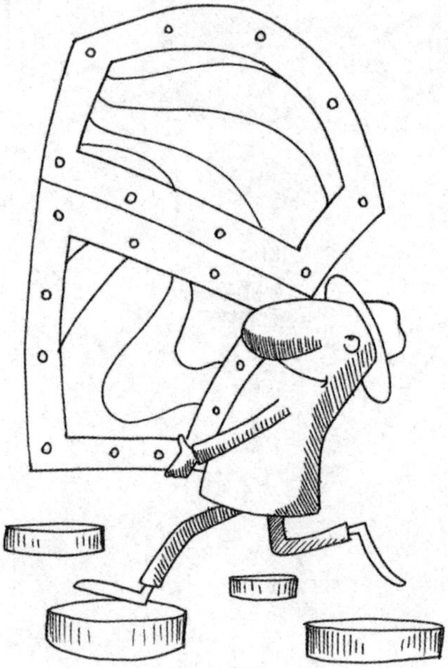

第六篇　爱没有边崖

第一篇

笑如春风

心灵的栅栏

人与月亮的距离并不遥远，因为人与人心灵间的距离更为遥远。

——王尔德

当玛格丽特的丈夫杰瑞因脑瘤去世后，她变得异常愤怒，生活太不公平，她憎恨孤独。孀居3年，她的脸变得紧绷绷的。

一天，玛格丽特在小镇拥挤的路上开车，忽然发现一幢她喜欢的房子周围竖起一道新的栅栏。那房子已有一百多年的历史，颜色变白，有很大的门廊，过去一直隐藏在路后面。如今马路扩展，街口竖起了红绿灯，小镇已颇有些城市味，只是这座漂亮房子前的大院已被蚕食得所剩无几了。

可院子总是打扫得干干净净，上面绽开着鲜艳的花朵。玛格丽特注意到一个系着围裙、身材瘦小的女人，清扫着枯叶，侍弄鲜花，修剪草坪。

每次玛格丽特经过那房子，总要看看迅速竖立起来的栅栏。一位年老的木匠还搭建了一个玫瑰花格架和一个凉亭，并漆成雪白色，与房子很相称。

一天，玛格丽特在路边停下车，长久地凝视着栅栏。木匠高超的手艺令她几乎流泪。玛格丽特实在不忍离去，索性熄了火，走上前去，抚摸栅栏。它们还散发着油漆味。玛格丽特看见那女人正试图开动一台割草机。

“喂！你好！”玛格丽特喊道，一边挥着手。

“嘿，亲爱的！”那女人站起身，在围裙上擦了擦手。

“我在看你的栅栏。真是太美了。”

那女人微笑道：“来门廊上坐一会吧，我告诉你栅栏的故事。”

她们走上后门台阶，那女人打开栅栏门，玛格丽特不由得欣喜万分，她终于来到这美丽房子的门廊，喝着冰茶，周围是不同寻常又赏心悦目的栅栏。

“这栅栏其实不是为我设的。”那女人直率地说道，“我独自一人生活，可有许多人到这里来，他们喜欢看到真正漂亮的东西，有些人见到这栅栏后便向我挥手，几个像你这样的人甚至走进来，坐在门廊上与我聊天。”

“可面前这条路加宽后，这儿发生了那么大的变化，你难道不介意？”

“变化是生活中的一部分，也是铸造个性的因素，亲爱的。当你不喜欢的事情发生后，你面临两个选择：要么痛苦愤懑，要么振奋前进。”

当玛格丽特起身离开时，她说：“任何时候都欢迎你来做客，请别把栅栏门关上，这样看上去很友善。”

玛格丽特把门半掩住，然后启动车子。她内心深处有种新的感受，她没法用语言表达，只是感到，在她那颗愤懑之心的四周，一道坚硬的围墙轰然倒塌，取而代之的是整洁雪白的栅栏。她也打算把自家的栅栏门开着，对任何准备走近她的人表示出友善和欢迎。

敞开心灵的栅栏，向所有的人开放，于是你获得了整个世界。我们要时刻抓住生活中的变化，来改变自己的一生。没有变化的生活，并不一定是最好的。有些人总以为自己的生活不可改变，而从不试图改变一下自己的生活。美好的生活是靠自己努力得来的。

生命的平分

人间的真情是融化一切困难的烈焰，面对真情谁也无法抗拒。

——亨利

男孩迪克与他的妹妹琼相依为命。父母早逝，琼是迪克唯一的亲人。所以迪克爱琼胜过爱自己。

然而灾难再一次降临在这两个不幸的孩子身上。妹妹染上了重病，需要输血。但医院的血液太昂贵，迪克没有钱支付任何费用，尽管医院已免去了手术费。但不输血妹妹就会死去。

作为妹妹唯一的亲人，迪克的血型与妹妹相符。医生问迪克是否勇敢，是否有勇气承受抽血时的疼痛。迪克开始犹豫，10岁的他经过一番思考，终于点了点头。

抽血时，迪克安静地不发出一丝声响，只是向着邻床上的妹妹微笑。

手术完毕后，迪克声音颤抖地问："医生，我还能活多少时间？"

医生正想笑迪克的无知，但转念间又被迪克的勇敢震撼了：在迪克大脑中，他认为输血会失去生命。但他仍然肯输血给妹妹，在那一瞬间，迪克所作出的决定是付出一生的勇敢并下定了死亡的决心。

医生的手心渗出了汗，他握紧了迪克的手说："放心吧，你不会死的。输血不会丢掉生命。"

迪克眼中放出了光彩："真的？那我还能活多少年？"

医生微笑着，充满爱心地说："你能活到100岁，小伙子，你很健康！"

迪克高兴得又蹦又跳。他确认自己真的没事时，就又挽起了胳膊——刚才被抽血的胳膊，昂起头，郑重其事地对医生说："那就把我的血抽一半给妹妹吧，我们两个每人活50年！"

所有的人都震惊了，这不是孩子无心的承诺，这是人类最无私纯真的诺言。同别人平分生命，即使亲如父子，恩爱如夫妻，又有几人能如此快乐、如此坦诚、如此心甘情愿地说出并做到呢？

人最伟大的精神是爱，把爱献给自己最喜欢的人是一种幸福；人最伟大的存在是生命，把生命献给自己最喜欢的人也是一种幸福。

深深的体谅

善良的宽广胸怀可以使人们忘记一切世俗的恩怨，而仅剩下对他人的关心。

——沃尔特

康娜的弟弟杰恩斯是初出茅庐的画家，居住在西班牙的马约尔加岛。那是康娜母亲到西班牙看望弟弟要返回美国那天发生的事情。

一大早，母亲和弟弟气喘吁吁地把两个大旅行箱从那座具有200年历史的古老公寓的4楼搬下来，他们把旅行箱放在几乎无人通过的路边，坐在箱子上等出租车。

马约尔加岛不是大城市，出租车不会经常往来，当然也无法通过电话叫车，只能在路边等着。谁也不知道出租车何时能来。

康娜的弟弟因为已在岛上住了3年，很了解这种情况，所以显得坦然自在。马约尔加岛的生活与华盛顿快节奏的生活截然不同。

大约过了20分钟，从相反车道过来一辆出租车，杰恩斯立即起身招手，但他看到车内有乘客时就放下手，出租车缓缓地驶去。

然而，那辆车驶了30米左右就停住了，那位乘客下车了。

“噢，真幸运，那人在这里下车呀。”

从车内走出的是一位看起来颇有修养的老绅士。杰恩斯对这个偶然感到很高兴，并迅速把旅行箱装进车的后背箱。

坐进车后，杰恩斯告诉司机。“去机场。”并说，“我们真幸运，谢谢你。”

司机耸了耸肩膀说：“要谢，你们就谢那位老先生吧，他是特意为你们而提前下车的。”

杰恩斯和母亲不解其意，于是司机又解释道：“那位老先生本想去更远的地方，但是看到你们后就说：‘我在这里下车，让那两位乘客上车吧。这么早拿着旅行箱站在路边，一定是去机场乘飞机的。如果是这样，肯定有时间限制。我反正没什么急事，我在这里下车，等下一辆出租车。’所以你们要谢就谢那位老先生吧。”

杰恩斯很吃惊，他恳请司机绕道去找那位老先生。当车经过老先生身边时，杰恩斯从车窗大声向那位悠然地站在路边的老先生道谢。老人微笑着说：“祝你们旅途愉快。”

后来杰恩斯在给康娜的信中这样写道：“我对他人的体谅与那位老先生相比，程度完全不同。我即使体谅他人，自己在心里也会想：能做到这点就不错了……自己随意决定体谅他人的限度，我为自己感到羞耻。我现在真想成为像那位老先生那样的人，成为那种不经意之中就流露出对他人深深体谅的人。”

我们对那些具有伟大人格的人，心中总充满了尊敬之心。其实在生活中，只要我们为他人多考虑一些，多做一些力所能及的事，我们也会成为品格高尚者。

街对面的真心

没有什么东西比爱更能治疗那些伴随灾难而来的痛苦。

——惠特曼

当那个漂亮迷人的女人拄着一根盲杖小心翼翼地上车时，全车的乘客都对她报以同情的目光。她把车钱付给司机，摸索着走到司机留给她的座位，然后坐下来，将公文包放在膝盖上，那根白色的棍子就靠在她的腿边。

她是34岁的苏珊，一年前由于一次医疗上的误诊，她在突然之间失去了视力，从此被抛入黑暗、愤怒、沮丧和对自己的怜悯之中。

阴云笼罩着苏珊曾经乐观的心灵。每一天，她都在痛苦沮丧与疲惫不堪中度过，而她唯一所依靠的就是她的丈夫——马克。

马克是一位空军军官，他深深地爱着苏珊。当看到失明令苏珊那么沮丧与痛苦时，他便决心帮助妻子鼓起勇气与信心去开始新的生活。马克的军旅生涯曾训练他如何面对任何困难，但是他知道这一次却是最为困难的一场“战斗”。

最终，苏珊感到自己可以回去上班了。可她该如何到那儿去呢？她过去是乘公交车，但现在害怕一个人去。她还是如此脆弱，失明引起的怨恨还没有从心中消除。这个时候提这些，她会怎么想？

正如马克所预料的那样，苏珊害怕再搭公交车。

“我是个瞎子！”她愤怒地说，“我怎么知道自己到了哪儿？我想你是嫌我累赘了，想扔下我不管了！”

苏珊的这番话让马克的心都要碎了，但他知道什么是必须做的。他向苏珊保证每个早晨和晚上都会陪她一块乘车，接送她，直到她完全能够应付为止。

事情就按照马克所说的那样开始了。接下来的整整两个星期，马克身穿制服，每天都同苏珊一起搭车。

每天早上他们一起出发，把她送到地方以后，马克再乘出租车去自己的办公室。终于在一个星期一的早上，苏珊离家前，伸出胳膊搂住马克——她的同伴、她的丈夫、她最好的朋友。她的眼睛里充满了泪水，为马克的忠诚、耐心，以及对她的挚爱而深深感动。她对他说再见，之后——这么长时间以来——他们第一次各自走各自的。

星期一、星期二、星期三、星期四，每一天苏珊都很顺利，她以前从没感到这样好过。她成功了！她终于可以自己去上班了！

星期五早上，苏珊像往常一样坐车去上班，当她付车费时，司机说：“孩子，我好羡慕你。”

司机的话让苏珊感到纳闷，于是她反问道：“你这是什么意思？”

司机说：“你知道吗？过去几天，每个早上，在你下车时，都有一个穿一身军装、长得很帅的小伙子站在拐角对面的街上注视着你，在确定你安全地穿过街道并走进办公室以后，他会向你的方向抛一个飞吻，然后才转身离开。你真是一个幸运的女人。”

苏珊如此的幸运，是因为马克所给她的不仅仅是视力所能代替的，还有她不需要见着就能感到的珍贵的礼物——那是爱情，是爱情给她的黑暗世界带来了光明与希望。

共同的信赖

真正的信赖只存在于互相了解，并愿为对方不惜付出一切的人之间。

——托马斯

心理学教授恩科带着一群学生做实验。他先让同学们面朝他站成两排横队，然后，命令后一排的同学做好救助准备，待他喊了“开始”之后，前一排同学就往后一排相对位置的同学身上倒，他说：“前面的同学别有顾虑，要尽力往后倒。好，开始！”

前排的同学们嘻嘻哈哈地笑着，按照恩科教授的指令，身子一点点向后倾斜，但是，大家明显地暗自掌握着身体的平衡，并不肯把好端端的自我撂倒到后面那个人的身上；后排的同学本来已经拉开了架势，预备扮演一回救人危难的英雄角色，但是，由于前面送过来的重量太轻，他们也只好扫兴地用手轻触了一下别人的衣服就算完事。

可是，这里面有个例外——一位男生在听到恩科教授的指令之后，紧紧地闭上了双眼，十分真实地向后面倒去。他的搭档是一位小巧玲珑的女生。当她感到他毫不掺假地倒过来时，先是微微一怔，接着就倾尽全力去抱住他。看得出，她有些力不自胜，但却倔强地抿了唇，誓死也要撑起他……她成功了。

恩科教授笑着去握他和她的手。告诉大家说：“他俩是这次实验中表现最为出色的人。这位男生为大家表演了‘信赖’——信赖是什么呢？信赖就是真诚地抽干心里的每一丝猜疑和顾忌，连眼睛都让它暂时歇息，百分之百地交出自己。这名女生为大家表演的则是‘值得信赖’——值得信赖其实是信赖催开的一朵花，如果信赖的春风吝于吹送，那么，这朵花就有可能遗憾地夭折在花苞之中，永远也休想获取绽放的权利；当然，如果信赖的春风吹得温暖，吹得和谐欢畅，那么，被信赖的人就被注入了一种神奇的力量——就像你们看到的那样，一个弱不禁风的女生可以扶起一个虎背熊腰的男生，一只充满了爱意的手可以托举起一个美丽多彩的世界。同学们，值得信赖是幸福的，而信赖他人是高尚的。让我们先试着做高尚的人，然后再去做幸福的人吧。”

在生活中，人们渴求他人的信赖，希望别人能相信自己，可是又有多少人能够向他人付出信赖呢？在我们要求别人信赖自己时，最好先问一下自己。

同情的施舍

世界上的诸物是平等的，我们不能以上帝的眼光来看待他人。

——史提尔

汉斯昂着头，大步地走着。他没带遮阳伞，对灼人的烈日毫不在意。汉斯恪守自己的处世原则，他天生一副傲骨，不屈从于任何人和事。他尽自己的能力帮助别人，却从未指望得到旁人的任何恩惠，追求的只是一辈子活得有尊严、有骨气。

汉斯正走着，一个黄包车夫来到他身边。车夫摇着铃铛，问道："先生，你要车吗？"汉斯转过头去，发现那个人瘦得皮包骨头，目光里似乎包含着贪婪的神情。

"只有那些没人性的家伙才会以人力车代步。"这是汉斯坚定不移的观点。他用那粗布缝制的袖子擦了擦额头上的汗珠，连声说道："不，不，我不要。"一面继续走自己的路。

黄包车夫拉着车子跟在他后面，一路不停地摇铃。突然间，汉斯的脑子里闪出一个念头：也许拉车是这个穷汉唯一的生存手段。汉斯是个有学问的人，许多概念——平等、穷苦人、上帝、劳动分配、农村的赤贫、工业、封建主义等等，片刻之间都闪进了他的脑海。他又一次回头看了看那黄包车夫——天哪，他是那样面黄肌瘦！汉斯心里顿时对他生出了怜悯之情。

黄包车夫摇着铃铛，又招呼汉斯道：“来吧，先生！我送您，您要去哪里？”

“去百老汇。你要多少钱？”

“6美分。”

“好吧，你跟我来！”汉斯继续步行。

“请上车，先生。”

“跟我走吧！”汉斯加快了脚步。

拉黄包车的人跟在他后面小跑。时不时地，汉斯回头对车夫说：“跟着我！”

到了百老汇，汉斯从衣兜里掏出6美分递给黄包车夫，说：“拿去吧！”

“可您根本没坐车呀。”

“我从不坐黄包车。我认为这是一种犯罪。”

“啊？可您一开始就该告诉我！”车夫的脸上露出一种鄙夷的神情。他擦了擦脸上的汗，拉着车子走开了。

“把这钱拿去吧，它是你应得的！”

“可我不是乞丐！”黄包车夫拉着车，消失在街的拐角处。

人有同情心是好的，但我们不能滥用我们的同情心，否则，适得其反，造成不好的效果。

错误的弥补

不要为过错感到尴尬了，了解错误能带来最好的教训，这是最好的自我教育方法之一。

——托夫勒

卡特参加过一个人际关系培养的训练班，其间有过一次独特的经历。

教师要求他们列出过去自己曾感到羞愧、负疚、缺憾和悔恨的事情。一周后他请大家大声宣读自己所列的清单。这看起来有涉隐私，但确实有勇敢之人自告奋勇地宣读。听了别人的陈述，卡特的清单越发长起来，3周之后竟达101条之多。之后老师建议他们想法弥补缺憾，向别人真诚道歉，采取行动来纠正自己的过失。

卡特对此举能够增进他的人际关系深表疑惑，相反却认为这只能使彼此更加疏远。

一周后，卡特身旁的一位同学举手发言，讲了如下这个故事：

我在列出清单时，想起高中时发生的一件事情。我在内华达州的一个小镇长大。镇上有个我们小孩子们都讨厌的官员。有天晚上，我和两个伙伴决定要捉弄这个叫布朗的官员一番。喝了几瓶啤酒，找到一罐红颜料，我们爬到镇子中央高高的水塔上，在上面用鲜红的颜料写道：“布朗是头大狗熊”。

第二天，镇上的人们起来后都看到了我们的“大作”。两小时后，布朗把我们3个人弄到他的办公室。我的伙伴们承认了错误而我却撒谎抵赖、蒙混过关。

这事都快过去20年了。今天布朗的名字出现在我的清单上。我不知道他是否仍在人世。上个周末，我向内华达州的家乡打电话查问，果然有个叫罗杰·布朗的先生。我于是给他打电话。铃声响了几下后，我听到："喂，你好。"我问："你就是那个叫布朗的官员？"那边沉默了一下，"是的。""那好，我是吉米·考金斯，我想告诉你那事我也有份。"又是沉默。"我早就知道。"他嚷道。我们于是大笑，谈得很愉快。他最后说："吉米，我一直为你感到不安，因为你的伙伴们都已消除了心病，而你这么多年却一直挂在心上。我应该感谢你打来电话……这是为你着想。"

吉米鼓励卡特化解他清单上应该弥补的101件事情。

这费了卡特两年的时间，但这却成了他以后从事矛盾调解工作的起点和动力。不论冲突纠纷多么严重，卡特一直记着摒弃前嫌，化解冲突，亡羊补牢，为时不晚。

有些事可以渐渐改变，有些事却容不得我们慢慢地调整。想一想，有哪些事是我们必须立即面对和努力克服的，就用坚定的态度去处理吧！快刀斩乱麻，绝不容一些坏习惯继续腐蚀我们的心灵。

人生第一课

尊重是人生必须学会的第一个原则，只有会尊重他人的人才会赢得他人的尊重。

——罗兰德

这是一家普通的幼儿园。

刚刚入园的儿童被老师带进幼儿园的图书馆，很随便地坐在地毯上，接受他们的人生第一课。

一位幼儿园图书馆的老师微笑着走上来，她的背后是整架整架的图书。

“孩子们，我来给你们讲个故事，故事就写在这本书中，这本书是一个作家写的。你们长大了，也一样能写这样的书。”

老师停顿了一下，接着问：“哪一位小朋友也能来给大家讲一个故事？”

一位小朋友立即站起来。“我有一个爸爸，还有一个妈妈，还有……”幼稚的童声在厅中回荡。

然而，老师却用一张非常好的纸，很认真、很工整地把这个语无伦次的故事记录下来。

“下面，”老师说，“哪位小朋友来给这个故事配个插图呢？”

又一位小朋友站了起来，画一个“爸爸”，画一个“妈妈”，再画一个“我”。当然画得很不像样子，但老师同样认真地把它接过来，附在那一页故事的后面，然后取出一张精美的封皮纸，把它们装订在一起。封面上写上作者的姓名、插图者的姓名，“出版”的年、月、日。

老师把这本“书”高高地举起来：“孩子，瞧，这是你写的第一本书。孩子们，写书并不难。你们还小，所以只能写这种小书。但是，等你们长大了，就能写大书，就能成为伟大的人物。”

人生第一课结束了，在不知不觉之中，孩子受到了某种“灌输”。如何看待这种灌输呢？这样的灌输使孩子们从小就“站着”，不会光“趴着”去看待那些大人物。这种自信心与健全的人格会为孩子们的一生打下一个良好的基础。

真爱的选择

人的一生总是在选择有利于自身的事物，但有些东西不能光依靠选择，例如爱。

——贝林斯

几十年的独身生活使奥里森厌倦了，他决定娶一个妻子。

奥里森来到一所位于市中心的婚姻介绍所。一位身穿浅蓝色制服的年轻门卫在门口迎接奥里森，向他深深地鞠了躬，并把奥里森领进了屋。

在办公桌后面，坐着一位穿戴雅致的女士，她老练地说：“现在，请您到隔壁的房间去，那里有许多门，每一个门上都写着您所需要的对象的资料，供您选择。亲爱的先生，您的命运完全掌握在您自己的手里。”

奥里森谢过了她，向隔壁的房间走去。

里面的房间里有两个门，第一个门上写着“终生的伴侣”，另一个门上写的是“至死不变心”。奥里森忌讳那个“死”字，于是便迈进了第一个门。接着，又看见两个门，左边写着“美丽、年轻的姑娘”，右面则是“富有经验、成熟的妇女和寡妇们”。

你们当然可想而知，左边的那扇门更能吸引他的心。可是，进去以后，又有两个门。上面分别写的是“苗条、标准的身材”和“略微肥胖、体型稍有缺陷者”。用不着多想，苗条的姑娘更中奥里森的意。

奥里森感到自己好像进了一个庞大的分检器，在被不断地筛选着。下面分别看到的是他未来的伴侣操持家务的能力，一个门上是“爱织毛衣、会做衣服、擅长烹调”，另一个门上则是“爱打扑克、喜欢旅游、需要保姆”。当然爱织毛衣的姑娘又赢得了奥里森的心。

他推开了把手，岂料又遇到两个门。这一次，令人高兴的是，“爱情”介绍所把各位候选人的内在品质也都分了类，两个门分别介绍了她们的精神修养和道德状态：“忠诚、多情、缺乏经验”和“有天才、具有高度的智力”。

奥里森确信，他自己的才能已能够应付全家的生活，于是，便迈进了第一个房间。里面，右侧的门上写着“疼爱自己的丈夫”，左侧写的是“需要丈夫随时陪伴她”。当然奥里森需要一个疼爱他的妻子。下面的两个门对奥里森来说是一个极为重要的抉择：上面分别写的是“有遗产，生活富裕，有一幢漂亮的住宅”和“凭工资吃饭”。

理所当然，奥里森选择了前者。

奥里森推开了那扇门，天啊……已经上了马路啦！那位身穿浅蓝色制服的门卫向奥里森走来。他什么话也没有说，彬彬有礼地递给他一个玫瑰色的信封。奥里森打开一看，里面有一张纸条，上面写着：

“您已经‘挑花了眼’。人不是十全十美的。在提出自己的要求之前，应当客观地认识自己。”

追求绝对的完美是不现实的，过分追求完美也是痛苦的。要相信完美是相对的，重要的是用我们自己的努力来弥补。我们的生活伴侣不可能完美无缺，但我们的爱可以改变一切。

距离的美丽

距离是一种美，不善于把握适当的距离是很难产生真正的爱情的。

——歌德

柴可夫斯基和梅克夫人是一对相互爱慕而又从来未见过面的恋人。梅克夫人是一位酷爱音乐、有一群儿女的富孀，她在柴可夫斯基最孤独、最失落的时候，不仅给了他经济上的援助，而且在心灵上给了他极大的鼓励和安慰。她使柴可夫斯基在音乐殿堂里一步步走向顶峰。柴可夫斯基最著名的《第四交响曲》和《悲怆交响曲》都是为这位夫人而作。

他们从未见过面的原因并非他们二人相距遥远，相反他们的居住地有时仅一片草地之隔。他们之所以永不见面，是因为他们怕心中的那种朦胧的美和爱，在一见面后被某种太现实、太物质化的东西所代替。

不过，不可避免的相见也发生过。那是一个夏天，柴可夫斯基和梅克夫人本来已安排了他们的日程：一个外出，另一个一定留在家里。但是有一次，他们终于在计算上出了差错，两个人同时都出来了，他们的马车沿着大街渐渐靠近。当两驾马车相互擦过的时候，柴可夫斯基无意中抬起头，看到了梅克夫人的眼睛。他们彼此凝视了好几秒钟，柴可夫斯基一言不发地欠了欠身子，梅克夫人也同样回欠了一下，就命令马车夫继续赶路了。柴可夫斯一回到家就写了一封信给梅克夫人："原谅我的粗心大意吧！维拉蕾托夫娜！我爱你胜过其他任何一个人，我珍惜你胜过世界上所有的东西。"

在他们的一生中，这是他们最亲密的一次接触。

纯粹精神上的爱太超凡脱俗了，但把握好距离的尺度却真是一门高超的艺术，我们要明白距离是一种美，不善于把握好适当的距离是很难产生真正的爱情的。

心中的枷锁

人与人的信任是建立在平等的基础上的，彼此间可以不保留任何秘密。

——克罗克

星期日的那一天，大卫的儿子与同学去玩，大卫一个人来到儿子的房间，发现儿子的书桌上很乱，就走过去想整理一下。此时，大卫突然灵机一动，就打开儿子的抽屉，发现了一个蓝色的日记本。

儿子的日记本第一页上写道：“自打我上初中以后，我的心里十分的空虚与孤独，父母除了关心我在学校的表现外，就是把我关在屋里学习，每天当我伏在桌前，永不停地写那永远做不完的该死的作业时，我特别地痛苦，我多么想能像其他同学那样能有时间到外面去打打篮球，去轻松地活动一下啊……”

读完儿子的日记，大卫内心感到了一种强烈的震撼。他原以为自己的心灵与儿子贴得很近，可万万没有料到儿子并没有把大卫当作朋友。

傍晚，儿子回到家里，又关上房门独处，用晚餐的时候，儿子突然问：“爸，你俩谁动我的东西了？”

大卫假装糊涂地说：“没有啊。”见大卫的态度如此坚定，儿子什么也没说，就满脸不悦地走开了。

过了两天以后，乘着儿子不在家，大卫又偷偷溜进他的房间，企图从日记里洞察他内心的秘密，令大卫惊讶的是，抽屉上不知何时安了一把锁，顿时，大卫的大脑一片空白，大卫突然意识到自己犯了一个低级错误。

晚上，儿子回到家后，大卫鼓足勇气对儿子说：“儿子，爸爸犯了一个错误，你能原谅我吗？”

儿子沉思片刻说：“不就是偷看日记的事嘛，我不想再谈这件事。”

“如果你原谅爸爸，就请你打开锁，别把爸爸当贼似的。”

儿子气呼呼地对大卫说：“这是钥匙，交给你，这回你满意了吧？”

若干天以后，当大卫无意中再一次来到儿子的房间时，一心想走进儿子内心世界的大卫，又鬼使神差般地欲看儿子的日记，大卫惊讶地发现，儿子的抽屉虽然没有上锁，可那日记本不知何时已无影无踪了。

有一天儿子突然对大卫说："老爸，你是不是很失落？"

"这话怎讲？"

"因为我把日记扔了，并发誓，不会再写日记了。"

大卫惊愕地醒悟到：儿子心里有了一把锁。

虽然父亲与儿子之间的关系十分亲密，但是他们之间的地位应该是平等的，谁也不应该侵入另一方的秘密生活，任何人都是一个独立的主体。

母亲的耳环

家庭的爱是一种温馨的爱，这种爱总在成员之间游弋。

——休谟

当时苏珊娜10岁，母亲34岁。苏珊娜想的是海边有幢房子，母亲想的是钻石耳环。苏珊娜憧憬家里仆人如云，手托银盘，以巧克力、奶油糖、冰激凌侍候他们。母亲并不知道怎样放胆做大梦。她想的是一副每只大约有半克拉钻石的小耳环。

母亲的梦先实现了。第二年她生日，父亲就买了耳环给她。父亲是警察局督察，身材魁梧，人很聪明。苏珊娜记得他不喜欢别的男人对母亲多望一眼。

只有盛装外出，母亲才戴上那副耳环。家境不宽裕的时候，她说只要有耳环，不必添新装。不大景气的那几年，情况很坏。他们虽然还不至于挨饿，可是市政府发给父亲的薪水，其中一部分是债券。耳环没有了，苏珊娜好久都不知道。耳环原来被母亲当了。

苏珊娜长大以后，母亲给苏珊娜看一张当票，说总要赎回来的。她担心忘记去付利息。有一年，她果然忘掉，耳环就此没有了。

母亲倒没有抱怨。就戴着那些一夹就行的耳环，是便宜货。苏珊娜也就忘记母亲的梦想了。他们兄妹三人都结了婚，生了孩子。岁月催人，日历一张张撕掉，好像落在草坪上的枯叶一样。

这时苏珊娜想起母亲的梦想，不觉整整过了42年。母亲已经76岁了，瘦瘦小小的，无复当年丰采。她说手杖是她最好的伴侣，走到哪儿都少不了。有时孙子重孙的名字也会弄错。

四年前，苏珊娜把两老接到海滨去，苏珊娜的房子在沙丘上，不很大，是幢小房子，就在防波堤后面。没有仆役，咖啡罐里倒有奶油糖，母亲说："地方不错。真挺不错。"

苏珊娜送母亲一只小丝绒盒子。她手颤抖抖地接了，笑自己紧张。

"约翰，"她喊爸爸，"来帮个忙，我手笨。"

爸爸打开盒子，告诉她耳环很漂亮。"真漂亮。"他说。

母亲吻苏珊娜，摩挲她的头发。她本来就喜欢哭。她把耳环戴好，说："你们看看，我样子怎么样？"

他们说："真漂亮。"但母亲自己看不见。她已经瞎了。

金银首饰是很贵重的物品，几乎没有人不喜欢和珍爱它。然而在人的一生中，比金银更重要的东西也还有很多，比如亲情。没有了温暖的亲情，茫茫人海中，人会冷得发抖。而没有了父母的爱，就算是拥有了所有的财富，你依旧感觉一贫如洗。

爱的一课

人们必须明白生存的意义：生命是快乐而非痛苦。

——柏拉图

拉丽莱晚年因战祸而家破人亡，卖掉了大房子，只留下处于旧地产一隅的小茶室自住。

这件事发生时，拉丽莱正带着老家人在伊豆山温泉旅行。有个17岁男孩在伊豆山投海自杀，被警察救起。他是个美国黑人与日本人的混血儿，愤世嫉俗，末路穷途。

拉丽莱到警察局要求和青年见面，“孩子，”她说时，青年扭过头去，不理她，拉丽莱用安详而柔和的语调说下去，“孩子，你可知道，你生来是要为这个世界做些除了你没人能办到的事吗？”

拉丽莱反复地说了好几次，青年突然回过头来，说道：“你说的是像我这样一个黑人？连父母都没有的孩子？”

拉丽莱不慌不忙地回答：“对，正因为你肤色是黑人，正因为你没有父母，所以你能做些了不起的事情。”

男孩冷笑道：“哼，当然啦！你想我会相信这一套？”

“跟我来，我让你自己瞧。”她说。

“老糊涂……”男孩嘴硬腿不硬，还是跟着走了出来，他当然不愿意留在警察局，但也别无去处。

拉丽莱把他带回小茶室，叫他在菜园里打杂。虽然生活清苦，她对男孩却关怀备至。男孩也慢慢地不像以前那么倔强了。

为了让他培植些有用的东西，拉丽莱给了他一些生长迅速的萝卜种。10天后萝卜发芽生叶，男孩得意地吹着口哨。萝卜熟了，拉丽莱把萝卜腌得可口，给男孩吃。

后来男孩用竹子自制了一支横笛，吹奏自娱，拉丽莱听了也很愉快，赞道："除了你还没有人为我吹过笛子，乔治，真好听。"

男孩似乎渐渐有了生气，拉丽莱便把他送到高中念书。在求学那4年，他继续在茶室园内种菜，也帮拉丽莱做点零活。

高中毕业，乔治白天在地下铁道工地做工，晚上在夜校深造。毕业后，在盲人学校任教。

"现在，我已想念别人不能做只有我才能做的事情了。"乔治对拉丽莱说。

"你瞧，对吧？"拉丽莱说，"只有真正了解别人痛苦的人，才能为别人做美妙的事。"

乔治心悦诚服地点点头。

拉丽莱说："尽量让那些不幸的人知道活着的快乐，等到你从他们脸上看到感激的光辉，那时候，即使像我们这样，对生活不满而又厌倦了的人，也会感到有了活下去的意义。"

永远都不要放弃心中的爱，对别人也对自己。这不是真理，真理会让很多人感觉沉重。这是一个真理，沉重的是我们已经难于适应真理。这是爱的一课，对于乔治，还有我们。

花店的传统

让爱流入我们每个人的心灵，这样我们的生命才会更美丽。

——海德格尔

这是一个两口之家，母亲莎娜是一家杂志社的编辑，经营着那些美丽的文字和自己的心情，女儿丽达16岁，是一所重点高中的学生，不幸患有风湿性心脏病。

高二那年的春天，丽达忽然提出要利用课余时间到街上为行人画像，说是为了检验自己的素描水平。莎娜自然不同意，没料到丽达更倔强，索性拎了小凳子，背起画板，一甩门走了。

天色已经昏暗了，丽达才回来，满脸的汗水掩饰不住满脸的兴奋，匆匆地扒了几口饭便睡了。夜里，莎娜听到丽达的呻吟声，心便紧紧的。于是，在这座城市的街头，便出现了这样的一幕：一位十六七岁的娇弱的女孩手持画具，坐在小凳上期待地注视着来来往往的行人，一位40多岁的母亲低着头，却高高地为女儿撑着一把遮阳挡雨的伞，母女二人的前面放着那个小纸板。

一个星期后，小储藏罐只装了5.5美元，而丽达却病倒了，且再也没能醒过来。

不久，母亲节到了。满街的鲜花与灿烂的笑脸，如同炭火一样地烧着莎娜的眼。莎娜逃也似地冲回了家，抱着丽达的照片嚎啕起来。

黄昏时分，门铃响了。进来的是一个陌生的女孩，她手拿一大束芳香的康乃馨。莎娜愣了，问女孩是不是走错了门，女孩甜甜地笑着，把鲜花送进莎娜怀里，说了句“节日快乐”就轻轻为莎娜掩上了门。

岁月如梭，又一个母亲节到了，莎娜惆怅地想：再也不会有鲜花了，丽达在另一个世界里飞翔呢！

黄昏时，门铃又“叮铃铃”响起来，又是一束鲜花，又是一声祝福，不同的是送花的人换成了一个男孩。

以后的许多年，母亲节那天，莎娜都会收到鲜花和问候，那份芳香滋润了莎娜孤寂的光阴，莎娜渐渐地从哀伤中挣脱出来，又恢复了以往的开朗和自信。

但是，莎娜却不知道，自从丽达拿着那微薄的用画像挣来的5.5美元，在一家花店为莎娜订花以后，母亲节送花给她已经成了这家花店的传统，虽然花店几易其主，传统却没有改变。

一束鲜花和一个年轻的生命，究竟哪一个更加珍贵？答案是一样珍贵。因为那鲜花之中，绽放着生生不息的无尽亲情。它让我们的心灵跳动得更加有力，也让那花店里的人们看到了另一种财富。

亲手叩响机遇之门

上进心是人的唯一标志，不是上帝的，也不是动物的。

——罗·勃朗宁

卡罗·道恩斯原是一家银行的职员，但他却放弃了这份在别人看来安逸而自己觉得不能充分发挥才能的职业，来到杜兰特的公司工作。

当时杜兰特开了一家汽车公司，这家汽车公司就是后来声名显赫的通用汽车公司。工作6个月后，道恩斯想了解杜兰特对自己工作优缺点的评价，于是他给杜兰特写了一封信。道恩斯在信中问了几个问题，其中最后一个问题是："我可否在更重要的职位从事更重要的工作？"

杜兰特对前几个问题没有作答，只就最后一个问题做了批示："现在任命你负责监督新厂机器的安装工作，但不保证升迁或加薪。"杜兰特将施工的图纸交到道恩斯手里，要求："你要依图施工，看你做得如何？"

道恩斯从未接受过任何这方面的训练，但他明白，这是个绝好的机会，不能轻易放弃。道恩斯没有丝毫慌乱，他认真钻研图纸，又找到相关的人员，做了缜密的分析和研究，很快他就明白了这项工作，终于提前一个星期完成了公司交给他的任务。

当道恩斯去向杜兰特汇报工作时，他突然发现紧挨杜兰特办公室的另一间办公室的门上方写着：卡罗·道恩斯总经理。

杜兰特告诉他，他已经是公司的总经理了，而且年薪在原来的基础上在后面添个零。“给你那些图纸时，我知道你看不懂。但是我要看你如何处理。结果我发现，你是个领导人才。你敢于直接向我要求更高的薪水和职位，这是很不容易的。我尤其欣赏你这一点，因为机会总是垂青那些主动出击的人。”杜兰特对卡罗·道恩斯说。

平庸的人只会等待机遇来敲门，智慧的人则敢于坚定地叩响机遇之门。很多时候，人的失败实际上就是观念的失败，人的悲剧本质上常常是不能超越自我的悲剧。

女孩和牛奶罐

虚荣的人为智者所轻蔑，愚者所叹服，阿谀者所崇拜，而为自己的虚荣所奴役。

——培根

一个女孩在清晨拿着挤好的牛奶到街上去卖。

在这之前女孩已经去街上卖过很多次牛奶了，所以对于街上的路线、市场的地点，以及如何卖个好价钱都相当清楚。她和以往一样，把牛奶罐顶在头上，走在通往市街的路上。

天空晴朗，凉风轻柔地吹拂着面颊，女孩却对这一切无动于衷。她的心早就飞到了繁华热闹的大街上，满脑子想的都是卖完牛奶后的打算。那时候，她的手上会有一笔钱，往常她总会在卖完牛奶后到市场上买各种各样的小东西，这是女孩私下最大的乐趣。

一想到那些形状特别的水果、香甜可口的甜点，还有色彩鲜亮的布料，女孩就开心无比。她想像着在市场上闲逛的轻松自在，心里快活极了，这可是她那些居住在乡村里的伙伴们无法享受到的。

“对了，甜点铺的隔壁卖有漂亮的围巾。今天去那里瞧一瞧，或许会找到花色美妙的围巾。围上那条围巾到街上的广场走一走，别人肯定认为我是城市出身的女孩或者是好家庭出身的女孩。也许会有人跟我搭讪，那时候该怎么办？如果那个人长得不怎么样，我就只报以浅浅的微笑，直接拒绝。如果那个人很英俊，家世看来也不错，我要怎么办呢？如果那个人问我要不要参加今天晚上的舞会，还伸出手来邀请，我又怎么办呢？在那样的情况下，我即使想接受，也要先隔一点时间，然后才嫣然一笑，给予答复。我必须做出千金小姐的模样，稍微屈膝，点头致意才行……”

想到这里，好像就有一个绅士站在她的面前邀请她跳舞似的，女孩稍稍屈膝，伸出一只手，垂下眼睛致意。这下子糟了，头上的牛奶罐掉到地上摔破了。

天上是不会掉馅饼的！成果的取得靠的是脚踏实地、辛勤劳作，而不是凭空想像。只沉溺于幻想，到头来只能是两手空空，一事无成。

第二篇

真爱无限

一份最好的礼物

爱经常会让人们的心灵发生颤动，因为我们太缺乏爱了。

——汉姆生

这一年的圣诞节，保罗的哥哥送给他一辆新车作为圣诞礼物。

圣诞节的前一天，保罗从他办公室出来时，看到街上一名男孩在他闪亮的新车旁走来走去，触摸它，满脸羡慕的神情。

保罗饶有兴趣地看着这个小男孩，从他的衣着来看，他的家庭显然不属于自己这个阶层。就在这时，小男孩抬起头，问道："先生，这是你的车吗？"

"是啊，"保罗说，"我哥哥给我的圣诞节礼物。"

小男孩睁大了眼睛："你是说，这是你哥哥给你的，而你不用花一美元？"

保罗点点头。小男孩说："哇！我希望……"

保罗认为他知道小男孩希望的是什么，有一个这样的哥哥。

但小男孩说出的却是："我希望自己也能当这样的哥哥。"

保罗深受感动地看着这个男孩，然后他问："要不要坐我的新车去兜风？"

小男孩惊喜万分地答应了。

逛了一会儿之后，小男孩转身向保罗说："先生，能不能麻烦你把车开到我家前面？"

保罗微微一笑，他理解小男孩的想法：坐一辆大而漂亮的车子回家，在小朋友的面前是很神气的事。

但他又想错了。

“麻烦你停在两个台阶那里，等我一下好吗？”

小男孩跳下车，三步两步跑上台阶，进入屋内，不一会儿他出来了，并带着一个显然是他弟弟的小孩，因患小儿麻痹症而跛着一只脚。他把弟弟安置在下边的台阶上，紧靠着坐下，然后指着保罗的车子说：“看见了吗？就像我在楼上跟你讲的一样，很漂亮对不对？这是他哥哥送给他的圣诞节礼物，他不用花一美元！将来有一天我也要送你一部和这一样的车子，这样你就可以看到我一直跟你讲的橱窗里那些好看的圣诞节礼物了。”

保罗的眼睛湿润了，他走下车子，将小弟弟抱到车子前排座位上，他的哥哥眼睛里闪着喜悦的光芒，也爬了上来。于是三人开始了一次令人难忘的假日之旅。

在这个圣诞节，保罗明白了一个道理：给予比接受更令人快乐。

付出比得到更令人快乐。每一个人都应该想着如何才能给别人更多的关爱，使别人生活得更幸福，只有这样自己才会感觉到真正的幸福。所以，我们活着就是要学会给予，勇于付出，因为爱是给予而不是索取。

美金中的爱

生活中有些东西是可以用金钱来买卖的，但还有一些东西是永远无法用金钱来衡量的。

——拉罗什富科

一位父亲下班回到家已经很晚了，很累并有点烦，发现他5岁的儿子靠在门旁等他。

“我可以问你一个问题吗？”儿子问。

“什么问题？”

“爸爸，你1小时可以赚多少钱？”

“这与你无关，你为什么问这个问题？”父亲生气地说。

“我只是想知道，请告诉我，你1小时赚多少钱？”儿子哀求着。

“假如你一定要知道的话，我1小时赚20美元。”

“喔，”小孩低下了头，接着又说，“爸爸，可以借我10美元吗？”

父亲发怒了：“如果你问这问题只是要借钱去买毫无意义的玩具的话，给我回到你的房间并上床。好好想想为什么你会那么自私。我每天长时间地辛苦劳作，没时间和你玩小孩子的游戏。”

儿子安静地回到自己的房间并关上门。

父亲坐下来还生气。大约一小时后，他平静下来了，开始想他可能对孩子太凶了——或许孩子真的很想买什么东西，再说他平时很少要过钱。

父亲走进儿子的房间：“你睡了吗？”

“爸爸，还没。我还醒着。”儿子回答。

“我刚才可能对你太凶了，”父亲说，“我将今天的气都爆发出来了——这是你要的10美金。”

“爸爸，谢谢你。”儿子欢叫着从枕头下拿出一些被弄皱的钞票，慢慢地数着。

“为什么你已经有钱了还要？”父亲生气地说。

“因为这之前还不够，但我现在足够了。”小孩回答，“爸，我现在有20美元了，我可以向你买一个小时的时间吗？明天请早一点回家——我想和你一起吃晚餐。”

时间可以换取金钱，也可以换取家庭的亲情和快乐。给家庭挤出些时间吧，因为有些东西是金钱所买不到的。不要把时间都用在其他事情上，爱永远是无法用金钱来估量的。要把我们的一部分时间奉献给我们的亲情和友谊。

爱你的亲人

爱我们身边所有的人，因为爱是人类延续的一大原因。

——贝特曼

一个非洲裔美籍家庭，他们的父亲去世了，家人们从父亲的人寿保险中获得了一万美元。

母亲认为这笔遗产是个大好机会，可以让全家搬离哈林贫民区，住进乡间一栋有园子可种花的房子。

聪明的女儿则想利用这笔钱去实现念医学院的梦想。

然而大儿子提出一个难以拒绝的要求。他希望获得这笔钱，好让他和“朋友”一起开创事业。他告诉家人，这笔钱可以使他功成名就，并让家人生活好转。他答应只要取得这笔钱，他将补偿家人多年来忍受的贫困。

母亲虽感到不妥，还是把钱交给了儿子。她承认他从未有过这样的机会，他配获得这笔钱的使用权。

然而，他的“朋友”很快带着钱逃之夭夭。失望的儿子只好带着坏消息，告诉家人未来的理想已被偷窃，美好生活的梦想也成为过去。

妹妹用各种难听的话讥讽他，用每一个想得出来的字眼来责骂他。她对兄长生出无限的鄙视。

当她骂得差不多时，母亲插嘴说：“我曾教你要爱他。”

女儿说：“爱他？他已没有可爱之处。”

母亲回答：“总有可爱之处。你若不学会这一点，就什么也学不会。你为他掉过眼泪吗？我不是说为了一家人失去了那笔钱，而是为他，为他所经历的一切及他的遭遇。孩子，你想什么时候最应该去爱人：当他们把事情做好，让人感到舒畅的时候？若是那样，你还没有学会，因为那还不是时候。不，应当在他们最消沉，不再信任自己，受尽环境折磨的时候。孩子，衡量别人时，要用中肯的态度，要明白他走过了多少高山低谷，才成为这样的人。”

有人问，世间最有力量的是什么？那是爱！爱是人性中最耀眼的光芒，爱是深谷里最久远的清泉，它如同清新溪流潺潺流下，平息愤怒的指责，唤醒远去的灵魂。无情的嘲讽和尖刻的指责，不能救赎任何人的罪过，而爱却让我们审视我们的内心。

沉重的背袋

爱情是现实的，它建立在实实在在的物质基础上。

——恩格斯

那是第一次世界大战期间，父亲上前线去了，妈妈独自一人带着杰克和妹妹住在沃夫城外的一个小村子里。

当时，杰克和妹妹都小，记不得爸爸的模样了，只从照片上见过。不过，妈妈总是给他们讲起爸爸。

他们的妈妈向来坚强，杰克从未见她流过泪。晚上，妈妈一封接一封地给前线的爸爸写信。爸爸的信也时时从前线寄到家，灰色的信封，信封上盖着式样各异的邮件检查机关和战地邮局的邮戳。每当妈妈接到爸爸的信时，总是一边读，一边随口讲给杰克和妹妹听。

有一次听妈妈说，爸爸负伤住到了野战医院，伤好后不能回前线打仗，就调到了军需机关。这样，爸爸很快就有希望回趟家，还一定会给他们背一袋子好吃的东西。

杰克和妹妹猜想，那袋子里装的是大块大块美味的腌猪肉，在当时，那可是他们最高的奢望。于是，每个晚上睡觉前，他们都盼着父亲背回满满的一袋子又酥又香的腌猪肉来。

爸爸终于回来了，他把身上的背袋往墙角一放，就过来拥抱他们。袋子比他们设想的还满。他们缠住爸爸不放，和他在一起的快乐无穷无尽。爸爸浑身上下是烟草味和朗姆酒味，他把杰克和妹妹抱在膝上，没完没了地逗他们。

后来，只有墙角的那只又大又满的背袋吸引他们的注意——里面装着神奇诱人的美味，最好吃的当然是腌猪肉。想着想着，杰克的口水就禁不住往下流。

杰克和妹妹没有睡着，妈妈进屋时，他俩假装睡熟了，一动不动地躺着，眯缝着眼偷偷往外瞧。妈妈站住了，盯着那个袋子，好像她也终于忍不住了，弯下腰，吃力地搬起背袋——背袋装得太实了——把东西全倒在桌子上。

看着眼前的景象，杰克和妹妹不禁惊呆了。失望、委屈，又感到害怕：桌子上堆的全是信，用绳子捆好的一沓蓝色、白色、灰色、红色的信封，信封上是邮件检查机关和战地邮局的红邮戳。这些信他们太熟悉了。

信，信，从这个大背袋里倒出来的全是信，摆满了整整一个桌子，还差点往下掉。

此时此刻，从来没有流过泪的妈妈第一次在他们面前哭了。起初，她小声地抽泣，泪水顺着面颊往下流；她用双手捂住眼睛，泪水顺着指缝往下流。妈妈摇头想止住，但是没用，她最终控制不住自己，随之便放声大哭起来。

爸爸进来了，看到妈妈对着那个空背袋哭成这个样子，他的心里也难过起来。妈妈就这样一直哭着，始终不让爸爸挨近她。

人们常说爱是沉重的。其实沉重的并不是爱，而是因爱而产生的太多期望。之所以会抱怨爱的沉重，是因为爱所带来的责任让那些脆弱的人无法承受。放下奢望，让爱变得轻松。

平凡的真爱

真正的爱常常隐藏在平凡的地方，只要我们认真观察，一定会发现生活中充满了爱。

——唐纳

玛丽莲不止一次想像过他们的银婚典礼：在一个用鲜花装饰着的白色帐篷里，有一个6人管弦乐队；几百个客人拥挤在帐篷内外，丈夫和她交换着钻石手镯；乐队奏起乐曲，他俩摇摇摆摆地跳着舞；然后，爬上游船，打开香槟酒，泪水涟涟的儿女们在码头上向他们挥手……

而实际情况呢？孩子们把两个汉堡包和几个热狗扔在烤架上，扔得乱七八糟的食品等着他们去收拾，桌子上是他们互赠的礼物：一件看起来什么人都能穿的浴衣，一瓶带喷嘴的淋浴剂。

25年了。玛丽莲时时感到，她和丈夫几乎成了一个人：思想、经历、观点和处理事情的办法已经完全融为一体。

有时玛丽莲会奇怪，在这25年间，她究竟都为他做了些什么，而他又做了什么，让他们互相不能割舍？他不是个兴趣广泛的人，只是偶尔和不多的好友一起散散步、钓钓鱼；她也不是一个脾气温顺的女人，每一个或者两个星期中都要有一把把蔬菜扔到他身上，怒气冲冲地告诉他，她不喜欢总吃同样的食品。现在，她第一次想到，他是否知道她有什么烦恼，是否想过什么办法为她解忧？

丈夫从烤架上拿起最后一个汉堡包，问玛丽莲想不想吃。

“你知道，理查德给莉丝买了一枚贵重的钻戒，她给他买了一件长毛皮大衣。”玛丽莲说。

“住在这么热的地方，毛皮大衣有什么用？”他笑着回答。

他开始收拾东西。玛丽莲看着他。

他们一起经历了2次经济危机，3次流产，住过5所房子，养育了3个孩子，用过9辆汽车，有23件家具，度过7次旅行假期，换过12种工作，共有19个银行存折和3张信用卡。

玛丽莲给他剪头发，掖好过33488次右边的衬衣领子；玛丽莲每次怀孕时，他就给玛丽莲洗脚；有18675次在玛丽莲用完车后，他把车子停到它该停的地方。

他们共用牙膏、橱柜，共有账单和亲戚，同时，他们也相互分享友情和信任……难道这就是他们在一起生活了25年的一切？

丈夫走过来，对玛丽莲说：“我给你准备了一件礼物。”

“什么？”玛丽莲惊喜地问。

“闭上你的眼睛。”

当玛丽莲睁开眼睛时，只见他捧着一棵养在泡菜坛子里的椰菜花。

“我一直偷偷地养着它，叫孩子们看见，就该把它毁了。”他乐滋滋地说，“我知道你喜欢椰菜花。”

也许，爱情就藏在这些琐碎、简单的事情之中。生活中到处充满爱，学会从琐碎、平常的事情中去发掘你的爱，你会找到爱的真谛。爱就是从细微中体会出来的滋味。真正的爱永远经得起时间的考验。

克服障碍的力量

爱是驱使我们前进的最伟大的动力，爱是指引我们行动的最成功的力量。

——果戈理

德克萨斯州有位单身妈妈艾丽，带着一个一岁大的女儿安妮，住在一所公寓的五楼。

妈妈艾丽依照德州传统的方式教育女儿，教导女儿过着规律的生活。而小安妮也乖巧地听从母亲的教导，凡事按部就班、中规中矩，十分讨人喜欢。

小安妮每天很有规律地在早上十点钟起床，而艾丽则利用早上女儿还未起床的这段时间，上菜市场买菜，处理一些琐事。

这一天，艾丽和往常一样，上午九点钟左右，从市场回来，到了居住的公寓附近，遇上邻居太太，便站在路边闲聊了几句。却不料，一向规矩的小安妮，今天不知怎的，竟然提早起床，在家中四处找不着妈妈，遂自行爬到窗台往下看。

正在和人聊天的艾丽，不经意地抬头看了看自己的五楼公寓，居然看到了小安妮趴在窗台上向她挥手。艾丽一看之下，大惊失色，慌忙地向安妮做手势，叫她不要乱动，生怕小安妮一不留神，失足跌下来。

而在窗边的小安妮见到妈妈的手势，误以为妈妈要她下去，一向乖巧的她，登时就从窗台上爬了出来。仓皇的艾丽见到安妮从五层楼的高处坠落，想也不想，立即抛下手中所有的物件，一个箭步冲上前去，用跑百米的惊人速度，奔向安妮坠落的地方。

说时迟、那时快，只见由五楼坠落的小安妮，被及时赶到的艾丽，伸出双手接了个正着。安妮还不知自己刚刚从鬼门关绕了一圈回来，直望着妈妈傻笑。

这个消息经媒体披露后，吸引了许多专家学者的注意，他们来到出事的现场，用和小安妮同等重量的物体，从五楼丢下，再请日本当时百米赛跑的全国纪录保持人，从艾丽当时站立的地点开始跑，试图接住坠下的物体。但试验的结果，往往选手跑不了两三步，实验物体便已坠地，更不要说去接住它了。

专家们也请当事人艾丽试着跑了几回，结果当然比选手的表现更加差劲，根本不可能再次接住五楼坠下的实验物。因此，专家们得到一个结论，除非将坠下的试验物体，换成原先的安妮，否则，绝对不可能来得及接住的。问题是，艾丽当然不肯再来一次。毕竟小安妮是单身艾丽仅有的一切。

生命在最急迫的困境当中，会激发出最大的潜能！这是众所皆知的。重要的是，如果再加上“爱”的力量，将会无所不能！

没有上锁的门

世界上任何一种爱都没有母爱那样无私，母爱是人类情感中最高贵的真爱。

——罗兰德

在苏格兰的格拉斯哥，一个小女孩像今天许多年轻人一样，厌倦了枯燥的家庭生活和父母的管制。

她离开了家，决心要做世界名人。可不久，在经历多次挫折打击后，她日渐沉沦，最终走上街头，开始出卖肉体。

许多年过去了，她的父亲死了，母亲也老了，可她仍在泥沼中醉生梦死。

这期间，母女从没有任何联系。可当母亲听说女儿的下落后，就不辞辛苦地找遍全城的每个街区、每条街道。她每到一个收容所，都哀求道："请让我把这幅画挂在这儿，行吗？"画上是一位面带微笑、满头白发的母亲，下面有一行手写的字："我仍然爱着你……快回家！"

几个月后，这个女孩子懒洋洋地晃进一家收容所，那儿，等着她的是一份免费午餐。她排着队，心不在焉，双眼漫无目的地从告示栏里随意扫过。就在那一瞬，她看到一张熟悉的面孔："那会是我的母亲吗？"

她挤出人群，上前观看。不错！那就是她的母亲，底下有行字："我仍然爱着你……快回家！"

她站在那里，泣不成声。这会是真的吗？

这时，天已黑了下来，但她不顾一切地向家奔去。当她赶到家的时候，已经是凌晨了。

站在门口，任性的女儿迟疑了一下，该不该进去？终于她敲响了门，奇怪！门自己开了，怎么没锁？不好！一定是有贼闯了进来。记挂着母亲的安危，她三步并作两步冲进卧室，却发现母亲正安然地睡觉。

她把母亲摇醒，喊道："是我！是我！女儿回来了！"

母亲不敢相信自己的眼睛。她擦干眼泪，果真是女儿。母女俩紧紧地抱在一起，女儿问："门怎么没有锁？我还以为有贼闯了进来。"

母亲柔柔地说："自打你离家后，这扇门就再也没有上过锁。"

母爱是最伟大的，它没有任何附加条件，无论你优秀还是普通，甚至是……母爱之门永不会关闭，它时刻向每一个子女敞开着，母爱永远是儿女最温暖的亲吻。

真正的帮助

希望是引导人生的路标，没有希望的人是没有前途的人，因为他已在人生之路上迷失了自我。

——巴法利

一次8.2级的地震几乎铲平了美国的小石镇，在不到4分钟的短短时间里，3万多人因此丧生！

在一阵破坏与混乱之中，有位父亲将他的妻子安全地安置好了以后，跑到他儿子就读的学校，然而他迎面所见的，却是被夷为平地的校园。

看到这令人伤心的一幕，他想起了曾经对儿子做出的承诺："不论发生什么事，我都会在你身边。"至此，父亲热泪满眶。面对看起来是如此绝望的瓦砾堆，父亲的脑中仍记着他对儿子的诺言。

他开始努力回想儿子每天早上上学的必经之路，终于记起儿子的教室应该就在那幢建筑物边上，他跑到那儿，开始在碎石瓦砾中挖掘搜寻儿子的下落。

当父亲正在挖掘时，其他悲伤的学生家长赶到现场，悲伤欲绝地叫着："我的儿子呀！""我的女儿呀！"有些好意的家长试着把这位父亲劝离现场，告诉他"一切都太迟了！""无济于事的。""算了吧！"等等。

面对这种劝告，这位父亲只是一一回答他们："你们要帮助我吗？"然后继续进行挖掘工作，一瓦一砾地寻找他的儿子。

不久，消防队队长出现了，也试着把这位父亲劝走，对他说："火灾频传，处处随时可能发生爆炸，你留在这里太危险了，这边的事我们会处理，你快点回家吧！"

而父亲却仍然回答着："你们要帮助我吗？"

警察也赶到现场，同样让父亲离开。这位父亲依旧回答："你们要帮助我吗？"

然而，却没有一个人帮助他。

只为了要知道亲爱的儿子是生是死，父亲独自一人鼓起勇气，继续进行他的工作。

时间一分一秒地流逝，挖掘的工作持续了38小时之后，父亲推开了块大石头，听到了儿子的声音。父亲尖叫着："阿曼！"他听到回音："爸爸吗？是我，爸爸，我告诉其他的小朋友说，如果你活着，你会来救我。如果我获救时，他们也获救了。你答应过我的：‘不论发生什么事你都会在我身边’，你做到了，爸爸！”

“你那里的情况怎样？”父亲问。

“我们有33个，其中只有14个活着。爸爸，我们好害怕，又渴又饿，谢天谢地，你在这儿。教室倒塌时，刚好形成一个三角形的洞，救了我们。”

“快出来吧！儿子！”

“不，爸爸，让其他小朋友先出去吧！因为我知道你会接我的！不管发生什么事，我知道你都会在我身边！”

如果你自己都觉着没希望了，谁还能给你希望呢？不到最后，坚决不要放弃任何一丝哪怕是极其微小的希望。坚定地循着自己的希望出发，直到尽力实现这个希望。

把敌人也要当人

爱你的仇敌吧，就像爱你的兄弟，因为爱可以溶解一切仇恨。

——梭罗

1944年冬天，苏军已经把德军赶出了国门，成百万的德国兵被俘虏。每天，都有一队队的德国战俘面容憔悴地从莫斯科大街上穿过。

当德国兵从街道走过时，所有的马路都挤满了人。苏军士兵和警察警戒在战俘和围观者之间。围观者大部分是妇女。她们当中的每一个人，都是战争的受害者，或者是父亲，或者是丈夫，或者是兄弟，或者是儿子，都让德寇杀死了。她们每一个人，都和德国人有着一笔血债。

妇女们怀着满腔仇恨，当俘虏们出现时，她们把一双双勤劳的手攥成了拳头。士兵和警察们竭尽全力阻挡着她们，生怕她们控制不住自己的冲动。

这时，最令人意想不到的事情发生了：

一位上了年纪的妇女，穿着一双战争年代的破旧的长筒靴。她走到一个警察身边，希望警察能让她走近俘虏。警察同意了这个老妇人的请求。

她到了俘虏身边，从怀里掏出一个用印花布方巾包裹的东西。里面是一块黑面包，她不好意思地把这块黑面包塞到了一个疲惫不堪的、两条腿勉强支撑着的俘虏的衣袋里。看着她身后那些充满仇恨的同胞们，她开口说话了：“当这些人手持武器出现在战场上时，他们是敌人。可当他们解除了武装出现在街道上时，他们是跟所有别的人，跟‘我们’和‘自己’一样具有共同外形、共同人性的人。”

于是，整个气氛改变了。妇女们从四面八方一齐拥向俘虏，把面包、香烟等各种东西塞给这些战俘。

这些人已经不是敌人了，这些人已经是人了……

究竟是把敌人变成人，还是把人变成敌人，这里体现了人类灵魂走向的两种可能性：一种走向通往天使，一种走向通往魔鬼。人类真是一个极其奇怪的群体，他们高贵的时候那么高贵，凶狠下流的时候竟然那么不讲道理。

归来的浪子

真正能感动人的只有一个字，那就是——“爱”。

——培根

他们一行共6人，3个小伙子，3个姑娘，正动身去佛罗里达州的某海滨胜地度假。他们的纸袋里装着三明治和酒，在34号街他们搭上了长途汽车。纽约城阴冷的春天在他们身后悄然隐去。现在，他们渴望着金色的沙滩和滚滚的海浪。

车过新泽西时，他们发现车上有个叫温葛的人像被“定身法”定住似地一动不动，一声不吭。

在几天漫长的旅途中，年轻人的热情终于感染了温葛，他开始痛苦地、缓缓地对他们说起了自己的生平。这4年他一直在纽约坐牢，而现在他正要回家去。

“您有妻子吗？”

“不知道。”

“怎么会不知道？”大家都吃了一惊。

“唉。怎么给您说呢。我在牢里写信给妻子，对她说：玛莎，如果你不能等我，我是理解你的。我说我将离家很久。要是她无法忍受，要是孩子们经常问为什么没有了爸爸——那会刺痛她的心的。那么，你可以将我忘却而另找一个丈夫。真的，她算得上是个好女人，我告诉她不用给我回信，什么都不用，而她后来也的确没给我写回信。三年半了一直音讯全无。”

“现在你在回家的路上——她也不知道吗？”

“是这么回事。”他难为情地说，“上星期，当我确知我将提前出狱时，我写信告诉她：如果她已改嫁，我能原谅她，不过要是她还是独身一人，要是她还不厌弃我，那她应该让我知道。我们一直住在布朗斯威克镇，就在贾克逊村的前一站。一进镇，就可以看到一株大橡树。我告诉她：假如她要我回家，就可以在树上挂一条黄手绢，假如她不愿我回去，那她完全可以忘记此事，见不到黄手绢，我将自奔前程——前面的路还长着呢。”

“呀，原来是这么回事！”年轻人一时不知道说些什么才好。

温葛拿出他妻子和三个孩子的照片给他们看。距布朗斯威克镇只有20公里了，年轻人赶忙坐到右边靠窗的座位上，等待那一棵大橡树扑入眼帘。而温葛心怯，他不敢再向窗外观望。他重新板起一张木然的脸，似乎正努力使自己镇静下来。

突然，晴天一声霹雳——青年们一下子都站起身，爆发出一阵欢呼！他们一个个欢喜若狂，手舞足蹈。

只有温葛不知所措，呆若木鸡。

大橡树上挂满了黄手绢，20条，30条，也许有几百条吧——好像微风中飘扬着一面面欢迎他的旗帜。在年轻人的呼喊声中，老囚犯慢慢地从座位上站起身，向车门走去，他迈出了回家的步子，腰杆挺得直直的。

树上的黄手绢是最能够给老囚犯信心和温暖的标志，因为那是爱的象征。只有爱才能让世界更美丽，只有爱才能挽救一切，世界上最美好的莫过于真爱。多少人为爱抛弃一切，为爱魂牵梦绕。

化雪之爱

爱情啊！你是一位残酷的女神，因为你经常会使人发疯。

——惠特曼

在落基山脉普利斯特里山谷附近，年轻英俊的橄榄球运动员卡罗吻着他心爱的未婚妻贝蒂，贝蒂含羞地依偎在卡罗胸前，什么也没说，她早已沉醉在诗一般甜蜜浪漫的幻想中了。卡罗和贝蒂情意绵绵了一会儿，然后开始滑雪。但是很快两个人就迷了路，闯入一块也许从来就没有人到过的雪域。

这已是迷路的第二天。一阵凛冽的寒风推搡着贝蒂单薄的身躯，卡罗赶忙扶住她。他把贝蒂抱到附近一个积雪半掩的山洞里，用从雪野上拾来的为数不多的树枝为贝蒂燃起了一堆生命之火，然后卡罗转身去外面弄吃的。但他两手空空地回来，在这样一个寒冷荒芜的地方，哪儿来的食物呢？

就这样，两人在饥寒交迫的痛苦中熬了一日，贝蒂已变得极度虚弱。第三天上午，仍不肯放弃希望的卡罗又两手空空地回到了山洞，他脸色苍白，脚步踉跄，左臂不见了，只剩下血淋淋的残缺的袖管。贝蒂搂着心爱的恋人哭着询问，原来卡罗的胳膊被一只觅食的棕熊残忍地咬掉了。

贝蒂再也不奢望能够走出雪谷，两人紧紧依偎在一起，带着泪水也带着战栗的微笑，尽情享受着临别这个世界前的最后的温存。

夜幕降临了，贝蒂沉沉入睡，次日早晨醒来时，却发现火堆上放着一块烤肉。

“我夜里逮到了一只冻僵的野兔。”卡罗神情疲惫地说。

贝蒂于是狼吞虎咽地吃起来，卡罗却没有吃，他说早已吃饱了。贝蒂于是留了将近一半烧得漆黑的烤肉，准备在两人最需要的时候吃。然而，卡罗因为昨日失血过多，加上这几天体力消耗太大，终于倒在了落基山的雪地上，再也没有站起来。

贝蒂是在卡罗去世后的第五天下午被搜索小组救出的。那时，她已两眼呆滞，形容枯槁。在萨斯卡通红十字医院的病房里，当一个教授想了解贝蒂何以在满地冰雪的绝境里坚持了这么久时，贝蒂说：“是爱，还有这个！”她拿出了她保存下来的一小半截烤肉。

“这是人的肉啊！”教授凝视了一会儿那截烤肉后大叫，“这是人的左臂！”

贝蒂的脸色霎时苍白无比，她又想起了落基山上晶莹的雪，想起了男友卡罗痛苦的微笑和血淋淋的臂膀。她似乎看见了卡罗在锋锐的岩石上自戕的惨烈场面，她明白了，一切都明白了！

贝蒂把卡罗送给她的那枚订婚的蓝宝石戒指紧紧地捂在胸口，然后失声痛哭起来……

贝蒂后来嫁给了辛普森堡一个很富有的商人，不过两年后就离了婚。那富商不喜欢贝蒂，原因是她半夜老做噩梦，并且喃喃呼唤着卡罗的名字。

面对化雪之爱，我们无话可说。在这个一切都快速展开、快速结束的时代里，在这个连“我爱你”都能成为一种病毒的时代里，我们更加发自内心地呼唤着真爱。在这样的时代里，还有这样的爱情发生，我们除了感动，无话可说。

查尔斯的吻

伴侣间的心是相通的，爱无法被任何困境隔断。

——海明威

拉丽是护士。每天值班查病房时都会看到凯特和查尔斯夫妇二人坐在那里，腿上放着一个大大的相册，好像在追忆往事。

凯特和查尔斯形影不离，人们知道查尔斯是个坚强的人，能挺得住。可凯特却只有依靠查尔斯才能生存。

“如果先去世的是查尔斯，那凯特会怎么样呢？”人们常谈论这个问题。

晚上就寝前，拉丽总是要给病人们送去晚上服用的药。每次凯特都是穿着睡衣和拖鞋坐在椅子上等拉丽。每次都是拉丽和查尔斯看着她把药吃下。然后，查尔斯便小心翼翼地把她从椅子上扶到床上，再给她掖好被子，关掉床上灯，接着他温柔地弯下身去，两人轻轻地吻着。尔后，查尔斯轻轻地拍拍凯特的脸蛋，两人便会心地相视而笑。接着，查尔斯把凯特床边的栏杆升起，随后他便转过身去吃他自己的药。

当拉丽走到走廊时，总能听到查尔斯说：“晚安，凯特！”凯特也用同样的声调说：“晚安，查尔斯！”

拉丽休了两天班，回来上班时，听到的第一个消息是：“查尔斯昨天早上去世了，心脏病。”

人们对凯特特殊照顾了一段时间，让她在房间里吃饭，大家轮流用各种特殊的方式照料她。后来，她逐渐地又恢复了正常。每当人们经过她房间时，总会看到凯特坐在椅子上，腿上放着那个大相册，神情悲伤地瞅着相册中的查尔斯。

就寝的时候是凯特一天中最难熬的一段时光。尽管已答应了她的要求，让她搬到查尔斯的床上；尽管又常常和她在一起聊天、说笑，夜里也给她掖被子，可依然驱赶不走凯特的悲伤、寂寞与孤独。

有一次，拉丽看着她睡了一小时后才走，可当拉丽又经过她的房间时，却发现她依然睁着双眼，凝视着天花板。

几个星期过去了，情况仍没有好转。她像是烦躁，又很害怕。为什么会这样呢？为什么凯特夜里的情绪要比白天坏呢？

后来，有天晚上，拉丽又来到了凯特的房间。只见她像往常一样，木呆呆地大睁着双眼。拉丽冲动地问她："凯特，你是怀念你那晚安前的吻？"说着拉丽俯下身去，在她那布满皱纹的脸上吻了一下。

拉丽的这一吻像是打开了阻塞凯特感情洪流的闸门，滚滚泪水夺眶而出。她紧紧地抓住拉丽的手，呜咽着说："查尔斯总是这样吻我的。我真想他啊！这么多年，他一直是在祝福晚安前这样吻我的。"她停了停，擦了擦眼泪又说："没有他的吻，我就睡不着啊。"

虽然只是那普通的吻，可是其中蕴藏了多少爱又有谁能够说得清？爱情的吻是任何东西都无法替代的，只有扶持着走过的人才能够真正体会到其中所包含的爱有多重。所以，经世的爱情，胜过一生的富贵。

自傲的父亲

一切伟大皆源于劳动，它是创造这个美丽世界最主要的动力，社会的强大与美丽均来自于劳动。

——布鲁克

安迪不是那种偷听别人闲聊的人，但有一天深夜，当安迪走过自家院子的时候，他发现自己正干着偷听的事。

安迪的妻子正跟坐在厨房地板上的最小的儿子及他的同学们说话，安迪静静地走上来，在门的遮掩下在外面听起来。

妻子似乎已听到孩子们都自夸他们爸爸的工作。诸如他们都是高官显宦之类，可是当他们问安迪的儿子鲍勃，父亲有什么样的好职业时，鲍勃好像有点不自然地低声咕哝道："他是个与工作斗争的人。"

安迪细心的妻子一直等到其他孩子离开，才把他们的小儿子叫进屋里来。她说道："我有事情要告诉你，儿子。"说着并吻他有酒窝的双颊。

"你说你父亲只是个与工作斗争的人，你说的是正确的。但在所有的商店、商场、汽车行业里，繁重的工作使我们每天竭尽全力。正是普通的与工作斗争的人来完成伟大的事业！当你看到一座新房子建起来的时候，你应该记住这一点，我的儿子！"

"高级官员拥有优雅的办公桌和整洁的环境。他们计划宏伟项目……签订契约，但是把他们的梦想变为现实的，是那些普通的与工作斗争的人！应记住这一点，我的儿子！”

“如果所有的老板离开他们的办公桌停止工作一年，工厂机构仍能够高效率运转。如果像你爸爸那样的人不上班，工厂就运转不起来了。正是普遍的与工作斗争的人来完成伟大的工作！”

当安迪跨过门槛的时候，安迪强忍住眼泪并清了一下喉咙。

安迪的小儿子从地板上跳起来，高兴得眼里都放出了自豪的光芒。

他拥抱着安迪说：“嘿，爸爸，我真为是您的儿子而感到自豪……因为您是完成伟大事业的特殊人中的一员。”

社会是一个典型的金字塔结构，它的基础就是大多数“与工作斗争的人”。许多人也许难以爬到风光的塔尖上，但这并不意味着我们自身就没有价值，不值得尊重。劳动的人是最光荣的人，劳动是创造一切奇迹的基础。

希望的播种

面对任何困难我们都不能放弃心中的希望，没有希望的人就看不到生活的远方。

——吉恩

小时候，克奇尔每年夏天都要随父母去内布拉斯加的爷爷那里。

克奇尔记忆中的爷爷是佝偻着身子，瘸了腿的老人。听爸爸说，爷爷年轻时很英俊，很能干，他做过教师，26岁时就当选为州议员了，正是事业如日中天的时候他患了病——严重的中风。

宽阔的原野，高高的草垛，哞哞的牛声，脆脆的鸟鸣，使克奇尔流连忘返。

“爷爷，我长大了也要来农场，种庄稼！”一天早上，克奇尔兴致勃勃地说出了他的愿望。

“那你想种什么呢？”爷爷笑了。

“种西瓜。”

“唔，”爷爷棕色的眼睛快活地眨了眨，“那么让我们赶快播种吧！”

克奇尔从邻居玛丽姑姑家要来了五粒黑色的瓜籽，取来了锄头。在一橡树下，爷爷和克奇尔翻松了泥土，然后把西瓜籽撒下去。做完这一切，爷爷说：“接下去就是等待了。”

当时克奇尔并不懂“等待”是怎么回事。那个下午，克奇尔不知跑了多么趟——去看看他的西瓜地，也不知为此浇了多少次水，把西瓜地变成一片泥浆。谁知，直到傍晚，西瓜苗却连影子也没有。

晚餐桌上，克奇尔问爷爷：“我都等了整整一下午了，还得等多久？”

第二天早晨，克奇尔一醒来就往瓜地跑。咦！一个大大的、滚圆滚圆的西瓜正瞅着他笑呢！克奇尔兴奋极了——他种出世界上最大的西瓜了！

稍大些，克奇尔知道这个西瓜是爷爷从家里搬到瓜地里的。尽管这样，克奇尔不认为那是一种游戏，是慈爱的爷爷哄骗孙子的把戏，那是在一个不懂事的孩子心中适时播下的一颗希望的种子。

如今，克奇尔已有了自己的孩子，事业上也有所成就。而克奇尔觉得自己乐天的性情与成功的生活是爷爷为他在橡树底下播的种子长成的——爷爷本来可以告诉他，在内布拉斯加州种不了西瓜，8月中旬也不是种瓜的时节，而且树荫下边也不宜种瓜……但是他没有这么做，而是让克奇尔实地体验了“希望”与“成功”的滋味。

生活中，有很多事物都受到自然条件的限制，然而，给他人快乐、爱心、希望，却不受任何条件的限制，只要你愿意的话。我们要让自己的希望永远生长在沃土中，不断地成长，不要因为任何小事而放弃最纯真的梦想。

一美元话费

现实是此岸，理想是彼岸，中间隔着湍急的河流，智慧与行动则是架在川上的桥梁。

——克雷洛夫

哈佛刚毕业的女大学生菲娜到一家公司应聘财务会计工作，面试时即遭到拒绝，因为她太年轻，公司需要的是有丰富工作经验的资深会计人员。菲娜却没有气馁，一再坚持。她对主考官说：“请再给我一次机会，让我参加完笔试。”主考官拗不过她，答应了她的请求。结果，她通过了笔试，由人事经理亲自复试。

人事经理对菲娜颇有好感，因她的笔试成绩最好。不过，菲娜的话让经理有些失望，菲娜说自己没工作过，唯一的经验是在学校掌管过学生会财务。他们不愿找一个没有工作经验的人做财务会计。人事经理只好敷衍道："今天就到这里，如有消息我会打电话通知你。"

菲娜从座位上站起来，向人事经理点点头，从口袋里掏出1美元双手递给人事经理："不管是否录取，请都给我打个电话。"

人事经理从未见过这种情况，竟一下子呆住了。不过他很快回过神来，问："你怎么知道我不给没有录用的人打电话？"

"您刚才说有消息就打，那言下之意就是没录取就不打了。"

人事经理对年轻的菲娜产生了浓厚的兴趣，问："如果你没被录用，我打电话，你想知道些什么呢？"

"请告诉我，在什么地方不能达到你们的要求，我在哪方面不够好，我好改进。"

"那1美元……"

没等人事经理说完，菲娜微笑着解释道："给没有被录用的人打电话不属于公司的正常开支，所以由我付电话费，请你一定打。"

人事经理马上微笑着说："请你把1美元收回。我不会打电话了，我现在就正式通知你，你被录用了。"

就这样，菲娜用1美元敲开了机遇大门。

面对拒绝首先要有坚毅的品格，没有足够的耐心和毅力是不行的；要具有灵活的思维，巧妙地展示自己的良好品德，这是从事任何工作都不可或缺的。

开口的回报

若真心助人，自己也必定会获得他人的帮助。这是人生最美的报酬。

——埃默森

当将近20岁的开普勒设想自己的未来的时候，总是觉得前途一片灰暗。他的家庭并不富有，他受到的教育很有限，周围的人也不太把他当回事。

为了能够养活自己，他找到了一份临时工作，当上了厨师。有一天晚上已经很晚了，店里只剩下开普勒准备打烊。这时，有一个人闯了进来。看到餐馆就要关门的样子，他问开普勒能不能为一个可怜的澳大利亚游客准备一份晚餐，他迷了路，而且非常饿。开普勒连眼睛都没眨一下就答应了他的请求。

等他从厨房里出来，他发现除了那位澳大利亚游客以外，又来了一位不速之客，他坐在距澳大利亚人两张桌子远的地方。开普勒用英语同他打招呼，那个客人耸了耸肩表示不懂。他用阿拉伯语解释说他不懂英语。恰好开普勒在学校里学过一点阿拉伯语，于是他知道了这位客人是从沙特阿拉伯来的，也在市区迷了路，并且也很饿。

开普勒回到厨房又准备了第二份饭，等他回来的时候，他发现气氛很压抑，因为两个人语言不通，都一言不发……就那么静悄悄地坐在那里。

开普勒决定让他的两个“陌生”的客人高兴，就利用他的特长，一会儿说英语，一会儿讲阿拉伯语。聊了一阵儿之后，他有了一个有趣的发现：这个阿拉伯人经营着一家进出口公司，这是他第一次到澳大利亚地区洽谈生意，而这个澳大利亚人有一个很大的绵羊养殖场。

于是，开普勒问澳大利亚人是不是有兴趣把他的羊出口到阿拉伯去。澳大利亚人拼命地点头。他又转过身来问阿拉伯人是不是愿意从澳大利亚进口新鲜、肥美的绵羊，因为到了过节的关口，很多伊斯兰信徒会云集沙特阿拉伯，从而大量地消费。阿拉伯人也不停地点头。

谈话由此变得越来越热烈，双方交换了联系方式和地址，协商了价格，互相把对方的银行账号记在了餐巾纸上。

经过两个小时的翻译和谈判之后，两个客人互相握手、拍肩膀表示祝贺，然后向开普勒道了再见。在出门的时候，澳大利亚人又转回身来问道：“我怎么和你取得联系呢？能给我留个地址吗？”于是，最后一张餐巾纸也被写上了字，然后3个人分头消逝在夜幕里。

3个月之后的一天，开普勒收到了几封信，其中有一封是从澳大利亚寄来的。那个澳大利亚人在信中感谢开普勒所做的出色的翻译工作，同时也感谢他敏锐的商业眼光。他告诉开普勒，已经有几千只羊在漂洋过海去沙特阿拉伯的路上了。在信的后面，还附上了一张2万美元的支票，作为对开普勒帮忙的报酬。

于是，那个晚上就成了开普勒一生的转折点。他怎么也不会想到，表示友好愿望的手势和开放式的交流能够带来如此丰厚的报酬。他从此变得开朗、主动，成为一名有着敏锐眼光的精明商人，并且一直到现在都很成功。

助人者人恒助之，乐于成人之美的人总能得到生活的馈赠。所以成就别人也就等于成就你自己，帮助别人也就等于帮助你自己，赞美别人也就等于赞美自己。

第三篇

快乐很简单

放轻松点

幽默是一种缓解紧张状况的轻松剂，知道运用它的人可以将事情变得简单一些、快乐一些。

——法朗士

多年以前，吕朋特在一所晚期病人收容所报名参加了一项训练计划，准备为这类病人服务。

他去探望一位76岁、结肠癌已扩散全身的老先生。他名叫罗艾，看起来像具骷髅，但棕色的眼睛仍然明亮。第一次见面时他开玩笑说：“好极了，终于有个人头顶秃得像我一样了。我们一定能谈得来。”

不过，探望他几次之后，他就开始抱怨吕朋特的“态度”，说吕朋特从不在他讲笑话后发笑。那倒是真的。吕朋特自小就觉察到人生有时是冷酷、痛苦、变幻无定的，他很难放松心情，甚至很难相信他应该放松心情。因此，他大部分时间是躲在一个虚假的笑容后面度过的。

一天下午，罗艾和吕朋特单独在一起。吕朋特扶罗艾入洗澡间回来时，发现罗艾疼痛得苦着脸。“医生很快就会来，”他设法分散他的心情，“你想我帮你脱掉这些‘米老鼠’睡衣裤，换上一套比较庄重的吗？”

“我喜欢这些睡衣裤，”他低声说，“米老鼠提醒我，让我知道我还能笑一笑。那要比医生做的任何事情都更好。也许你应该找一套上面有‘傻狗古飞’的睡衣来穿。”罗艾哈哈大笑，吕朋特没有笑。

“年轻人，”他继续说，“我从来没见过像你这样令人生气的人。我相信你是好人，但如果你到这里来的目的是想帮助别人，这样子是不行的。”

这使吕朋特既生气又伤心，而且，老实说，是有点害怕。那次交谈以后，他停止帮助罗艾，并且敷衍了事地完成了那个训练计划。在结业那天，他得知罗艾去世了。他去世前托人带给他一个纸袋。纸袋里是一件印了迪斯尼“傻狗古飞”笑脸的圆领运动衫。附在运动衫上的便条是：你一觉得心情沉重，请立刻穿上这件运动衫。换句话说，随时随地穿上它。落款是罗艾。

吕朋特终于哈哈大笑了。在那一刻，他终于体会到罗艾一直在设法告诉他一件事：幽默不只是偶尔开个玩笑而已，它是基本的求生工具，也是他生活中急切需要的工具。大家都需要多点笑，少点担忧，不要把自己的不如意事，甚至是痛苦事，看得那么严重。幽默可以消除家庭里的紧张或业务上的危机，可以令人躺在医院病床上时好过些，可以使人站在拥挤的电梯里或付款柜台前的长龙里时不觉得难受。

过去这些年里，吕朋特见过许多人利用幽默来帮助自己面对艰难困苦的境况，这些人一部分是他的朋友，一部分是和他在业务上有来往的人或收容所里的晚期病人。他们使用的技巧是任何人都能学会的。

幽默是乐观地面对人生的态度，它是对自己的尊重，也是对生命的尊重，虽然有时它只是那么几句简单的话而已。记住，在生活的每一天都要用快乐来充实自己。

永不放弃

要坚持下去，情况总会好转；人生到处是转机，不要被眼前的困难吓倒。

——里根

某个夏日里，克莱恩·沃森在山间砍伐灌木，几个钟头之后，他决定停下来吃午餐，于是在一根木头上坐下，取出三明治来吃，并不时地观赏四周有粗犷之美的风景。两道湍急的溪流汇成一方清澈的深潭，然后伴随着雷鸣般声音奔下葱郁的峡谷。

他认为这种诗情画意本来是再美不过的了——要不是一只蜜蜂开始锲而不舍地围绕着他嗡嗡地飞。那是一种随处可见、喜欢骚扰游人的蜜蜂。他想也没想，一下就把它赶走了。

但蜜蜂毫不罢休，又飞了回来，继续嗡嗡嗡地骚扰他。他不耐烦了，一巴掌把这东西拍到地上，用靴子猛地把它踏进沙里去。

不一会儿，他脚下的沙松开来，把他吓一跳，那折磨他的小东西竟然拼命地扑着两翅钻了出来！这回他可决不让它逃生，他站起来，使出他全部的力量，把它碾到沙里去。

沃森再次坐下享受午餐。几分钟之后，他注意到脚旁的地上微有异动。一只受了伤但还活着的蜜蜂，竟又微弱地从沙里钻出来。

它居然没死，令他十分迷惑，于是俯下身子，看看它究竟伤到什么程度。看来它右面的翅膀仍相当完好，但左翅已被皱褶得像个小纸团。然而那蜜蜂仍慢慢地扇动翅膀，好像在估量自己的伤势，同时开始清除胸部和腹部的沙粒。

然后蜜蜂把注意力集中在摩平弯折的左翅膀上。每摩一次，就把翅膀振动一番，好像要试试看能不能起飞。这只伤残得无可挽救的东西竟以为自己还可以再飞！

沃森趴在地上，要把蜜蜂那徒劳无功的尝试看个仔细。经过更真切的观察，证实这只蜜蜂已经完了——它肯定完了。他是个经验丰富的飞机师，对于翼很有研究。

不过蜜蜂不理会他那优越的知识。它的体力似在增加，修补的速度也在加快。那薄纱般不能自如活动的弯折的左翅，这时已近乎挺直了。

最后蜜蜂觉得相当有把握可以来一次试飞了。它发出很响的嗡嗡声，振翼使身体离开地面——不过飞出沙面才七八厘米就坠落到沙堆上，猛打了一个滚。它再一次疯狂地摩平、屈伸翅膀。

蜜蜂又升空了，这一次升高了15厘米才跌落到另一个沙堆上。它的翅膀显然已能飞行了，只是还不能控制飞行方向。它像机师那样，慢慢地琢磨一架陌生飞机的特性，试行调整，但每次都失败了。可是那只蜜蜂每次坠地后都积极再试，拼命要纠正新发现的结构缺点。

蜜蜂又一次起飞，这次终于飞越了沙面，直朝一个树桩冲过去。险些要撞上时，蜜蜂放慢前进速度，打了个回转，飞到波平如镜的湖面上，慢慢飘行，似乎在欣赏自己的湖中倒影。

蜜蜂在他眼前消失了，他才发觉自己一直跪在地上。

他继续跪了一段时间。

对于蜜蜂而言，飞行着姿态是最美的，那是它的追求，折翼也不能阻碍它的追求，它必须耐心坚强地挺过障碍。一个要实现他飞翔梦想的人，也是这样的。

我觉得我赢了

人生就像一场赛跑，强者永不言败；对强者来说可以失败一次，但不是永远失败。

——汉生

比特丝曾经是她那个街区跑得最快的，甚至超过所有的男孩子，这真把他们气得要命。那时候，比特丝的哥哥常用各种各样的赌注引那些男孩子们来和比特丝赛跑，他们总是说：

“嗨，跑就跑，不就是跟个女孩子比吗？”

他们自以为胜比特丝是件轻而易举的事，却不料比特丝每次都把他们赢了，这可把那些男孩子们气坏了！只有一次，杰克在比特丝的跑道上扔了个什么东西，把她绊倒，比特丝才没赢。但那毕竟不公平。也许因为比特丝是个女孩子的缘故吧，便认为女孩子什么都不及男孩子，然而他们就想不到，有些事女孩子会比男孩子干得更出色。

不过一跑起来，比特丝就什么也不想了，比赛、得胜，都抛到了脑后。比特丝只是听着脚板踏在地面上的声音，把步子迈得大大的……比特丝还听到自己喘气的声音，就连什么时候脸开始泛红也能觉察出来。

然而，这一切都是事故发生以前的事了。

现在，比特丝不能跑了，再也不能跑了。地面上传来比特丝轮椅下轮胎的摩擦声。有时候一想起这，比特丝的心都碎了。有时如果一个人在屋里，比特丝甚至会放声大哭。

有时事情很怪，即使想哭也哭不出来，比特丝只是心里气恼，恨不能找个人打她一顿。这时，比特丝要么对着母亲大喊大叫，要么把枕头扔得四处都是，要么跟谁也不说话。

比特丝想，这不公平！为什么她的朋友们能到处跑，而她就只能在轮椅里过一辈子呢？再说，比特丝还是个跑得最快的人。或者，总可以说，比特丝曾经是个跑得最快的人。

但你知道什么最叫比特丝受不了吗？就是那些不认识比特丝的人，看到比特丝便说起她来，就像她不在旁边似的。他们说比特丝倒霉，说比特丝有病，说比特丝可怜，一边还摇着脑袋。更有甚者，还在比特丝面前说，好像她什么都不明白似的。

比特丝就爱和她的朋友们在一起！他们推着比特丝的轮椅在街上跑，就像开着摩托车一样。他们笑啊，变着法儿地闹啊。大人们说他们是捣乱分子、小捣蛋鬼。可比特丝宁愿让人家叫她小捣蛋鬼，也不愿让人叫她“可怜的病孩子”！

比特丝再也不能跑了，这让比特丝极为生气。看到别的孩子们赛跑而自己却不能，真是感到无比地难受。可比特丝不能总是为这事哭呀。比特丝不是病得不行，也不是没用的！

爸爸劝比特丝，要比特丝勇敢起来，尽管不能跑了，但还可以试着找些其他擅长的事做做。一开始比特丝听不进这些，比特丝总想叫他走开，别理她。

可后来，比特丝就开始下起国际象棋来。一天晚上，比特丝头一次赢了爸爸。以前，像下棋之类的事比特丝从不想玩，觉得只有女孩子气的人才玩那玩意儿。可现在比特丝认为下棋挺不错。既然比特丝已经下得不错，爸爸就说，他们那儿时常举办象棋比赛，或许她可以参加。

在出事前，对好多事情比特丝都能干得很好。对这，比特丝也从不曾多想。但对下棋就不同了，比特丝真得多想、多练、多下功夫。事实上，有好多事过去对比特丝来说很简单，而现在却都要多多练习才行。

有时，虽然有些事做起来比以前更困难了，例如穿衣服，但这样反而更好。比特丝这样想，这和赛跑中赢了汤米一样棒。不，兴许更棒！赢汤米是件容易的事，比特丝甚至不必费大力气，但是能自己穿衣服，这却比赢汤米费事得多，甚至可以说还要难上几十倍！比特丝下了很大的功夫，终于自己穿上了衣服，完全靠自己。

即便这不是一场比赛，比特丝还是觉得自己赢了。

做事情能够有无畏的勇气，才能以无畏的勇气去克服困难，把该帮的事情做好，你就可以无愧地告诉自己：我赢了。

滑铁卢裁纸刀

失败并不可怕，可怕的是对失败产生的畏惧心理，以及再也没有勇气面对下一次挑战。

——毕勒

那一天，里奥教授在比利时首都布鲁塞尔南郊滑铁卢镇，参观名叫狮子丘的名胜，那狮子丘是纪念1815年战役而建的，英国威灵顿公爵指挥英国、普鲁士联军，击败了拿破仑率领的法国军队，彻底终结了拿破仑的政治生涯。此后拿破仑被放逐到比第一次流放更遥远的南大西洋的圣赫勒拿岛，并在那岛上悒悒而终。

狮子丘旁边有个纪念馆，馆内绘有此次战役拿破仑惨败的环形壁画，作者为法国画家路易·杜墨兰。

里奥问同游的法国朋友瓦尼克："你在这地方是不是多少有些不自在？"

他耸耸肩反问："为什么？"

里奥说："这杜墨兰也怪，这么投入地画本国英雄失败的情景，他就没一点心理障碍？"

瓦尼克说："人们应该而且必须能够接受失败的事实。在巴黎蜡像馆，有拿破仑被囚圣赫勒拿岛的场面，看着比这个更惊心动魄，回巴黎我带你去欣赏。"

说着他们进入纪念品商店，只见到处是拿破仑的形象，有一种圆币形的铜制裁纸刀，那圆币一面是拿破仑戎装侧面像，还铸出他的名字。

瓦尼克建议里奥买些拿破仑像的裁纸刀，回去送朋友。里奥说："在这地方应该买有威灵顿像的裁纸刀。"可是他找了半天竟没有。

在巴黎，关于拿破仑的文物很多，在有着镏金圆拱顶的伤残军人荣誉院里，拿破仑的大理石棺尤其令人过目难忘。一面铸着拿破仑像一面铸着巴黎铁塔等标志性建筑的圆币头铜制裁纸刀，大批量生产出来，陈列在几乎每一家旅游纪念品商店和摊铺上，销售很火。书店有无数关于拿破仑的旧书新著，而关于拿破仑的电影戏剧，累计下来数字惊人，其中不乏从批评嘲讽角度来表现他的。后来瓦尼克果然带里奥去了蜡像馆，放逐中的拿破仑面对小窗外的茫茫大海，一脸的绝望，塑像者刻意用英雄末路的惨相来刺激参观者的神经。

英国的评论协会和伦敦大学文学院邀里奥去讲文学课，他去购买从巴黎穿过海底隧道直达伦敦的高速火车票，这才知道伦敦的那个终点站特意取名为滑铁卢站。这条隧道快线既是法、英两国合造，怎么到头来那么别有用心地给英国一头的车站取那么个名字？而更不可思议的是，法国人怎么到头来竟容忍了这一命名？里奥请教瓦尼克，瓦尼克心平气和地说："那有什么关系？失败过就是失败过。要容许人家总提醒着你失败过。"

从不失败只是一个神话。只要你的人生有过成功，失败就并不可怕。拿破仑做过不少错事、荒唐事，最后彻底失败，可是他并没自杀，如果不是有人毒杀了他，那就是病死的。他活过，奋斗过，做过好事、有意义的事，而且他原来很卑微，和最普通的人没有两样。

背后的一只眼睛

我们要谦虚地征求他人的意见，但是千万要记住，不要让他人的意见左右我们的意志。

——杰斐逊

一名文学系的学生米兰对小说非常着迷，立志要成为一位优秀的小说家。一次，他苦心撰写了一篇小说，请作家皮普批评。因为作家皮普正患眼疾，米兰便将作品读给皮普听，读到最后一个字，米兰停顿下来。看作家双目微闭，神态悠然似乎仍沉浸在他刚才朗读的小说所描绘的情境当中。当下轻咳一声，皮普问："结束了吗？"听语气似乎意犹未尽，渴望下文。

这一问，煽起米兰无比激情，他立刻灵感喷发，马上回答说："没有啊，下部分更精彩。"他以自己都难以置信的构思叙述下去。将小说的情节一步步延展，自觉语不能罢。

到达一个段落，皮普又似乎难以割舍地问："结束了吗？"

小说一定勾魂摄魄，叫人欲罢不能！米兰更兴奋，更激昂，更富于创作激情。他不可遏止地一而再再而三地接续、接续……最后，电话铃声骤然响起，打断了米兰的思绪。

电话找皮普有急事。皮普匆匆准备出门。“那么，没读完的小说呢？”米兰问。

皮普莞尔：“其实你的小说早该收笔，在我第一次询问你是否结束的时候，就应该结束。何必画蛇添足、狗尾续貂？该停则止，看来，你还没能把握情节脉络，尤其是缺少决断。”

决断是当作家的根本，否则绵延逶迤，拖泥带水，如何打动读者？别说打动，像如此繁冗拖沓，岂不让读者心生厌恶？

米兰追悔莫及，认为自己过于受外界左右，难以把握作品，恐怕不是当作家的料。于是不再痴迷于小说。

很久以后，米兰遇到另一位作家米歇尔，他羞愧地谈及往事，谁知米歇尔惊呼：“你的反应如此迅捷，思维如此敏锐，编造故事的能力如此强盛，这些正是成为作家的天赋呀！假如正确运用，作品一定会脱颖而出。”

米兰又后悔了，怎么当初自己就没好好考虑那位有眼疾作家的话呢？怎么没想到别人的话也只是一面之词，一家之论，并非绝对正确的评判呢？怎么就没能客观对待此事呢？于是又重操旧业，写起小说来。有此为鉴，他不再轻信旁言，凡事认真考虑，终于在小说界争得了一席之地。

当止不止不好，但想像力丰富非常重要。两位作家，两种认定方式，各有千秋。就像倒着走路的小恐龙，有一天也派上了用场，倒着走的脚印会麻痹敌人。转过身来，谁都有大吃一惊的一面，重要的，是要学会用眼睛寻出金子来。

生活的方式

每个人的生活都是独特的，他们有自己独特的权利，任何人都没有权力来干涉这种自由的意志。

——南希

看见她带来的医疗转介单时，这位医师并没有太大的兴奋或注意，只是例行地安排应有的住院检查和固定会谈罢了。

会谈是固定时间的，每星期二的下午3点到3点50分。她走进医师的办公室，一个全然陌生的环境，还有高耸的书架围起来的严肃和崇高，她几乎不敢稍多浏览，就羞涩地低下了头。

就像她的医疗记录上描述的：害羞，极端内向，交谈困难，有严重自闭倾向，怀疑有幻想或妄想。

虽然她低低垂下头了，但还是可以看见稍胖的双颊上带有明显的雀斑。这位新见面的医师开口了，问起她迁居以后是否适应困难。她摇着低垂的头，麻雀一般细微的声音，简单地回答："没有。"

后来的日子里，这位医师才发现对她而言，原来书写的表达远比交谈容易多了。他要求她开始随意写写，随意在任何方便的纸上写下任何她想表达的文字。

她的笔画很纤细，几乎是畏缩地挤在一起的。任何人阅读时都要稍稍费力，才能清楚识别其中的意思。尤其她的用词，十分敏锐，可以说表达能力太抽象了，也可以说是十分诗意。

后来医师慢慢了解了她的成长过程。原来她是在一个道德严谨的村落长大，在那里，也许是生活艰苦的缘故，每一个人都显得十分地强悍而有生命力。

她却恰恰相反，从小在家里就是极端畏缩，甚至宁可被嘲笑也不敢轻易出门。父亲经常在她面前叹气，担心日后可能的遭遇，或总是唠叨，直接就说这个孩子怎会这么的不正常。

以后她也没有改变过甚至更为严重起来，她陆陆续续接受了一些治疗，直到最后她住进了这家精神病院。

医院里摆设着一些过期的杂志，是社会上善心人士捐赠的。这些杂志有的是教人如何烹饪裁缝，如何成为淑女的；有的谈一些好莱坞影星歌星的幸福生活；有的则是写一些深奥的诗词或小说。她自己有些喜欢，在医院里又茫然而无聊，索性就提笔投稿了。

没想到那些在家里、在学校或在医院里，总是被视为不知所云的文字，竟然在一流的文学杂志刊出了。

医院的医师有些尴尬，赶快取消了一些较有侵犯性的治疗方法，开始竖起耳朵听她的谈话，仔细分辩是否错过了任何的暗喻或象征。家人觉得有些得意，也忽然才发现自己家里原来还有这样一个女儿。甚至旧日小镇的邻居都不可置信地问；“难道得了这个伟大的文学奖的作家，就是当年那个古怪的小女孩？”

她出院了，并且凭着奖学金出国了。

这是新西兰女作家简奈特·费兰的真实故事，她是众所公认的新西兰最伟大的作家。

人们的社会从来都没有想像中的理性或科学，只是自认为要有一致的标准，任何超出常态的，便被斥为异常。其实，为什么不可以有异常客？它只不过是另一种生活方式罢了。

华特的成功

信任是看不到的感觉力，对于如何让自己美梦成真，它们比聪明的大脑还有生机。

——梅兰妮

华特和丽莎这对年轻夫妇，不久前还以为成功指日可待，当华特拿到心理和企管硕士学位时，他以为自己日后就可以从事管理公司人际关系咨询，或执行与监督有关的工作。然而短期内，事情却与他预期的有所出入，华特别无选择，只好暂时将希望束之高阁，这一晃就是好几年。华特是个德国人，这段期间除了当翻译，似乎也没有其他出路。

他和丽莎两人都梦想能搬回德国，如此一来，不但可与家人团聚，丽莎更可借此学习德文及当地文化。他们一心想回德国，计划在那里找一份高薪的工作，并趁两人还是丁克族时好好四处旅游。为了实现这个梦想，他们花了一个半月的时间在德国找工作，登报求职、寄履历表，让雇主知道他们强烈的工作意愿。就在离德返美的前一天，正当所有履历表都石沉大海时，华特突然接到一个面试电话。

“我们一定能美梦成真！”丽莎兴奋得大叫。

可是华特却显得十分谨慎。

“别高兴得太早，”他说，“丽莎，这不过是个面试而已。”

面试结束，华特和丽莎如期返美等候通知。一个星期过去了，半个月过去了，一个月过去了，丽莎这时开始感到不耐烦，她焦急地催促华特打个电话去问问情况，然而华特心里明白，他得等到公司主动跟他联络才行。在圣诞节前后，该公司的人事主管终于告诉华特，他们要雇用他，只是公司的决策过程太慢了。经过数个月的漫长等待，两人终于美梦成真。这份工作薪水优厚，升迁可期，同时公司还愿意协助华特还清助学贷款及迁徙费用。再也没有什么工作比这次更好的了。

华特和丽莎乐疯了，他们终于达成心愿。

华特接着前往德国开始新工作。就当地的工作条件而言，这是个令人称羡的职位，华特和丽莎都觉得十分满意。华特有两个月的试用期，看看双方是否合适。这时，丽莎也辞去工作，准备搬家。

可是当华特开始工作后，对公司及工作总有一种不安感，有些事情好像不太对劲，他很怕心里出现“回美国算了”的念头，因为事情演变至今，早已无后路可退，他也怕想起“干脆放弃这个原本和预期相符的职业生涯”。最后他终于了解自己再也无法漠视这种感觉。

有天晚上华特走了好长一段路，反复思考这个情况，当他确知目前的新工作根本就不适合他时，华特不禁放声大哭。然而除了悲伤，华特也为自己理清了思绪而感到欣慰。

第二天华特走进总裁办公室，递了辞呈。总裁很惊讶，而且也有点失望，可是除了接受也别无他法。“你为什么要离开？你以后该怎么办？”总裁不解地问。

接着华特对自己在这段时间看到的公司问题——向总裁报告，并且告诉他这份工作和原先预期的不太一样，华特接着说，他计划开一家咨询公司。华特自信及坚定的口吻让总裁印象深刻，于是他问华特：“要是你当了咨询师，你会怎样为公司解决问题呢？”

华特想了一下，因为他尚未完全勾勒出蓝图，不过仍按长期的思考模式回答。华特告诉总裁，思想如何创造实际，而每个人内心其实都有驱动力、常识和其他特质，这些足以使人成为有效率的职员。总裁对华特的话很感兴趣，遂问华特是否愿意当他和公司的咨询师。

瞧，多快！华特马上就有了第一位客户。

华特离开德国前，和总裁做了一整天的训练课程，并规划日后要将这套心智运作原则和安宁心智的方法传授给公司各阶层主管。截至目前为止，华特已走访了13个国家，训练对象超过2000人。华特的事业蒸蒸日上，他不仅为原公司进行咨询工作，业务更扩展至德国及法国其他公司。

想不到原本想傻傻地辞掉工作，到最后事情却出乎两人意料之外——当了咨询师的华特不仅赚进大把钞票，还有上班族渴望的自由，他在两个国家之间如鱼得水。丽莎也如愿在德国待上几个月，并趁华特到各国工作时，四处游览。

一旦我们相信内心深处的感觉，让它来处理生活中面临的决定时——不论选工作、挑对象、搬家或念书，我们的信念就会转换成神奇的力量。

在工作中寻找快乐

找到你内在的自然驱动力，你将会把快乐带回工作中，你的人生也将发生质的变化。

——西蒙斯

约翰在法国中西部长大，其父母靠经营果圃把约翰养育成人，这种一年到头辛勤耕作、劳碌的农家生活，无疑对约翰日后的自我要求及情绪转换影响深远。如果约翰没有把事情做完，他会觉得怠惰、沮丧，有罪恶感。可是不论约翰做了多少，心里老是有股力量驱使约翰去完成更多更多的事。于是约翰对实际工作感到压力重重、精神透支且枯燥乏味。

长大以后，约翰对工作的态度就是不断地保持生命力。约翰太太对于约翰能在一天内完成许多事情感到惊讶不已。约翰可以在几小时内就把屋里打扫干净，用一个上午写好一份工作报告，花一天时间种下所有花种，但心里却觉得索然无味。而且约翰只要一坐下来放松心情便觉得罪恶惶恐，会一直想着总还有件事没做好，这种念头一直持续到一日终了。

对约翰而言，生命中最艰难的挑战便是呆坐。

长久以来，约翰的心一直不停地转动思考，因此坐在海边体验一切，看看绮丽的海景、嗅嗅清凉的海风、听听动人的海涛，对约翰来说皆是新尝试。约翰一直害怕如果自己不能加快脚步，就会变得懒惰而且无法做好任何一件事。这种想法让约翰沮丧透了，所以约翰总是让自己像陀螺一样忙得团团转，只有在消掉工作表上已完成的事项后才会觉得有一丝轻松。

那天，约翰记得很清楚，自己是如何凝神静听。约翰那时正在佛罗里达州实习，参加为期三周的心理学新发展课程。

起初的两个星期，约翰对上课内容有一箩筐的问题，约翰不过是想借此学到更多咨询方面的新观念和方法，但是很糟糕，约翰尚未找到其中要诀，而课程指导员却一直告诉约翰只要放松心情专注倾听就可以了。

“下午放自己一个假到海边去吧！”课程指导员说。

约翰对他的动机十分怀疑。多诈啊！要约翰一整个下午待在海边，那种不做事的感觉多令人害怕啊！约翰以前从来没有过这种经验，约翰于是和他据理力争，因为只剩下一个星期了，约翰不觉得还有时间浪费，难道约翰不该更努力一点吗？去海边做什么？

可是约翰也想到，到海边走走又不会让他少掉一块肉，还可以享受假期！或许他是对的，约翰可能真该学学如何放慢脚步。

隔天，约翰和妻子一起漫步海边，感到快乐无比。但过了一两个小时，约翰的焦虑开始出现，无论觉得有多不舒服，约翰知道必须秉持信念，而且得相信指导员告诉他如何放松心情的那一套。

当晚，约翰睡得很沉。半夜三点约翰自梦中清醒，顿时恍然大悟。

“亲爱的，快起来。”约翰边说边把妻子摇醒，“我想通了！我终于明白他说的是怎么一回事了。”这是约翰第一次清楚地知道顺其自然和不去强求意念。原来在睡眠中，心智放松了，理解得来全不费功夫。这一切看来真是太简单、太不可置信了。

约翰回到明尼苏达州，日子又和以前一样，可是那晚触动心灵的感觉却依然持续着。

有个星期六，约翰又忙着做事，这回约翰清楚他得赶着做，于是约翰停下来，做了个深呼吸，找到头绪。约翰告诉自己，或许该试试这个方式，看看是否真的可行——在心情放松的情况下把每件事做好，而非处于以往紧张高压的环境。

约翰带着这种新想法过了一天，每一次只要一发现到自己紧张，心里便很清楚地告诉自己该停下来休息一下。当然，一天结束后，工作比预期进行的速度还要快。更让人吃惊的是：这一整天约翰都好快乐，无论是工作还是休息，一点也不觉得累。

快乐一点也不要觉得罪恶——即使你一件事都没做完。你也应明白做事情的动机，因为你学到内在的智慧的力量，在心情放松的时候能引领你找到行事方针，要知道只要有信心，不必经过一连串绞尽脑汁的思考，也会有解决方案。

自己是个危险陷阱

别忙着证明自己，先告诉自己，你已经够完美了，即使你无法掌握一切，你也是上帝的奇迹。

——菲莉

玛丽是位心理治疗师，她对生活充满了焦虑质疑。

“我其实很怕人，”她对朋友弥丽尔·奇说，“好笑吧？”

一个心理治疗师竟会怕人，可是玛丽真的就是这样。碰到新的患者，玛丽总是充满预设立场、满心惧怕。“真的能帮他们吗？该不该把他们转到更能替他们解决问题的治疗医生那儿？他们会怎么看我？”大多时候，玛丽惶惶不可终日，每次开始咨询前，玛丽都得对自己加油打气一番。

在玛丽的成长过程里，总觉得和兄弟姐妹格格不入，自己和他们一比，更是相形见绌。这样的自我认知一直伴随到现在，她常把自己的患者转诊给同业，原因并非无法对症下药，而是她心里总觉得自己不适合。如同她说的：“我对患者没有那么投入，我在诊疗室花很多时间和他们在一起没错，可是心里总会不断想着：我做得如何？我是多么不适合担任咨询的工作，该不该让他们去看别的心理医生？我满脑子都被这些念头占据。除了自己对患者谈话的内容，我还会假想另一位治疗师会如何处理。有时我会忘记这些纷扰的思绪，真正帮助患者解决问题，可是情况很奇怪，我的意念非常混乱。”

“当了几年的心理治疗师，我会督促自己加强咨询技巧，好帮助更多人，可是我也担心自己会陷入流沙中无法脱困。不论我花多少力气证明自己是个称职的心理治疗师，任何时刻都有可能发现自己根本无法胜任这个工作。十年来，我知道这种感觉紧紧跟随着我，可我就是没办法让它停止。自从知道自身体验的本质是来自每一分每一秒的意念后，那种无法胜任的感觉就不再困扰我了。”

弥丽尔·奇问她自身真正的改变是什么？

“我变得更了解自己，”她说，“我没有什么事情好怕的，担心受害的感觉皆存于脑子里，全都是自己的意念作祟。一旦想起这点，我就觉得好多了，虽然还是免不了会对自己的能力感到质疑，可是一想起这一切都是意念在搞鬼后，这些负面的念头就消失了。我现在能平心静气地和患者相处，可以完全把注意力放在他们身上，而非放在自己身上。我倾听患者说话，也聆听自己内在的智慧和洞察力，它才是助我一臂之力替患者解决问题的真正力量。”

“经过这些，我如今真的对自己感到满意，也觉得自己可以胜任一切，因为只要想起意念是自己所造的，过去那些缺乏自信的想法就烟消云散了。我终于发现自己真正的潜能，因此，我得以发挥所长，替患者解决问题。”

不论我们的专长或职位如何，总难免会有质疑倦怠的时候，尽管你我都会对无法预测的情况感到惊惶失措、漫无头绪，但这并不表示我们感到力不从心。当我们面对不可测的未来不再忧心忡忡时，便能满怀自信去挑战未知的明天。

朋友的信任

伟大的信任产生在伟大的友谊之上，友谊是信任的基础。

——梭罗

公元前4世纪，在意大利，有一个名叫皮斯阿司的年轻人触犯了国王。皮斯阿司被判绞刑，在某个法定的日子要被处死。

皮斯阿司是个孝子，在临死之前，他希望能与远在百里之外的母亲见最后一面，以表达他对母亲的歉意，因为他不能为母亲养老送终了。他的这一要求被告知了国王。

国王感其诚孝，决定让皮斯阿司回家与母亲相见，但条件是皮斯阿司必须找到一个人来替他坐牢，否则他的这一愿望只能是镜中花水中月。这是一个看似简单其实近乎不可能实现的条件。有谁肯冒着被杀头的危险替别人坐牢，这岂不是自寻死路。但，茫茫人海，就有人不怕死，而且真的愿意替别人坐牢，他就是皮斯阿司的朋友达蒙。

达蒙住进牢房以后，皮斯阿司回家与母亲诀别。人们都静静地看着事态的发展。日子如水，皮斯阿司一去不回头。眼看刑期在即，皮斯阿司也没有回来的迹象。人们一时间议论纷纷，都说达蒙上了皮斯阿司的当。

行刑日是个雨天，当达蒙被押赴刑场之时，围观的人都在笑他的愚蠢，那真叫愚不可及，幸灾乐祸的人大有人在。但，刑车上的达蒙，不但面无惧色，反而有一种慷慨赴死的豪情。

追魂炮被点燃了，绞索也已经挂在达蒙的脖子上。有胆小的人吓得紧闭了双眼，他们在内心深处为达蒙深深地惋惜，并痛恨那个出卖朋友的小人皮斯阿司。

但是，就在这千钧一发之际，在淋漓的风雨中，皮斯阿司飞奔而来，他高喊着："我回来了！我回来了！"

这真是人世间最最感人的一幕，大多数的人都以为自己在梦中，但事实不容怀疑。这个消息宛如长了翅膀，很快便传到了国王的耳中。国王闻听此言，也以为这是痴人说梦。

国王亲自赶到刑场，他要亲眼看一看自己优秀的子民。最终，国王万分喜悦地为皮斯阿司松了绑，并亲口赦免了他的罪。

这是一个真实的故事，不但感人，而且震撼人的灵魂。千百年来，有关朋友的解释有千种万种。但是有关朋友的解释其实只需两个字，那就是：信任。

信任的基础是什么呢？是互相之间对人品的了解与欣赏。朋友间的信任更是这种高贵品质的升华。我们能够把自己的信任完全交付给自己的朋友，我们就赢得了人生的友谊。

回报的方式

事实上，最需要钱的人常常帮助了那些更需要帮助的人们。

——康纳德

一对法国农民夫妇15岁的儿子得了一种恶性皮肤病，那是他们的第一个孩子。

夫妇俩借了所有能借到的钱，领着儿子到处去看病。那年冬天，在马塞一家医院里，母亲陪护儿子治疗，儿子睡在病床上，母亲就和衣坐在冰凉的水磨石板上，几十个日日夜夜，她没有安静地睡过一宿觉。母子俩吃的都是从家里带来的面包，大夫们实在看不下去，午餐的时候，总会给他们打来两份牛排，而母亲依旧吃冷面包，把另一份留给儿子晚上吃。

后来，儿子的病情不断恶化，医生告诉母亲："孩子的病治不好了，维持生命需要很多的钱。"母亲回到病房，默默地收拾行李，然后平静地对孩子说："咱们回家吧。"说完，母子两人在走廊里抱头痛哭了整整一夜。天亮时，便乘火车回到了家。

再后来，孩子的不幸遭遇被巴黎一些媒体报道了，好心的人们纷纷捐款，连学校的孩子也将自己的零花钱一分一分地捐了出来，希望能留住他的生命。然而，这是一种非常严重的病，孩子还是死了。

孩子在离开人世之前，把能够知道姓名的好心人一个一个地记在笔记簿上，他告诉父母："我不想死，可我知道自己的病拖累了你们。我死之后，一定把这些钱还给人家。"

终于有一天，孩子走了，走的时候脸上带着微笑，像睡着了的样子。

埋葬了孩子，这对可怜的父母显得苍老了很多。虽然家里已是空荡荡的，连生活都成问题，但他们还没有遗忘孩子的遗愿。夫妇俩变卖了家产，踏着积雪，敲开那一扇扇门，把钱一笔一笔地退给那些曾经帮助过他们的人，并对那些好心人说："孩子已经走了，多谢你们帮忙。"

人们拒绝接受，他们哭了："孩子的心愿不能违呀！"大伙只好含着泪收下，可是，那些无法退回的钱，他们却用来作为一个基金，谁家有病有灾的，尽可以拿去用。其实，他们正是最需要钱的。然而，他们却帮助了那些更需要帮助的人们。

他们说养了一年的牛可以卖了，种植的葡萄园也能收入点钱，他们想把那基金再充实一下……

为什么感人的故事只发生在穷人身边？为什么最应该得到金钱和帮助的人，却那么慷慨地建立一个基金？在高度物质化的社会里，又有几个人能坚守这心灵的底线；在物欲横流的今天，哪里还留存着人类最后的良知？对照他们，在精神上是穷人还是富翁，我们应该怎样回答呢？

一直向前跑

坚强地活着，充满希望地活着，可以让一切苦难退缩。

——皮尔特

帕蒂·威尔森在年幼时就被诊断出患有癫痫。她的父亲吉姆·威尔森习惯每天晨跑。

有一天，戴着牙套的帕蒂兴致勃勃地对父亲说：“爸，我想每天跟你一起慢跑，但我担心中途会病情发作。”

她父亲回答说：“万一你发作，我也知道如何处理。我们明天就开始跑吧。”

于是十几岁的帕蒂就这样与跑步结下了不解之缘。和父亲一起晨跑是她一天之中最快乐的时光。跑步期间，帕蒂的病一次也没发作。

几个礼拜之后，她向父亲表示了自己的心愿：“爸，我想打破女子长距离跑步的世界纪录。”

她父亲替她查吉尼斯世界纪录，发现女子长距离跑步的最高纪录是80英里。当时读高一的帕蒂为自己订立了一个长远的目标：“今年我要从橘县跑到旧金山（400英里）；高二时，要到达俄勒冈州的波特兰（1500多英里）；高三时的目标在圣路易市（约2000英里）；高四则要向白宫前进（约3000英里）。”

虽然帕蒂的身体状况与他人不同，但她仍然满怀热情与理想。对她而言，癫痫只是偶尔给她带来不便的小毛病。她不会因此消极畏缩，相反，她更珍惜自己已经拥有的。

高一时，帕蒂穿着上面写着“我爱癫痫”的衬衫，一路跑到了旧金山。她父亲陪她跑完了全程，做护士的母亲则开着旅行拖车尾随其后，照料父女两人。

高二时，她身后的支持者换成了班上的同学。他们拿着巨幅的海报为她加油打气，海报上写着：“帕蒂，跑啊！”（这句话后来也成为她自传的书名）。但在这段前往波特兰的路上，她扭伤了脚踝。医生劝告她立刻中止跑步：“你的脚踝必须上石膏，否则会造成永久的伤害。”

她答道：“医生，你不了解，跑步不是我一时的兴趣，而是我一辈子的至爱。我跑步不单是为了自己，同时也是要向所有人证明，身有残缺的人照样能跑马拉松。有什么方法能让我跑完这段路？”

医生表示可用粘剂先将受损处接合，而不用上石膏；但他警告说，这样会起水泡，到时会疼痛难耐。帕蒂二话没说便点头答应。

帕蒂终于来到波特兰，俄勒冈州州长还陪她跑完最后一英里。一面写着红字的横幅早在终点等着她：“超级长跑女将，帕蒂·威尔森在17岁生日这天创造了辉煌的纪录。”

高中的最后一年，帕蒂花了4个月的时间，由西岸长征到东岸，最后抵达华盛顿，并接受总统召见。她告诉总统：“我想让其他人知道，癫痫患者与一般人无异，也能过正常的生活。”

人生就是这样的赛跑，如果你因阻碍停止不前，你就会被抛在生活的后面。

寻找金戒指

不要问国家能为你做什么，应该问自己能为国家做什么?

——肯尼迪

麦迪逊公司准备从基层员工中选拔一位主管。

董事会出的题目是寻宝：大家要从各种各样的障碍中穿越过去，到达目的地，把事先藏在里面的宝物——1枚金戒指找出来。谁能找出来，金戒指就属于谁，而且他（她）还能得到提拔。

大家兴奋异常。

他们开始行动起来，但是事先设置的路太难走了，满地都是西瓜皮，大家每走几步都要滑倒，根本无法到达目的地。

他们艰难地行进着。

在他们的寻宝队伍中，公司的一位清洁工吉姆落在了最后面。

对于寻宝之事，他似乎并不在意，他只是把垃圾车拉过来，然后把西瓜皮一锹锹地装上去，然后拉到垃圾站去。

几个小时过去了，西瓜皮也快清理完了。

大家跳过西瓜皮，冲向了目的地，他们四处寻找，但是一无所获。

只有吉姆在清理最后一车西瓜皮的时候，发现了藏在下面的金戒指。

公司召开全体大会：正式提拔吉姆。

董事长问大家："你们知道公司为什么提拔他吗？"

"因为他找到了金戒指。"好几个人举手答道。

董事长摇摇头。

"因为他能做好本职工作。"又有几个人举手发言。

董事长摆了一下手："这还不是全部，他最可贵的地方在于，他富有奉献精神，在你们争先恐后寻宝的时候，他在默默地为你们清理障碍。"董事长总结道。

现代社会，奉献精神弥足珍贵，这是一个人、一个公司最珍贵的宝贝！如果拥有了它，可使一个濒临倒闭的公司复活，如果失去了它，就能使一个兴旺发达的公司死亡。

把身边的事干好

小事成就大事，细节成就完美。

——戴维·帕卡德

一大早，艾尔比就开着小型运货汽车来了，车后扬起了一股尘土。他卸下工具后就干起活来。艾尔比会刷油漆，也会修修补补，能干木匠活儿，也能干电工活儿，修理管道，整理花园。他会铺路，还会修理电视机。他是个心灵手巧的人。

艾尔比因为上了年纪，走起路来脚步缓慢、沉重，头发理得短短的，裤腿留得很长，他给别人干活。

他的主人有几间村舍，其中有一间被人在夏天租用。每年春天艾尔比把自来水打开，到了冬天再关上。他把洗碗机安置好，把床架安好，还整修了路那边的牲口棚。

艾尔比摆弄起东西来就像雕刻家那样有权威，那种用自己的双手工作的人才具有的权威。木料就是他的大理石，他的手指在上面摸来摸去，摸索什么，别人不太清楚。一位朋友认为这是他自己的问候方式，接近木头就像骑手接近马一样，安抚它，使它平静下来。而且，他的手指能“看到”眼睛看不到的东西。

有一天，艾尔比在路那头为邻居们搭建了一个小垃圾棚。垃圾棚被隔成三间，每间放一个垃圾桶。棚子可以从上面打开，把垃圾袋放进去，也可以从前边打开，把垃圾桶挪出来。小棚子的每个门都很好使，门上的合叶也安得严丝合缝。

艾尔比把垃圾棚漆成绿色，晾干。一位邻居走过去看一看，为这竟是一个人做的而不是在什么地方买的而感到惊异。邻居用手抚摸着光滑的油漆，心想，完工了。不料第二天，艾尔比带着一台机器又回来了。他把油漆磨毛了，不时地用手摸一摸。他说他要再涂一层漆。尽管大家看来这已经够好的了，但这不是艾尔比干活的方式。经他的手做出来的东西，看上去不像是自家做的。

在艾尔比的天地中，没有什么神秘的东西，因为那都是他在某个时候制作的，修理的，或者拆卸过的。保险盒、牲口棚、村舍全是出自艾尔比之手。

艾尔比的主人们从事着复杂的商业性工作。他们发行债券，签订合同。艾尔比不懂如何买卖证券，也不懂怎样办一家公司。但是当做这些事的人需要搭建棚子时，他们就去找艾尔比，或找像艾尔比这样的人。他们明白艾尔比所做的是实实在在的、很有价值的工作。

当一天结束的时候，艾尔比收拾工具，放进小卡车，然后把车开走了。他留下的是一股尘土，以及至少还有一个想不通的伙伴。这个人纳闷，为什么艾尔比做得这样多，可得到的报酬却这样少。

然而，艾尔比又回来干活儿了，默默无语，独自一人，没有会议，也没有备忘录，只有自己的想法。

细节最能反映出一个人的修养！当我们不能在学业上出色时可以选择在商业上有所成就。不能做将军，做个优秀的士兵也是一名军人的成功。

一场特殊的考试

诚实是最伟大的美德，它为我们的生活涂上一笔最真实的色彩。

——马雅克夫斯基

雅利安公司是美国环球广告代理公司，因为业务需要，雅利安公司正准备招聘4名高级职员，担任业务部、发展部主任助理，待遇自不必言。竞争是激烈的，凭着良好的资历和优秀的考试成绩，安东尼荣幸地成为10名复试者中的一员。

雅利安公司的人事部主任戴维先生告诉安东尼复试主要是由贝克先生主持。贝克先生是全球闻名的大企业家，从一个报童到美国最大的广告代理公司董事长、总经理，他的经历充满了传奇色彩。并且，他年纪并不很大，据说只有40岁上下。听到这个消息，安东尼非常紧张，一连几天，从口头表达能力、广告业务及穿戴方面都做了精心准备，以便顺利“推销自己”。

复试是单独面试。安东尼一走进小会客厅，坐在正中沙发上的一个考官便站起来，安东尼认出来：正是贝克先生。

“是你？！你是……”贝克先生激动地说出了安东尼的名字，并且快步走到安东尼面前，紧紧握住了他的双手。

“原来是你！我找你找了很长时间了。”贝克先生一脸的惊喜，激动地转过身对在坐的另几位考官嚷道：“先生们，向你们介绍一下：这位就是救我女儿的那位年轻人。”

安东尼的心狂跳起来，还没容得他说话，贝克先生把他一把拉到他旁边的沙发上坐下，说道：“我划船技术太差了，把女儿掉进了密西西比河中，要不是这位年轻人就麻烦了。真抱歉，当时我只顾看女儿了，也没来得及向你道谢。”

安东尼竭力抑制住心跳，抿了抿发干的双唇，说道：“很抱歉，贝克先生。我以前从未见过您，更没救过您女儿。”

贝克先生又一把拉住安东尼：“你忘记了？4月2日，塞纳河……肯定是你！我记得你脸上有块痣。年轻人，你骗不了我的。”贝克先生一脸的得意。

安东尼站起来：“贝克先生，我想您肯定弄错了。我没有救过您女儿。”

安东尼说得很坚决，贝克先生一时愣住了。忽然，他又笑了：“年轻人，我很欣赏你的诚实。我决定：免试了。”

几天后，安东尼幸运地成了雅利安公司职员。

有一次，安东尼和戴维先生闲聊，他问戴维：“救贝克先生女儿的那位年轻人找到了吗？”

“贝克先生的女儿？”戴维先生一时没反应过来，接着他大笑起来："他女儿？有7个人因为他女儿被淘汰了。其实，贝克先生根本没有女儿。"

一个人最重要的品质就是诚实，诚实是一切美德的根本。欺骗别人的人，最终被欺骗的是自己。我们要时时把诚实牢记在心头，不要因为贪图一时的小利，而丢弃我们最重要的美德。

不要相信命运

命运并非机遇，而是一种选择；我们不该期待命运的安排，必须凭自己的努力创造命运。

——布莱克

威尔逊先生是一位成功的商业家，他从一个普普通通的事务所小职员做起，经过多年的奋斗，终于拥有了自己的公司、办公楼，并且受到了人们的尊敬。

有一天，威尔逊先生从他的办公楼走出来，刚走到街上，就听见身后传来"嗒嗒嗒"的声音，那是盲人用竹竿敲打地面发出的声响。威尔逊先生愣了一下，缓缓地转过身。

那盲人感觉到前面有人，连忙打起精神，上前说道："尊敬的先生，您一定发现我是一个可怜的盲人，能不能占用您一点点时间呢？”

威尔逊先生说：“我要去会见一个重要的客户，你要什么就快说吧。”

盲人在一个包里摸索了半天，掏出一个打火机，放到威尔逊先生的手里，说：“先生，这个打火机只卖1美元，这可是最好的打火机啊！”

威尔逊先生听了，叹口气，把手伸进西服口袋，掏出一张钞票递给盲人：“我不抽烟，但我愿意帮助你。这个打火机，也许我可以送给开电梯的小伙子。”

“盲人用手摸了一下那张钞票，竟然是100美元！他用颤抖的手反复抚摸这钱，嘴里连连感激着：“您是我遇见过的最慷慨的先生！仁慈的富人啊，我为您祈祷！上帝保佑您！”

威尔逊先生笑了笑，正准备走，盲人拉住他，又喋喋不休地说：“您不知道，我并不是一生下来就瞎的。都是23年前布尔顿的那次事故！太可怕了！”

威尔逊先生一震，问道：“你是在那次化工厂爆炸中失明的吗？”

盲人仿佛遇见了知音，兴奋得连连点头：“是啊是啊，您也知道？这也难怪，那次光炸死的人就有93个，伤的人有好几百。”

也许他想用自己的遭遇打动对方，争取多得到一些钱，就可怜巴巴地说了下来：“我真可怜啊！到处流浪、孤苦伶仃，吃了上顿没下顿，死了都没人知道！”他越说越激动，“您不知道当时的情况，火一下子冒了出来！仿佛是从地狱中冒出来的！逃命的人群都挤在一起，我好不容易冲到门口，可一个大个子在我身后大喊：‘让我先出去！我还年轻，我不想死！’他把我推倒了，踩着我的身体跑了出去！我失去了知觉，等我醒来，就成了瞎子，命运真不公平啊！”

威尔逊先生冷冷地说道：“事实恐怕不是这样吧？你说反了。”

盲人一惊，用空洞的眼睛呆呆地对着威尔逊先生。

威尔逊先生一字一顿地说：“我当时也在布尔顿化工厂当工人，是你从我的身上踏过去的！你长得比我高大，你说的那句话，我永远都忘不了！”

盲人站了好长时间，突然一把抓住威尔逊先生，爆发出一阵大笑：“这就是命运啊！不公平的命运！你在里面，现在出人头地了，我跑了出去，却成了一个没有用的瞎子！”

威尔逊先生用力推开盲人的手，举起了手中一根精致的棕榈手杖，平静地说：“你知道吗？我也是一个瞎子。你相信命运，可是我不信。”

同是不幸的遭遇或失败，有人只能以乞讨混日子为生，有人却能出人头地，这绝非命运的安排，而在于个人奋斗与否。我们不能选择命运，但我们能改变命运。

第四篇

真情一瞬间

真正的将军

人最难征服的是自己，一旦征服了自己，便无往不胜。

——杰西

美国南北战争期间，南联邦军事天才罗伯特·爱德华·李将军英勇善战，屡建奇功，是南方人的宠星。无情的战争最后以南方失败而告终，然而投降后的李将军却赢得了更多美国人的爱戴。

李将军生于南方弗吉尼亚州，他内心里并不拥护南联盟的黑奴制度，在致一位朋友的信中写道："尽管人们很少认识到黑奴制度在政治、道德上是邪恶的，但我认为它的存在将给白人带来比黑人更多的灾难。"为什么他辞去在美军中的显赫职务而为短命的南方奴隶主而战呢？理由是：他属于弗吉尼亚，当外乡人去入侵他的故土时，他必须毫不迟疑地去保卫她。也许人们很难对此表示赞同，但很少有人忍心责备他的"愚忠"。

战争结束了，在阿波马格斯。李将军代表南联邦签字投降仪式完毕后，将军心如铅灌，无言地离开了。战火蹂躏的南方，满目疮痍；残废的妻子和两个女儿等着将军去供养；身为一个杰出的军事天才，南方却再无部队可指挥。许多骄傲的南方人不甘遭受耻辱，举家出逃至埃及、墨西哥、南非，他们不愿意、更不忍心儿女们看到他们的梦想被撕碎的家乡。沮丧与绝望布满了南联邦。

将军回了家，他穿着战场上磨破了的戎装，人和战马泥迹斑斑。他避开公共场合成千上万爱戴他的人群，默默接受了华盛顿学院院长的职务。当时学院鲜为人知，除了2000美元联邦废币外，只有146名学生每人75美元的学费可指望。处在绝境中的学院因将军的到来复活了，对它一无所知的富翁们慷慨赞助，两年后学生增加了1倍。而月薪125美元的将军在他的破房子里制定着新的战略，他突破传统呆板的教学方式，加进化学、物理等自然科学课程，甚至还设了新闻课，这在当时是创举，比后来教育家终于想到设新闻课提前了40年。

李还是将军，他没把一分钟、一份力用于沮丧，却把南方人从羞辱中拉了出来，又投入了复兴家园的战役。许多不服气的南方兵要进山打游击和北方佬作对，向将军讨计。他说："回家去，小子们，把毁灭的家园建起来。"他曾告诉惊奇不解的人们："将军的使命不单在于把年轻人送上战场送命，更重要的是去教会他们如何实现人生的价值。"

人们往往喜欢停留在过去，喜欢沉醉于过去的辉煌或沉涵于曾经的失落和悲伤。其实，明天永远比昨天重要。

老师我站着

想到自己的苦难别人也曾经受过，虽不能治愈痛楚，却能使它稍稍缓和。

——莎士比亚

这是一所能看到大海的地势较高的中学，上课时从教室就能看到变化无穷的大海。

那年约有80名新生入学，其中大多数是那些与大海搏击的渔民们的子弟。

那是比彻给新生上第一次课的事情。

“起立。”

大家都站起来。因为是新生，所以都很认真，教室出现瞬间的寂静。

但是，有一名学生耍滑头未起立。

“站起来，刚入学就是这种态度可不行！”

比彻的语气顿时严厉起来。

这时，传来一个声音：“老师，我站着呢。”

是的，他，赫尔站着，但是由于他个子太矮，比彻看着他好像是坐着。

糟糕！比彻做了对不起赫尔的事。

比彻为自己的粗心感到不安，一时竟不知说什么。如果在此时道歉，反而会伤赫尔的自尊心。于是，比彻当时只说了声“对不起”，周围的学生都笑起来。赫尔的心情一定很寂寞，比彻意识到赫尔以后也许会因此受他人的欺负。

下课后，比彻本想向赫尔道歉，但忙乱之中竟把此事忘掉。晚上，比彻犹豫是否给赫尔打电话，但打电话道歉太不礼貌，于是只好作罢。

第二天，天空晴朗无云，春天的大海碧波荡漾，比彻给赫尔的班上第二次课。

“起立。”

又是瞬间的寂静。这时，忽然传来一个洪亮的声音。

“老师，我站着呢。”

是赫尔，他站在椅子上，微笑着。比彻只觉得眼前发暗。赫尔的微笑中，比彻看出他这样做并不是讽刺，也不是抵抗情绪的表露。

比彻感到了“老师，我不在意，不要为我担心”这样一种体谅，比彻的心口感到一阵疼痛。

晚上，比彻怀着复杂的心情给赫尔拨了电话。

“老师，别在意，别在意。”对面传来赫尔爽朗又充满稚气的声音。

比彻祈盼明天的天空还是晴朗无云，大海还是碧波荡漾。

有大海一样的胸怀，生活中还有什么事情会让我们失去笑容呢？不要把自身的缺点看做是我们的不幸，而是要乐观地化不幸为前进的动力，奋力前行。

走出钱眼去

贫穷者希望得到一点东西，奢侈者希望得到许多东西，贪婪者希望得到一切东西。

——普利西亚

在一间很破的屋子里，有一个穷人鲁弗斯，他穷得连床都没有，只好躺在一条长凳上。

鲁弗斯自言自语地说：“我真想发财呀，如果我发了财，决不做吝啬鬼……”

这时候，在鲁弗斯旁出现了一个魔鬼。

魔鬼说道：“好吧，我就让你发财吧，我会给你一个有魔力的钱袋。”

魔鬼又说：“这钱袋里永远有一块金币，是拿不完的。但是你要注意，在你觉得够了时，就要把钱袋扔掉，才可以开始花钱。”

说完，魔鬼就不见了，在鲁弗斯的身边，真的有一个钱袋，里面装着一块金币。鲁弗斯把那块金币拿出来，里面又有了一块。于是鲁弗斯不断地往外拿金币。鲁弗斯一直拿了整整一个晚上，金币已有一大堆了。鲁弗斯想：这些钱已经够我用一辈子了。

到了第二天，鲁弗斯很饿，很想去买面包吃。但是在他花钱以前，必须扔掉那个钱袋，于是便拎着钱袋向河边走去，可是他舍不得扔，又回来了。

鲁弗斯又开始从钱袋里往外拿钱。每次当他想把钱袋扔掉之前，总觉得还不够多。

日子一天天过去了。鲁弗斯完全可以去买吃的、买房子、买最豪华的车子。可是，他对自己说：“还是等钱再多一些吧。”

鲁弗斯不吃不喝地拿，金币已经快堆满屋子了。同时，他也变得又瘦又弱，脸色像蜡一样的黄。

鲁弗斯虚弱地说：“我不能把钱袋扔掉，金币还在源源不断地出来啊！”

鲁弗斯成了一个看起来极老的人，但他还是抖着手往外掏金币。最后，终于死在了他的长凳上。

没有钱是万万不能的，但只有钱更是万万不能的。不能让金钱蒙蔽双眼，更不能让贪欲吞蚀心灵。知足是我们这个社会最欠缺的品质，永无止境的贪欲会毁掉我们的一切希望。

海明威的课

我们常常原谅使我们讨厌的人，但是决不原谅觉得我们讨厌的人。

——拉罗什富科

二战时期，莱德勒少尉服役的美国海军炮艇“塔图伊拉”号停泊在威尔士。这天，他兴致勃勃地参加当地举办的一种碰运气的“不看样品的拍卖会”。

那位拍卖商是以恶作剧而闻名遐迩的，所以当拍卖一个密封的大木箱时，在场的人都肯定箱里装满了石头。然而，莱德勒却开价30美元，拍卖商随即喊道：“卖了！”

打开木箱，里面竟是两箱威士忌酒——战时威尔士极珍贵的酒。

于是，众人大哗，那些犯酒瘾的人出价30美元买1瓶，却被莱德勒回绝了，他说他不久要被调走，正打算开一个告别酒会。

当时，在威尔士的美国著名作家海明威也犯了酒瘾，他来到“塔图伊拉”号炮艇对莱德勒说：“听说你有两箱醉人的美酒，我买6瓶，要什么价？”

莱德勒婉言拒绝了。

海明威掏出一大卷美钞，说：“给我6瓶，你要多少钱都行！”

莱德勒想了一想说：“好吧，我用6瓶酒换你6堂课，教我成为一个作家，如何？”

作家做了个鬼脸，笑道："老兄，我可是花了好几年功夫才学会干这行，这价可够高的。好吧，成交了！"

如愿以偿的莱德勒连忙递上6瓶威士忌。

接着的5天里，海明威不失信用地给莱德勒上了5堂课，莱德勒很为自己的成功得意，他以6瓶酒得到美国最出名的作家指点。海明威眨眨眼说："你真是个精明的生意人。我只想知道，其余的酒你曾偷偷灌下多少瓶？"莱德勒说："一瓶也没有，我要全留着开告别会用呢。"

海明威有事要提前离开威尔士，莱德勒陪他去机场，海明威微笑道："我并没忘记，这就给你上第6课。"

在飞机的轰鸣声中，他说："在描写别人前，首先自己要成为一个有修养的人……"

作家接着说："第一要有同情心，第二能以柔克刚，千万别讥笑不幸的人。"

莱德勒说："这与写小说有什么相干？"

海明威一字一顿地说："这对你的生活是至关重要的。"

正在向飞机走去的海明威突然转过身来，大声道："朋友，你在为你的告别酒会发请柬前，最好把你的酒抽样检查一下！再见，我的朋友！"

回去后，莱德勒打开一瓶又一瓶酒，发现里面装的全是茶。他明白，海明威早就知道了实情，然而只字未提，也未讥笑人，依然遵诺践约。此时，莱德勒才懂得，海明威教导他要做一个有修养的人的涵义。

别人上当吃亏、遭遇不幸时，你应该以宽容的胸怀报以同情。如果自己遭遇到不幸时更应该保持冷静。

只有你可以帮你

我们的自信，就像我们的身影一样，在太阳下落时，它就会拉长。

——萧伯纳

一个经理，他把全部财产投资在一种小型制造业上。由于世界大战爆发，他无法取得他的工厂所需要的原料，因此只好宣告破产。金钱的丧失，使他大为沮丧。于是，他离开妻子儿女，成为一名流浪汉。他对于这些损失无法忘怀，而且越来越难过。到最后，甚至想要跳湖自杀。

一个偶然的机会，他看到了一本名为《自信心》的小书。这本书给他带来勇气和希望，他决定找到这本书的作者奥里森·马登，请马登帮助他再度站起来。

当他找到马登，说完他的故事后，马登却对他说："我已经以极大的兴趣听完了你的故事，我希望我能对你有所帮助，但事实上，我却绝无能力帮助你。"

他的脸立刻变得苍白。他低下头，喃喃地说道："这下子完蛋了。"

马登停了几秒钟，然后说道："虽然我没有办法帮助你，但我可以介绍你去见一个人，他可以协助你东山再起。"

刚说完这几句话，流浪汉立刻跳了起来，抓住马登的手，说道：

“看在上帝的份上，请带我去见这个人。”

于是马登把他带到一面高大的镜子面前，用手指着镜子说：“我介绍的就是这个人。在这个世界上，只有这个人能够使你东山再起。除非坐下来，彻底认识这个人，否则，你只能跳到密歇根湖里。因为在你对这个人作充分的认识之前，对于你自己或这个世界来说，你都将是个没有任何价值的废物。”

他朝着镜子向前走几步，用手摸摸他长满胡须的脸孔，对着镜子里的人从头到脚打量了几分钟，然后退几步，低下头，开始哭泣起来。

几天后，马登在街上碰见了这个人，几乎认不出来了。他的步伐轻快有力，头抬得高高的。他从头到脚打扮一新，看来是很成功的样子。

“那一天我离开你的办公室时，还只是一个流浪汉。我对着镜子找到了我的自信。现在我找到了一份年薪三千美元的工作。我的老板先预支一部分钱给家人。我现在又走上成功之路了。”

他还风趣地对马登说：“我正要前去告诉你，将来有一天，我还要再去拜访你一次。我将带一张支票，签好字，收款人是你，金额是空白的，由你填上数字。因为你介绍我认识了自己，幸好你要我站在那面大镜子前，把真正的我指给我看。”

自信心是一个人做事情与活下去的支撑力量，没有了这种信心，就等于自己给自己判了死刑。只有自信才能克服人生中的一切困难，到达胜利的彼岸。

富足的体验

“贪欲”是个日长夜大的巨人，对他来说，“拥有”这件外衣永远嫌太小。

——惠特曼

帕霍姆已经很富有了，但仍然不满足。为了得到更多的土地，他去向巴什基尔人买地。巴什基尔人的首领告诉他：“我们卖地不是一亩一亩地卖，而是一天一天地卖，在这一天时间里，你能圈多大一块地，它就都是你的了，但是如果日落之前你不能回到起点，你就一块土地也得不到。”

这天早晨，人们来到一个小山岗。

帕霍姆出发了，他大步往前走，每块地都很好，丢掉可惜。他就一直向前走去，直到看不见出发点才拐了弯。这时看看太阳，已到中午，天变得热起来。帕霍姆稍事休息，吃了些干粮，喝了些水，又继续前进。天气热极了，而且他觉得困倦得很，但他仍不停地走着，心里想：忍耐一时，享用一世。

他往这个方向走了许多路，抬头望一望太阳，已经到了下午。“不行了，”他想，“只好要一块斜地，我得走直路赶回去。就要这么多，地已经够多的了。”

帕霍姆连忙做个标记，取直路朝山岗走去。他开始觉得吃力。身上出了许多汗，他很想休息一下，但是不能，怕日落前走不到终点。他看一看前方的土岗，又看一看太阳，终点还远，而太阳已经快到天边了。

帕霍姆继续这样向前走，他已经很吃力了，但是还在不断地加快步伐。

帕霍姆又看看太阳，太阳已经到了地平线上，并且开始下沉，形成一个弯弓。他使出最后的力气向前冲去，两只脚好不容易跟上，使身体不致扑倒。他一口气，登上山岗。帕霍姆两腿一软扑倒在地，两手伸出去够着了起点。

帕霍姆的雇工跑过去，想扶他站起来，而他口吐鲜血，已经死了。

从来不曾由于足够而感到满足，这种心情将会在贪婪的状态里延续不已。我们在知道有权享受财富和富足的同时，也应明白知足是最大的富有。

扬长与避短

造物主创造了一个公平的世界，你可以运用你的长处来克服一切不利的情况。

——布伦丹

有的时候，人的劣势未必就是劣势，可能反而成了优势。

有一个十岁的美国小男孩里维，在一次车祸中失去了左臂，但是他很想学柔道。

最终，里维拜一位日本柔道大师做了师傅，开始学习柔道。他学得不错，可是练了3个月，师傅只教了他一招，里维有点弄不懂了。

他终于忍不住问师傅：“我是不是应该再学学其他的招术？”

师傅回答说：“不错，你的确只会一招，但你只需要会这一招就够了。”

里维并不是很明白，但他很相信师傅，于是就继续照着练了下去。

几个月后，师傅第一次带里维去参加比赛。里维自己都没有想到居然轻轻松松地赢了前两轮。第三轮稍稍有点艰难，但对手还是很快就变得有些急躁，连连进攻，里维敏捷地施展出自己的那一招，又赢了。

就这样，里维迷迷糊糊地进入了决赛。

决赛的对手比里维高大、强壮许多，也似乎更有经验。有一度里维显然有点招架不住，裁判担心里维会受伤，就叫了暂停，还打算就此终止比赛，然而师傅不答应，坚持说：“继续下去！”

比赛重新开始后，对手放松了戒备，里维立刻使出他的那招，制服了对手，由此赢了比赛，得了冠军。

回家的路上，里维和师傅一起回顾每场比赛的每一个细节，里维鼓起勇气道出了心里的疑问：“师傅，我怎么就凭一招就赢得了冠军？”

师傅答道：“有两个原因：第一，你几乎完全掌握了柔道中最难的一招；第二，就我所知，对付这一招唯一的办法是对手抓住你的左臂。”

所以，里维最大的劣势变成了他最大的优势。

只要懂得扬长避短就无劣势可言。再聪明些的话，也可以把劣势变成特点或优势。如果我们只关注自己的短处，不努力改变这种不利情况，那么留给我们的只有“失败”这两个字。如果我们善于以自己的短处为基础，努力修缮，就可以扬长避短。

整洁的形象

决定一个陌生人的好恶的首要因素是他的形象，一个衣衫得体的人总是能赢得他人的好感。

——卡耐基

莎拉和莫娜是同一天来到一家著名广告公司应聘美编的，单从两个人的作品上看，技术水平不相上下。不过莎拉在思路方面略胜一筹，因为她在佛罗里达做过3年这个行当，刚刚回到北方来，经验相对于才出校门的莫娜自然要丰富一些。两个人一起被通知参加试用，而且结果很明确，只能留下一个。

莎拉上班时间从来都是一身T恤短裤的打扮，光脚踩一双凉拖鞋，也不顾电脑室的换鞋规定，屋里屋外就这一双鞋，还振振有词地说："佛罗里达那儿上班的人都这样，再说我这不是穿着拖鞋吗？"不管是在工作台前画图，还是在电脑前操作，只要活干得顺手，一高兴起来准把鞋踢飞。刚开始，同事们还把她的鞋藏起来，和她开玩笑，后来发现她根本不在乎，光着脚也到处乱跑。

相反，莫娜是第一次工作，多少有点拘谨，穿着也像她的为人一样——文静、雅致之外，带着少许灵气，她从来不通过怪发型、亮眼妆来标榜自己是搞艺术的，只是在小饰物上展示出不同于一般女孩的审美观点来，说话温温柔柔的，很可爱。

有一天中午，电脑室的空气中忽然飘出腥臭味道，弄得一班人互相用猜疑目光观察对方的脚，想弄清到底谁是“发源地”。后来，大家发现窗台下面有嗦嗦的响声，原来那里放着一个黑色塑料袋，有胆子大的打开来一看，居然是一大袋海鲜。

众人的目光不约而同地集中在莎拉身上，没想到她坦坦荡荡地说：“小题大做，原来你们是在找这个。嗨，这可怪不得我，这里的海鲜只能算是海臭，一点都不新鲜，简直比佛罗里达的差远了。”

这时莫娜端过来一盆水：“莎拉姐，把海鲜放在水里吧，我帮你拿到走廊去，下班后你再装走。”

莎拉一边红着脸，一边把袋子拎走了。

结果呢，试用期才进行了两个月，莎拉就背包走人，尽管她的方案比莫娜做得要好，但是老板不想因为留下这样一个太不修边幅的人，而得罪一大批其他雇员。

临走的时候，老板对莎拉说：“你的才气和个性都不能成为你搅扰别人心情的原因，也许你更适合一个人在家里成立工作室，但要在大公司里与人相处，处世得体和合作精神是十分重要的。”

人们可以有自由的个性与随意的生活方式，但在公共场合，首先要尊重别人，尊重他人的自由与个性。一个独立特行的人，不能影响别人的生活方式，否则是不可能受到众人欢迎的。我们尊重别人的目的是赢得别人对自己的尊重。

博士的论文

学会宽容的人，才真正懂得什么是爱；真正懂得爱的人，也是真正会宽容的人。

——福克纳

斯坦福大学社会学博士生托尼，在写毕业论文时糊涂了，因为他在归纳两份相同性质的材料时，发现结论相互矛盾。一份是杂志社提供的4800份调查表，问的是：什么在维持婚姻中起着决定作用（爱情、孩子、性、收入、其他）？90%的人答的是爱情。可是从法院民事庭提供的资料看，根本不是那么回事，在4800对协议离婚案中，真正因感情彻底破裂而离婚的不到10%，托尼发现他们大多是被小事分开的。看来真正维持婚姻的不是爱情。

例如0001号案例：这对离婚者是一对老人，男的是教师，女的是医生，他们离婚的直接原因是：男的嗜烟，女的不习惯，女的是素食主义者，男的受不了。

再比如0002号案例：这对离婚者大学时曾是同学，上学时有三年的恋爱历程，后来在同一个城市工作，他们结婚五年后离异，直接原因是：男的老家是西部的，父母身体不好，姊妹又多，大事小事都要靠他，同学朋友都买车购房了，他们一家还过着紧日子，女的心里不顺，为经济吵架，结果就分手了。

再比如第4800号案例：这一对结婚才半年，男的是警察，睡觉时喜欢开窗，女的不喜欢；女的是护士，喜欢每天洗一次澡，男的做不到。两人为此经常闹矛盾，结果协议离婚。

本来托尼博士以为他选择了一个轻松的题目，拿到这些实实在在的资料后，他才发现《爱情与婚姻的辩证关系》是多么难做的一个课题。

托尼去请教他的指导老师，指导老师说，这方面的问题你最好去请教那些金婚老人，他们才是专家。

于是，托尼走进大学附近的公园，去结识来此晨练的老人。可是他们的经验之谈令他非常失望，除了宽容、忍让、赏识之类的老调外，在他们身上他也没找出爱情与婚姻的辩证关系。不过在比较中他有一个小小的发现，那就是：有些人在婚姻上失败，并不是找错了对象，而是从一开始就没弄明白，在选择爱情的同时，也就选择了一种生活方式。就是这种生活方式上的小事，决定着婚姻的和谐。有些人没有看到这一点，最后使本来还爱着的两个人走向了分手的道路。

博士生导师就因为托尼这一小小的发现，使他通过了博士论文的答辩。

爱与宽容是一体的，因为爱才会宽容。家庭的组建是因为有了爱情，家庭的破裂是因为缺乏宽容。没有宽容的爱情是不会长久的。爱的宽容在于相互的理解，相互的体谅。把宽容融入爱，爱才会长久。

最后一个月

面对任何不幸都要保持你的本性，不要因为遭遇一些意外而惊惶失措失去你的本色。

——阿兰德

通用公司要裁员，名单公布，有内勤部办公室的艾丽和密娜达。规定一个月之后离岗。那天，大伙儿看她俩都小心翼翼，更不敢和她们多说一句话。因为，她俩的眼圈都红红的。

第二天上班，这是艾丽和密娜达在通用公司的最后一个月。艾丽的情绪仍很激动，谁跟她说话，她都“冲冲”的，像灌了一肚子的火药，逮着谁就向谁开火。裁员名单是老总定的，跟其他人没关系，甚至跟内勤部都没关系。艾丽也知道，可心里憋气得很，又不敢找老总去发泄，只好找杯子、文件夹、抽屉撒气。“砰砰”、“咚咚”，大伙儿的心被她提上来又摔下去，空气都快凝固了。

艾丽仍旧不能出气，又去找主任诉冤，找同事哭诉。“凭什么把我裁掉？我干得好好的……”眼珠一转，滚下泪来。

旁边的人心里酸酸的，恨不得一时冲动让自己替下艾丽。自然，办公室订盒饭、传送文件、收发信件，原来属艾丽做的，现在都无人过问。

不久听说，艾丽找了一些人到老总那儿说情，好像都是重量级的人物，艾丽着实高兴了好几天。不久又听说，这次是“一刀切”，谁也通融不了。艾丽再次受到打击，气愤愤的，异样的目光在每个人脸上刮来刮去，仿佛有谁在背后捣她的鬼，她要把那人用眼钩子勾出来。许多人开始怕她，都躲着她。

艾丽原来很讨人喜欢，但后来，她人未走，大家却有点讨厌她了。

密娜达也很讨人喜欢。同事们早已习惯了这样对她："密娜达，把这个打一下，快点儿！""密娜达，快把这个传出去！"密娜达总是连声"答应"，手指像她的舌头一样灵巧。

裁员名单公布后，密娜达哭了一晚上，第二天上班也无精打采，可打开电脑，拉开键盘，她就和以往一样地干开了。密娜达见大伙不好意思再吩咐她做什么，便特地跟大家打招呼，主动揽活。她说："是福跑不了，是祸躲不了，反正这样了，不如干好最后一个月，以后想干恐怕都没机会了。"密娜达心里渐渐平静了，仍然勤快地打字复印，随叫随到，坚守在她的岗位上。

一个月满，艾丽如期下岗，而密娜达却被从裁员名单中删除，留了下来。

主任当众传达了老总的话："密娜达的岗位，谁也无可替代；密娜达这样的员工，公司永远不会嫌多！"

不要抱怨不幸，在怨天尤人的愤怒情绪中，只会把事情搞得越来越糟，把解决问题的机会再次错过。只要你用一颗热忱的心去对待发生在你身上的一切，相信所有的不幸都会烟消云散，最终属于你的就是胜利。

修养的作用

一个值得崇敬的人，首先是一个有修养的人，他会很体面地照顾到大家的自尊心。

——约瑟夫

耶鲁大学有一批应届毕业生一共22个人，实习时被导师带到华盛顿的白宫某实验室里参观。全体学生坐在会议室里等待该实验室主任胡里奥的到来。这时有秘书给大家倒水，同学们表情木然地看着她忙活，其中一个还问了问："有黑咖啡吗？天太热了。"秘书回答说："抱歉，刚刚用完了。"

有一个名叫比尔的学生看着有点别扭，心里嘀咕："人家给你倒水还挑三拣四的。"轮到他时，他轻声说："谢谢，大热天的，辛苦了。"秘书抬头看了他一眼，满含着惊奇，虽然这是很普通的客气话，却是她今天听到的唯一的一句。

门开了，胡里奥主任走进来和大家打招呼，不知怎么回事，静悄悄的，没有一个人回应。比尔左右看了看，犹犹豫豫地鼓了几下掌，同学们这才稀稀落落地跟着拍手，由于不齐，越发显得零乱起来。

胡里奥主任挥了挥手："欢迎同学们到这里来参观。平时这些事一般都是由办公室负责接待，因为我和你们的导师是老同学，非常要好，所以这次我亲自来给大家讲一些有关情况。我看同学们好像都没有带笔记本，这样吧，秘书，请你去拿一些我们实验室印的纪念手册，送给同学们作纪念。”

接下来，更尴尬的事情发生了，大家都坐在那里，很随意地用一只手接过胡里奥主任双手递过来的手册。

胡里奥主任脸色越来越难看，走到比尔面前时，已经快要没有耐心了。

就在这时，比尔礼貌地站起来，身体微倾，双手握住手册恭敬地说了一声：“谢谢您！”

胡里奥闻听此言，不觉眼前一亮，伸手拍了拍比尔的肩膀：“你叫什么名字？”比尔照实作答，胡里奥微笑点头回到自己的座位上。

早已汗颜的导师看到此情景，微微松了一口气。

两个月后，毕业生去向表上，比尔的去向栏里赫然写着该军事实验室。有几位颇感不满的同学找到导师：“比尔的学习成绩最多算是中等，凭什么选他而没选我们？”

导师看了看这几张尚属稚嫩的脸，笑道：“是人家点名来要的。其实你们的机会是完全一样的，你们的成绩甚至比比尔还要好，但是除了学习之外，你们需要学的东西太多了，修养是第一课。”

修养对于年轻人来说是非常重要的，做事先做人，这句话是很古老的一句话，却不会过时。一个人的道德修养是其事业的基础所在。没有修养的人是处处不受欢迎的，我们在事业开始之前一定要学会做人，因为人际关系将决定我们的前途与命运。

瑞典的法国建筑

当哥伦布发现美洲的时候，他知道他航向何处吗？他的目标只是前进，一直向前进。

——纪德

19世纪时有一位瑞典青年，家境很不好，穷困得连肚子都填不饱，更别提入学受教育了。青年虽然在这种环境之下成长，但是丝毫不气馁，一有多余的时间就自学，因此学习了许多关于建筑和化工方面的知识。他决心要用自己的所学改变自己的命运。

后来，青年凭着所学的一些知识，进入建筑公司当上了小助理。他积极努力地工作，因为表现出色，先后协助了一些著名建筑师的工作，在这段时间里，他积累了许多宝贵的经验和知识，再加上潜在的天分，逐渐在建筑界小有名气，为许多人所肯定。但是，由于他没有好的学历和出身背景，所以不管他再怎么努力，也无法打入上流社会，成为地位崇高、有名望的建筑师。看到无法实现愿望，青年因此郁郁终日。

有一天，他在街上远远地见到一群侍卫，簇拥着瑞典国王查理四世出访，他情不自禁地想："如果我有国王这样的机遇就好了。"查理四世原来是个法国人，曾是拿破仑身边的元帅，由于他的卓越才能为老瑞典国王所赏识。因此在临终之前收他为义子，要他统治瑞典。查理四世不负老瑞典国王的厚望，将瑞典治理得井井有条。但是，要怎么样才能引起国王的注意呢？

青年动起了脑筋。“如果我能建造一个很特殊的建筑物，来吸引国王，那就好了！”青年的眼睛一亮，“对呀！国王原来是法国人，如果我在瑞典建造一座类似法国凯旋门的建筑物，一定能引起他的注意。”

有了这个想法，于是青年四处奔走，争取到几位过去有生意往来的企业家的支持，不久之后就在一座瑞典小城内，盖起了一座抓住了法国凯旋门神韵的建筑物。一天，国王经过小城，看到这个建筑物时，惊讶得说不出话来，睹物思情，缅怀过去，引发了他许多的感慨。事后国王特别召见青年，夸赞他的建筑技术。受到国王赞赏的青年，忽然之间声名大噪，各种媒体争相报导有关他和他的建筑作品，他被大家奉为天才。

从此，他不但挤进了上流社会，更一跃成为瑞典建筑界大师，身价百倍。

自助者天助之！命运掌握在自己手中，只有自己才能拯救自己。只有活出自我个性，寻求与众不同，你才可能获得比别人更多的赞美和青睐。

把生意转让给对手做

人心不是靠武力征服，而是靠爱和宽容大度征服。

——斯宾诺

卡尔是一位卖砖的商人，由于另一位对手的恶性竞争而使他陷入困难之中。

对方在他的经销区域内定期走访建筑师与承包商，告诉他们：卡尔的公司不可靠，他的砖块不好，生意也面临即将停业的境地。

卡尔并不认为对手会严重伤害到他的生意。但是这件麻烦事使他心中生出无名之火，真想“用一块砖头敲碎那人肥胖的脑袋”作为发泄。

在一个星期天的早晨，卡尔听了一位牧师的讲道。主题是：要施恩给那些故意跟你为难的人。卡尔把每一个字都记下来。卡尔告诉牧师，就在上个星期五，他的竞争者使他失去了一份25万块砖的订单。但是，牧师却教他要以德报怨、化敌为友，而且举了很多例子来证明自己的理论。

当天下午，当卡尔在安排下周的日程表时，发现住在弗吉尼亚州的一位顾客，要为新盖一间办公大楼购买一批砖。可是他所指定的砖却不是卡尔他们公司所能制造供应的那种型号，而与卡尔的竞争对手出售的产品很相似。同时卡尔也确信那位满嘴胡言的竞争者完全不知道有这个生意机会。

这使卡尔感到为难。如果遵从牧师的忠告，自己就应该告诉对手这项生意的机会，并且祝他好运。但是，如果按照自己的本意，他但愿对手永远也得不到这笔生意。

卡尔在内心挣扎了一段时间。牧师的忠告一直盘踞在他的心田。最后，也许是因为很想证实牧师是错的，卡尔拿起电话拨到竞争者的家里。

当时，那位对手难堪得说不出一句话来。卡尔就很有礼貌地直接告诉他，有关弗吉尼亚州的那笔生意机会。

有一阵子那位对手结结巴巴地说不出话来，但是很明显，他很感激卡尔的帮忙。卡尔又答应打电话给那位住在弗吉尼亚州的承包商，并且推荐由对手来承揽这笔订单。

后来，卡尔得到非常惊人的结果。对手不但停止散布有关他的谎言，而且甚至还把他无法处理的一些生意转给卡尔做。现在，除了他们之间的一些阴霾已经获得澄清以外，卡尔心里也比以前好受多了。

商场如战场，时时充满血腥味，把生意转让给对手做需要何等的宽容和豁达，常人一般都很难做到，但当你做到时候，你就会发现自己有很多意外的收获。

买牙膏

真正的雄辩在于说所有应当说的，且只说应当说的。

——拉罗什富科

西德尼旅行在外，正好没有带牙膏，只好去买一支了。旅馆的门卫告诉他附近有一家商店。

当西德尼走进商店，一个年轻的、颇有绅士风度的先生问他需要什么。听了西德尼的回答，他双眉紧皱，想了一想。

“请跟我来，”他低声说，把西德尼带到一个角落，“是您自己用的吗？”

“是的，”西德尼说，并补充道，“当然，我的妻子和孩子们也都能使用。”

“啊！”销售者决定道，“您需要一管多用途牙膏！”

“并不完全这样，”西德尼反对道，“我只需要一管用于牙的牙膏。”

他根本不听西德尼的话，继续说：“好吧，请看，这里有不少于45种的多用途家庭用牙膏。”他停了一下，向西德尼投来试探的目光，“您用的是电动牙刷还是老式手动牙刷？”

西德尼略感羞愧：“老式手动牙刷。”

年轻人傲气十足地打量着西德尼，然后把他带到柜台前。“这是用于老式牙刷的32种牙膏目录。”

“随便给一只吧。”西德尼赶紧说，尽量想把事情简单化。店主从厚厚的眼镜玻璃片后面死盯着西德尼，西德尼马上感到自己说了一句傻话。

店主挥舞着一管牙膏问道：“您肯定是想买一种既能清洁牙齿，又能清新口腔气息的牙膏吧？”

“正是这样。”西德尼迫不及待地回答道，同时手伸向了牙膏。

可是销售者马上把手缩了回去，把牙膏藏在背后。“这种牙膏不含增白剂！”他生气地说。

“什么是增白剂？”

“增白剂，”他解释道，“就是使牙齿像白雪般晶莹的物质。用一次可保持12小时，使用了它，在黑暗处，3米外也能看见您的牙齿熠熠闪光。”

西德尼幻想着妻子和他在房间里昏暗的光线下相视而笑的动人情

景，一度产生出全部买光的欲望。

“好吧，我就买含增白剂的那一种吧。”西德尼实在懒于继续抵抗了。

“你希望要只新型牙龈强壮剂的Z0068的呢，还是不含强壮剂的？”

“含 Z 0068的。”西德尼说道。

“当然要含氟的啰？”他继续问。

“当然。”

“这种牙膏的装潢图案有条纹的和苏格兰花格式的”。

他后退两步，上下打量西德尼，“您身材瘦长，我建议您选用苏格兰花格图案。”

“好吧，给我一支红白格子的。”西德尼叹了口气。

“但我们不能忘记您的夫人也要用这种牙膏，”他补充道，“请告诉我尊夫人的头发是金黄色还是棕色？”

“金黄色。”

“那么，我建议你买蓝色格子的。”他宣布道。

西德尼同意了，无一丝兴奋的感觉。

“这里有4种规格的牙膏，”他又说，“家庭型、经济型、标准型和微型。”

“给我旅行用的微型牙膏吧。”西德尼不假思索地回答道。

销售者转过身，从货架上取下了6管微型牙膏。

西德尼一步蹿到门边，逃走前听见这家伙还在问：“您能告诉我，您从哪个国家来的吗？因为我们有……”

幸好，在那关键的瞬间，门自动关上了。

商人讲究精明我们无可非议，但要清楚精明之道何在？只有合适的才是最好的。做什么事都不能南辕北辙，让自己得不偿失。

“我的耳朵不好”

贪图小利的人往往受的损失最大，也常常被骗子所利用。

——马尔兹

13岁的古德和父亲在芝加哥一条热闹的大街上漫步。经过一家服装店，门口站着一个笑容可掬的圆脸男子。他一见古德他们，立刻向他父亲伸出手来，一副兴高采烈的样子，嚷嚷道：“先生您请进，欢迎您光临本店！我们有一种漂亮服装，配您的身材再好不过了！今天大减价，您可别错过良机啊！”

古德的父亲说：“不，谢谢。”他们继续散步。古德回头扫了一眼，那位能说会道的推销员又缠上了另一个人。他抓着那人的胳膊，边向他介绍一种蓝色带条纹的套装如何如何，边拉着他进了店铺。

“这对德鲁比克兄弟呀，”父亲轻轻笑道，“他们靠装耳朵聋，赚的钱已经供三个孩子上了大学。”

奇怪，装聋也能发财？接着，父亲为古德解开了迷团——

原来，两兄弟中的一个把顾客哄骗进店里，劝说顾客试试新装是易如反掌的，这样前前后后摆弄一阵，顾客最后总要问道：“这衣服多少钱？”

这位德鲁比克先生把手放在耳朵上：“你说什么？”

“这服装多少钱？”顾客高声又问了一遍。

“噢，价格嘛，我问问老板。对不起，我的耳朵不好。”

他转过身去，向坐在一张有活动顶板的写字台后面的兄弟大声叫道：“德鲁——比克——先生，这套全毛服装定价多少？”

“老板”站了起来，看了顾客一眼，答话道：“那套吗？72美元！”

“多少？”

“72美元。”“老板”喊道。

他回过身来，微笑着对顾客说：“先生，42美元。”顾客自认为走运，赶紧掏钱买下，溜之大吉。

父亲解释说，这场骗局的妙处在于，“聋子”德鲁比克兄弟的欺诈与那顾客急不可耐的上钩配合默契，相映成趣。

一个巴掌是拍不响的，只有左右手互相碰撞才能起作用。同样的道理，如果不是顾客的心甘情愿，店家何以得逞？不要在上当受骗时一味地责骂对方，他的机会不是你给的吗？

把报纸放下

历史给我们的最好的东西就是它所激起的热情。

——歌德

威甘德登上了南行的“151”号公共汽车，凭窗而望，芝加哥的冬日景色实在一无是处：树木光秃，融雪滩滩，汽车溅泼着污水泥浆前进。

公共汽车在风景区林肯公园里行驶了几公里，可是谁都没有朝窗外看。乘客们穿着厚墩墩的衣服在车上挤成一堆，全都给单调的引擎声和车厢里闷热的空气弄得昏昏欲睡。

谁都没作声，这是在芝加哥搭车上班的不成文规矩之一。虽然威甘德每天碰到的大都是这些人，但大家都宁愿躲在自己的报纸后面。此举所象征的意义非常明显：彼此在利用几面薄薄的报纸来保持距离。

公共汽车驶到密歇根大道一排闪闪发光的摩天大厦前时，一个声音突然响起："注意！注意！"报纸嘎嘎作响，人人伸长了脖颈。

"我是你们的司机。"

车厢内鸦雀无声，人人都瞧着那司机的后脑勺，他的声音很有威严。

"你们全都把报纸放下。"

报纸慢慢地放了下来。司机在等着乘客们把报纸折好，放在大腿上。

"现在，转过头去面对坐在你旁边的那个人。转啊！"

使人惊奇的是，乘客们全都这样做了。但是，仍然没有一个人露出笑容，他们只是盲目地服从。

威甘德面对着一个年龄较大的妇人。她的头被红围巾包得紧紧的，他几乎每天都看见她。他们四目相投，目不转睛地等候司机的下一个命令。

"现在跟着我说……"那是一道用军队教官的语气喊出的命令，"早安，朋友！"

他们的声音很轻，很不自然。对其中许多人来说，这是今天第一次开口说话。可是，他们像小学生那样，齐声对身旁的陌生人说了这四个字。

威甘德情不自禁地微微一笑，完全不由自主。他们松了一口气，知道不是被绑架或抢劫。而且他们还隐约地意识到，以往他们怕难为情，连普通礼貌也不讲，现在这腼腆之情一扫而空。他们把要说的话说了，彼此间的界限消除了。“早安，朋友！”说起来一点也不困难。有些人跟着又说了一遍，也有些人握手为礼，许多人都大笑起来。

司机没有再说什么，他已无需多说，没有一个人再拿起报纸。车厢里一片谈话声，你一言，我一语，热闹得很。大家开始都对这位古怪司机摇摇头，话说开了，就互相讲述别的搭车上班人的趣事。大家都听到了欢笑声，一种以前在“151”号公共汽车上从未听到过的温情洋溢的声音。

把报纸放下，把真心拿出。生活不需要太多的刻意，自然的就是最舒服的。主动地大大方方地说句：“早安，朋友！”即使没有得到回应，也让自己收获了一份好心情。

第五篇

阳光明媚的日子

莫忘致谢

常怀一颗感恩的心，世界将会变得更为和谐，更为美丽。

——莫米

依琳娜、莎拉和德鲁还小的时候，每当他们要向人家致谢，就口述感谢词句，由他们的母亲贝德福德笔记。但是到孩子长大一些，有能力自己写谢柬了，却必须三催四请才肯动笔。

贝德福德会问：“你写了信给爷爷，谢谢他送你那本书没有？”或问：“陶乐思阿姨送了你那件毛线衫，你可向她道谢了？”他们的回应总是含糊其辞，或耸耸肩膀。

有一年，贝德福德在圣诞节过后催促了几天，儿女们竟一直毫无反应，她大为气脑，便宣布：“谢柬写妥投寄之前，谁也不准玩新玩具或穿新衣。”

但他们依旧拖延，还出言抱怨。

贝德福德忽然灵机一动，说：“大家上车。”

“要去哪里？”莎拉问，觉得好奇怪。

“去买圣诞礼物。”

“圣诞节已经过去了。”她反驳。

“不要罗嗦！”贝德福德斩钉截铁地说。

等孩子都上了车，贝德福德说：“我要让你们知道，人家为了送你们礼物，要花多少时间。”

贝德福德对德鲁说:“麻烦你记下我们离家的时间。”

来到镇里，德鲁记下抵达的时刻。3个孩子随贝德福德走进一家商店，帮她选购礼物送给她的姊妹。然后贝德福德他们回家。

3个孩子一下车便向雪橇走过去。贝德福德说:“不许玩，还要包礼物。”

孩子们垂头丧气地回到屋里。

“德鲁，记下到家的时间没有?”

德鲁点点头。

“好，请你记录包礼物的时间。”

孩子包礼物时，贝德福德替他们冲泡可可。终于，最后一个蝴蝶结也系好了。

“一共花了多少时间?”贝德福德问德鲁。

他说:“到镇上去，用了28分钟，买礼物花了15分钟，回家用了38分钟。”

“包这几个盒子用了多少时间?”依琳娜问。

“你们俩都是两分钟包一个。”德鲁说。

“把礼物拿去邮寄，要花多少时间?”贝德福德问。

德鲁计算了一下，答道:“一来一去56分钟，加上在邮局排队的时间，要71分钟。”

“那么，送别人一件礼物总共花多少时间?”

德鲁又计算了一阵，“2小时34分钟。”

贝德福德在每个孩子的可可杯旁放一页信纸、一个信封和一支笔。

“现在请写谢柬。写明礼物是什么，说已经拿来用了，用得很开心。”

他们沉默构思，接着响起了笔尖在纸面上的声音。

“花了我们3分钟。”德鲁一面说一面把信封封好。

“人家选购一件情意浓厚的礼物，然后邮寄给你，所花时间也许超过两个半小时，我要你们花3分钟时间道谢，这难道是过分要求吗？”贝德福德问。

3人低头望着桌面，摇摇头。

“你们最好现在就养成这习惯。早晚你们要为很多事情写谢柬的。”

向人道谢虽然只是一个形式，但它却能反映一个人珍惜情谊的本质，不要忽略任何情感的表达，因为它是能体现内心的。

特殊礼物

世界上最宽广的是海洋，比海洋更宽广的是天空，比天空更宽广的是人的胸怀。

——雨果

丽丝的儿子比尔上一年级了，一个星期后，他就带回家一个新闻：他在游戏场上跟班上唯一的黑人孩子罗杰在一块儿玩。

丽丝忍住气，不动声色地说：

“好呀。要过多久才会有别的孩子跟他一块儿玩呢？”

“噢，我要永远跟他一块儿玩下去。”比尔回答。

又过了一个星期，丽丝得知比尔要罗杰与他同桌。

除非你像丽丝一样，也生长在一个白人至上的国家里，否则你不会明白这将意味着什么。

一天，丽丝去找比尔的班主任老师，她用疲倦而略带嘲弄的眼光迎接丽丝。

“噢，我猜你也是想为您的孩子找个新同桌吧。”她说，“您能稍等一会儿吗？我正要接待另一个孩子的母亲。”

丽丝抬头看见一位年龄与丽丝相仿的妇女。当丽丝认出她就是罗杰的母亲时，丽丝的心跳猛然加快了。她矜持沉静，端庄稳重，但仍然掩饰不住她向班主任老师问话中透出的不安：

“罗杰表现怎么样？我想他跟别的孩子还处得来吧？如果不是这样，请您照直告诉我。”

她犹疑了一下，又接着问老师：

“他给您添什么麻烦了吗？我是说，因为他老是调换座位。”

丽丝可以感觉到她内心可怕的紧张，因为她明白问题的答案。丽丝真佩服这位老师，只听她语言温和地回答：

“不，罗杰没给我添麻烦。在开头几周里我要把所有的孩子的座位都调换一遍，好让他们每个人都有个正好合适的同桌。”

丽丝作了自我介绍，并且说丽丝的儿子将是罗杰的新同桌，丽丝希望他们俩要好。即便是在当时，丽丝也知道这不过是几句表面的应酬话，并不是内心深处的愿望。但丽丝可以看出，这话给她帮了忙。

罗杰两次邀请比尔到他家去，丽丝都找借口回绝了。后来就发生了那件使丽丝永远负疚的事情。

丽丝生日那天，比尔放学回家，带回一只脏兮兮的折成方块形的纸盒。打开一看，里面有3朵花，一张用蜡笔写着“生日快乐”的卡片和二枚镍币。

“这是罗杰送的。”比尔说，“这是他的牛奶钱。我说今天您过生日，他非叫我把这带给您不可。他说您是他的朋友。因为全班就您一位妈妈没有强迫他再调换一个同桌。”

客忍是沟通的第一原则，也因为有这种精神，才能保持所有人类思想的精华。

赞扬的魅力

世界上有一首最动听的歌——赞美，这也是世界上最美丽的语言。

——梭罗

百老汇的一位喜剧演员有一次做了个梦：自己在一个座无虚席的剧院给成千的观众表演——讲笑话、唱歌，可全场竟没有一个人发出会意的笑声和掌声。

“即使一个星期能赚上10万美元，”他说，“这种生活也如同下地狱一般。”

事实上，不只演员需要鼓掌。如果没有赞扬和鼓励，任何人都会丧失自信。可以这样说：我们大家都有一种双重需要，即被别人称赞和去称赞别人。

赞扬人也是一种艺术，不但需要合适的方式加以表达，而且还要有洞察力和创造性。

一位举止优雅的妇女对一位朋友说：“你今天晚上的演讲太精彩了。我情不自禁地想，你当一名律师该会是多么出色！”

这位朋友听了这意想不到的评语后，像小学生似的红了脸。

正如安德烈·毛雷斯曾经说过的："当我谈论一名将军的功劳时，他并没有感谢我。但当一位女士提到他眼睛里的光彩时，他却表露出无限的感激。"

没有人不会被真心诚意的赞赏所触动。耶鲁大学著名的教授威廉·莱昂·弗尔帕斯经历过这样一件事：

有一年夏天又闷又热，他走进拥挤的列车餐车去吃午饭，在服务员递给他菜单的时候，他说："今天那些在炉子边烧菜的小伙子一定是够受的了。"

那位服务员听了后吃惊地看着他说："上这儿来的人不是抱怨这里的食物，便是指责这里的服务，要不就是因为车厢里闷热大发牢骚。19年来，您是第一位对我们表示同情的人。"

弗尔帕斯得出结论说："人们所需要的，是一点作为人所应享有的被关注。"

赞美他人的哲学，不是外交官或慈善家专用的，任何人都可以运用，且随时随地可以运用，其效果非常惊人。

经验的障碍

经验是老人的财富，但同时也是他们最大的障碍。

——麦克瑞肯

麦立克要坐火车从佛勒斯诺去纽约旅行。临行前，他的舅舅嘉乐来看他，告诉他一些旅行的经验。

“你上火车后，先选一个位置坐下，不要东张西望，”嘉乐告诉他的外甥，“火车开动以后，会有两个穿制服的顺甬道走来问你要车票，你不要理他们，他们是骗子。”

“是的，舅舅。”麦立克点了点头说。

“走不到二十里，就要有一个和颜悦色的青年来到你跟前，敬你一支烟。你就说不会。那烟卷是上了麻药的。”

“是的，舅舅。”麦立克微微一怔，但照例点了点头。

“你到餐车去，半路上就有一个漂亮的年轻女子故意和你撞个满怀，差点儿一把抱住你。但是，你要理智地走远些。那女子是个妓女。要是她逗你说话，你就装成聋子。这是唯一的摆脱之道。”

“是的，舅舅。”麦立克不禁有点惊讶，还是点了点头。

“我在外边走得多了，以上并非我无中生有的胡说，就告诉你这些吧！”

“还有一件，”嘉乐好像又想起了什么，叮咛道，“晚上睡觉时，把钱从口袋里取出来放在鞋筒里，再把鞋放在枕头底下，头再枕上，别睡着了。”

“是的，舅舅，多谢您的指教！”麦立克向他的舅舅深深地鞠了一躬。

第二天，麦立克坐上了火车，横贯美洲向纽约而去。

那两个穿制服的人不是骗子，那个带麻药烟卷的青年没有来，那一个漂亮女子没碰上。第一晚麦立克把钱放在鞋筒里，把鞋放在枕头下，一夜未合眼。可是，到了第二晚他就不理会那一套了。

第二天，他自己请一个年轻人吸烟，那人竟高兴地接受了。在餐车里，他故意坐在一位年轻女子的对面。吸烟间里，他发起了一桌扑克。火车离纽约还很远，麦立克已认识车上的许多旅客了，而客人也都认识他了。

火车经过俄亥俄州时，麦立克与那个接受烟卷的青年，跟两个瓦沙尔女子大学的学生组成一个四人合唱队，大唱了一阵子，获得旅客们的好评。

那次旅行对麦立克来说是够快乐的了。

麦立克从纽约回来了，他的舅舅又来看他了。

“我看得出，你一路没有出什么岔子，你依我的话做了没有？”一见面嘉乐就高兴地问麦立克。

“是的，舅舅！”麦立克还是那样做了回答。

嘉乐很高兴地自言自语道：“我很高兴有人因我的经验而得益！”

不要完全相信别人的经验之谈，世间万物皆在不停地变化，自己去闯一闯，走出一条更好的道路来。光会空想，不如行动，因为行动可以把空想变成事实，可以改造空想。

另一种夸奖的方式

人不是因为美丽而可爱，而是因为可爱才美丽。

——托尔斯泰

春天来了，别的街上去学校读书的小姑娘们都穿上了漂亮的新衣裳。但是，这个盖特街来的小姑娘还是穿着那件她已穿了一冬的脏罩衫。也许，她只有这一身衣服？

她的教师深深地叹了口气：多好的小姑娘啊！她学习起来可真用

功，懂礼貌，见了人总是笑眯眯的。可惜，她的脸从来也不洗，还有一头蓬乱的头发。

一天，教师对这个小姑娘说："明天你来上学以前，请你为我洗洗你自己的脸，好吗？"老师看得出，她是个漂亮的小姑娘。

第二天，漂亮的小姑娘洗干净了脸，还把头发梳得整整齐齐。

放学时，老师又对她说："好孩子，让妈妈帮你洗洗衣服吧。"

可是，小姑娘还是每天穿着那身脏衣服来上学。她妈妈可能不喜欢她？老师想。于是老师去买了一套美丽的蓝色连衣裙，送给了小姑娘。孩子接过这礼物，又惊又喜，她飞快地向家里跑去。

第二天，小姑娘穿着那套美丽的衣服来上学了，她又干净又整齐，兴高采烈地对老师说："我妈妈看我穿上这身新衣服，嘴巴都张大了。爸爸出门去找工作了，可是没关系，吃晚饭时他会看到我的。"

作爸爸的看到穿着新衣服的女儿时，他不禁暗暗说："真没想到，我的女儿竟这么漂亮！"

当全家人坐下吃饭时，他又吃了一惊：桌子上铺了桌布！家里的饭桌上从来没用过桌布，他不禁问："这是为什么？"

"我们要整洁起来了。"他的妻子说，"又脏又乱的屋子对我们这个干净漂亮的小宝贝来说，可不是件好事。"

晚饭后，妈妈就开始擦洗地板，爸爸站在一旁看了会儿，就不声不响地拿起工具，到后院修理院子的栅栏去了。第二天晚上，全家人开始在院子里开辟了一个小花园。

第二个星期，邻居开始关心地看着小姑娘家的活动，接着，他也开始油漆自己那十多年未曾动过的房屋了。这家人的活动引起了更多人的注意，于是，有人向政府、教会和学校呼吁：应该帮助这条没有人行道、没有自来水的街上的居民。他们的境况这样糟，可是他们仍然在尽力创造一个美好的环境。

几个月后，盖特街简直变得让人认不出了。修了人行道，安上了路灯，院里接上了自来水。小姑娘穿上她的新衣服的6个月后，盖特街已经是住着友好的、可敬的人们的整洁街道了。得知盖特街变化的人们管这叫“盖特街的整洁化”，这个奇迹愈传愈远。

美的东西往往能激发人们心灵深处的一种力量，所以，美的东西能使人的头脑更为清新，使人的精力得以恢复和保持，并促进身体与精神的健康。

战争中的玫瑰

人生是一种责任，你必须独自承担所有的困难和痛苦。

——拿破仑·希尔

拿破仑大败普鲁士后，在梯尔西特和谈中要求将易北河以西的大片普鲁士领土割让给法国。普鲁士国王威廉就让王后路易·莎去拜见拿破仑，求他降低一下这过于苛刻的条件。

拿破仑非常热情地接见了路易·莎，并从花瓶中抽出一枝盛开的玫瑰，彬彬有礼地递给她。路易·莎以为这是同意她的请求的表示，便接过玫瑰，问道：“您是连马格德堡一起给了我，是吗？”

拿破仑当下板着脸回答道：“我应当向陛下指出，除了我本人之外，我什么也不能给您。而您可以自己决定是同意还是不同意。”

普鲁士人认为，拿破仑的这番放肆言行使他们的国家蒙受了奇耻大辱，决心要报这梯尔西特玫瑰之仇。

1871年普鲁士军队在色当战役中击溃法军之后，马不停蹄地占领了巴黎，并将这里的玫瑰名品作为战利品，献给了德国国王和王后。

战事结束不久，柏林市政厅收到一受伤士兵的来信，信里夹着一朵枯萎的玫瑰，说将这朵花转赠给德国最关心伤员的女性。

市政厅认为只有当今王后奥古斯塔才能享此殊荣。但王后谦称她受之有愧，建议把它赠给战地医院，因为那些冒着生命危险不辞辛劳地工作的护士和其他女性更关心伤员。最后，这朵代表士兵心意的白玫瑰被装进一个精美的玻璃匣子，陈列在宫殿中，成为德国爱国主义精神和骑士传统的象征。

人生的责任是一定社会关系的产物，在人的一生中，无论你是否能意识到，我们每个人都要对自己、他人、集体和社会承担一定的责任，这种责任，就形成了人们对实现自我价值和社会价值的内在驱动力。

鲜花中的爱

最深沉的爱常蕴藏在最简单的小事中。

——培根

父亲头一次送鲜花给佳迪是她9岁那年。那时，佳迪参加了6个月的踢踏舞学习班，准备迎接学校一年一度的音乐会。作为新生合唱队的一员，佳迪感到激动、兴奋。但佳迪也知道，自己貌不出众，毫无动人之处。

真叫人大吃一惊，就在表演结束来到舞台边上时，佳迪听见有人喊她的名字，而且往佳迪怀里放了一束芬芳的长梗红玫瑰。佳迪站在舞台上的情景至今历历在目，脸儿通红通红的，注视着脚灯的另一边。在那儿，佳迪父母笑吟吟地望着佳迪，使劲儿鼓掌。

一束束鲜花伴随着佳迪跨过人生的一个个里程碑，而这些花是所有花中的第一束。

快到佳迪16岁生日了。但这对佳迪并不是一件值得快乐的事。佳迪身材肥胖，没有男朋友。可是佳迪好心的父母要给佳迪办个生日晚会，这给佳迪的心情愈发增加了痛苦。

当佳迪走进餐厅时，桌上的生日蛋糕旁边有一大束鲜花，比以前的任何一束都大。她想躲起来，佳迪没有男朋友送花，只有自己的父亲给佳迪送花。16岁是迷人的，可她却想哭。要不是佳迪最要好的朋友弗丽丝小声说："呃，有这样的好父亲，真运气！"佳迪真就哭了。

时光荏苒，父亲的鲜花陪伴着佳迪的生日、音乐会、授奖仪式、毕业典礼。

大学毕业了，佳迪将从事一项新的事业，并且马上就要做新娘了。父亲的鲜花标志着他的自豪，标志着佳迪的成功。这些花带给佳迪欢乐和喜悦并伴随佳迪成长、成熟。父亲在感恩节送来艳丽的黄菊花，圣诞节送来茂盛的圣诞红，复活节送来洁白的百合，生日送来鲜红的玫瑰。父亲将四季鲜花扎为一束，祝贺佳迪的生日和他们搬进自己的新居。

佳迪的好运与日俱增，父亲的健康却每况愈下，但直到因心脏病与世长辞，他的鲜花礼物从不曾间断过。父亲从佳迪的生活中失去了，佳迪买了最大最红的一束玫瑰花放在他的灵柩上。

在以后的十几年里，佳迪时常感到有一股力量催促她去买花来装点客厅，然而佳迪终于没有去买。她想，这花再也没有过去的那种意义了。

又到佳迪的生日了。那天，门铃突然响了，佳迪觉得意外，因为家里只有佳迪一个人。丈夫打高尔夫球去了，两个女儿也出门了，13岁的儿子麦特一大早就跑出去玩，根本没提到过佳迪的生日。因此，当佳迪见到麦特站在门口时，心里有些诧异。麦特忘带钥匙了，他耸耸肩说："也忘记您的生日了。喏，我希望您能喜欢这些鲜花，妈妈。"他从身后抽出一束鲜艳的长寿菊。

"噢，麦特，"佳迪喊道，将他紧紧搂在怀里，"我爱鲜花！"

鲜花的美丽不仅给我们带来快乐，同时也给我们带来了一份最真挚的爱。美丽与爱的完美结合，给我们的生活带来了新的光芒。

母亲的账单

当爱堆积起来时，可能就是一座山。

——伊索

小彼得是一个商人的儿子，经常到他爸爸做生意的商店里去瞧瞧。店里每天都有一些收款和付款的账单要处理。彼得往往受遣把这些账单送到邮局寄走。他渐渐觉得自己似乎也已成了一个小商人。

有一次，他忽然想出了一个主意：也开一张收款账单寄给他妈妈，索取他每天帮妈妈做点事的报酬。

某天，妈妈发现在她的餐盘旁边放着一份账单，上面写着：母亲欠她儿子彼得如下款项：

为取回生活用品	20芬尼
为把信件送往邮局	10芬尼
为在花园里帮助大人干活	20芬尼
为他一直是个听话的好孩子	10芬尼
共计：	60芬尼

彼得的母亲收下了这份账单并仔细地看了一遍，她什么话也没有说。

晚上，小彼得在他的餐盘旁边找到了他所索取的60芬尼的报酬。正当小彼得如愿以偿，要把这笔钱收进自己口袋时，突然发现在餐盘旁边还放着一份给他的账单。

他把账单展开读了起来：

彼得欠他的母亲如下款项：

为他在家里过的十年幸福生活	0芬尼
为他十年中的吃喝	0芬尼
为在他生病时的护理	0芬尼
为他一直有个慈爱的母亲	0芬尼
共计：	0芬尼

小彼得读着读着，感到羞愧万分！过了一会儿，他怀着一颗怦怦直跳的心蹑手蹑脚地走近母亲，将小脸蛋藏进了妈妈的怀里，小心翼翼地把那60芬尼塞进了她的围裙口袋。

在几乎一切商品化和货币化的今天，爱价值几何？母亲为儿子多年所做的一切她只要0芬尼，因为母爱从来没有要求过回报；爱是无价之宝，金钱不足以表现它的特性，因为爱是不可替代的。

爱的密码

所谓女人的爱，究竟是什么呢？就是男人的爱。

——斯特林堡

她终于决定请我们吃喜糖了，大家都非常惊诧，不是认为她唐突，而是因为她终于下了决心与她热恋了两年多的男友结婚。

她以前受过伤害，大家都知道那个男孩子，当初与她也爱得生生死死，但已到谈婚论嫁时，男孩子却突然负她而去，给她打击不小。所以尽管她与后来的男友关系非同一般，却不敢轻言“结婚”两字。男友也一直默默地关爱着她，只字不提那两个字。

这次，男友到费城做生意，到了那里才发现货物价格上涨不少，带去的钱不够。男友打电话回来叫她取些钱电汇过去，他的存折就留在她这里。但他却没有告诉她存折的密码。也许是忘了，也许是他以为她本来就知道，因为他好多次取钱存钱都是与她一起去的，她应该知道密码。其实那密码也无非是他们的生日组合：他是1969年5月6日生的，她的生日是1972年2月8日。

与她一起去的朋友在银行门口等她，她在柜台前填了单子，银行小姐叫她输密码时她才想起自己忘了问男友，但事已至此，她隐约记得密码是与生日有关。便输了6956。那是男友的出生日期，电脑提示她输错了；她又输了6972，又错了。银行小姐看了她一眼，她不自然起来，想了一下又输入5628，结果还是错了，银行小姐用怀疑的眼光盯着她，她不敢再输号码了。在门口等她的朋友走了过来，问了几句之后，输了2856，结果密码对了。

在银行门口，她问朋友怎么知道的，朋友认真地对她说："他如此爱你，做什么事肯定都会先想到你，然后才是他自己，设密码也会如此，首先想到你的生日……"

她给他汇了钱之后就给他打了电话，在电话末了她轻轻对他说："回来之后，我们结婚吧……"

爱一个人，最重要的也许不是山盟海誓和甜言蜜语，生活中的一些细节也许更能体现他对你的用情，那才是爱的密码。

休息室的镜子

愤怒使别人遭殃，但受害最大的却是自己。

——托尔斯泰

大学里上大课，一般每次2小时，中间有20分钟的休息时间。这时，教师可以到教室附近的教师休息室去坐坐，抽支烟喝口茶聊一会儿天。上课前，教师也可以在休息室里做些准备工作。

当助教那阵子，汤姆对休息室里靠门的墙上装的一块大镜子很不以为然。但他注意到每位教师上课前总要到镜前整整衣领，捋捋头发。

在一次教师例会上，主任的讲话使汤姆改变了对镜子的看法。

她说："我们在休息室安镜子，一方面是希望每位教师能做到衣着整洁，仪表大方，这是我们对教师的基本要求；但另一方面我们希望……"

主任顿了有10秒钟，然后缓缓地说："请我们每位教师将不良的情绪留在这里，不要带进课堂。"

接下来，主任讲了这样一件事情：

有一次为了一件小事，她和先生吵了架，完了就去上课。

那天上课时她情绪很坏，在黑板上写字时多次出错，在以往这是从未有过的——她的责任心和治学态度是有口皆碑的。当她在黑板上写完字转回身时，发现有一个女孩子正低着头照手中的小圆镜。要在平时，她会停下讲课，用眼睛给女孩暗示她的错误，但今天，她一下子冲到女孩眼前，将女孩狠狠训了一顿。就在这时，她无意中从桌上的小圆镜中看到了自己的面孔，那是怎样的一副面孔呀！平时温和娴淑、优雅端庄的面孔被愤怒扭曲。她猛地顿住了。

"最好将不良情绪留在休息室，否则……"

镜子的妙用是可以帮助你自我控制，以理智的眼光来行事。在课堂上，教师优雅的外表、充满爱心的笑容比任何丰富的学识更有助于感染学生。有些镜子，不仅可以修饰外表，还可以使我们看见自己心灵上的晦暗。

卖掉你的画

只要持续地努力，不懈地奋斗，就没有征服不了的东西。

——塞内加

斯帕克是美国经济大萧条最严重时住在多伦多的一位年轻的艺术家，他全家靠救济过日子，那段时间他急需要钱用。斯帕克精于木炭画。他画得虽好，但时局却太糟了。他怎样才能发挥自己的潜能呢？在那种艰苦的日子里，有谁愿意买一个无名小卒的画呢？

斯帕克可以画他的邻居和朋友，但他们也一样身无分文。唯一可能的市场是在有钱人那里，但谁是有钱人呢？他怎样才能接近他们呢？

斯帕克对此苦苦思索，最后他来到多伦多《环球邮政》报社资料室，从那里借了一份画册，其中有加拿大的一家银行总裁的肖像。斯帕克灵机一动，决定在这上面“做点文章”。回到家里，他开始画起来。

斯帕克画完了像，然后放在相框里。画得不错，对此他很自信。但怎样才能交给对方呢？

他在商界没有朋友，所以想得到引见是不可能的。但他也知道，如果想办法与他约会，也肯定会被拒绝。写信要求见他，但这种信可能通不过这位大人物的秘书那一关。斯帕克对人性略知一二，他知道，要想穿过总裁周围的层层阻挡，他必须投其对名利的爱好。

他决定另辟蹊径，采用独特的方法去试一试。斯帕克梳好头发，穿上自己最好的衣服，来到了总裁办公室。

斯帕克提出见见总裁的要求时，秘书告诉他："事先如果没有约好，想见总裁不太可能。"

"真糟糕，"斯帕克说，同时把画的保护纸揭开，"我只是想拿这个给他瞧瞧。"

秘书看了看画，把它接了过去。她犹豫了一会儿后说道："您先坐，我去通知一声总裁。"

她马上就回来了。"他想见你。"她说。

当斯帕克进去时，总裁正在欣赏那幅画。

"你画得棒极了，"他说，"这张画你想要多少钱？"

斯帕克舒了一口气，告诉他要50美元，结果成交了（那时的50美元约相当于现在的1000美元）。

很多时候即使失败也比主动放弃强！虽然未能品尝到成功的果实，但收获了可贵的经历和经验，能为再试一次增加成功的砝码。

请系紧你的鞋带

人生的第一要义，在于发展自己所有的一切，所能成就的一切。

——莫罗亚

在美国有一家超市，生意相当红火，营业额每月以5%～8%的幅度增长。但有一个月底，财务部却发现当月营业额比上个月下降了近10%。这是个相当严重的问题，财务部迅速将情况向总经理作了汇报，总经理又迅速召集了营销部的工作人员，责成他们立即调查营业额下降的原因。

营销部迅速展开了市场调查。但一个星期过去了仍一无所获。后来，一名员工给总经理送去了一张报纸，营业额下降之谜才得以解开。

原来，在两个月前，有一名女顾客到这家超市购买生活用品，在结账的时候，她发现售货员少找了1美元，但售货员坚持认为没找错，因此发生了一次小小的争执。尽管后来售货员让步了，但女顾客却认为受到了侮辱，便将此事写成了一篇短文，狠狠批评了该超市的服务质量。该文刊登在当地一社区主办的小报上，而这家超市有近四分之一的顾客来源于这个社区。

总经理立即叫人找来那名肇事的售货员，令他惊讶的是，站到他面前的竟是一名多年来连续获得“优质服务模范个人”称号的员工。

在交谈中，总经理知道了这位优秀职工失职的原因。

那天上班，她和平时一样，早早起了床，吃完早饭就匆匆赶到公交车站。就在她和一群上班族奋力挤向车门时，鞋带突然散了，鞋子立即从脚上掉了下来。她赶紧去找鞋子。等她穿好鞋子后，车子已经开走了，于是她只好等下一趟班车。那天她上班迟到了。当她刚刚迈进超市大门的时候，就受到管理人员的严厉批评。接下来的一段时间，她的心情一直很坏。当那位顾客对找回的零钱提出异议时，她的言语明显不够温和。

听完售货员的叙述，总经理思忖了一会儿，最后，他语气缓和却很郑重地说道：“以后请系紧你的鞋带，一刻都不要松懈。”

一根松散的鞋带竟引发出一次不小的经营事故。

自己犯下的错应想方设法自己去弥补，不要指望别人替你分担，更不能把自己的过错迁怒到他人头上，这是一种自私和不负责任的行为。将心比心，谁也不会乐意承担这种莫须有的罪名。

不同的待遇

没有比认为自己是有用之才的自尊、自信对人更有益的东西。

——卡内基

斯迪克毕业要找工作了，他的叔叔给他讲了一个故事。

有个人，家住费城，小时候很穷。有一天，他走进一家银行问道："劳驾，先生，您需要帮手吗？"一位仪表堂堂的人回答说："不，孩子，我不需要。"

孩子满腹惆怅，他嘴里嚼着根甘草棒糖，这是他花1美分买的，钱是从虔诚、好心的姑妈那里偷来的。他分明是在抽泣，大颗大颗的泪珠滚到腮边。他一声不吭，沿着银行的大理石台阶跳下来。那个银行家用很优雅的姿势弯腰躲到了门后，因为他觉得那个孩子想用石头掷他。可是，孩子拾起一件什么东西，却把它揣进又寒碜又破烂的夹克里去了。

"过来，小孩儿。"孩子真的过去了。银行家问道，"瞧，你捡到什么啦？”

他回答：“一个别针儿呗。”

银行家说：“小孩子，你是个乖孩子吗？”

他回答说：“是的。”

银行家又问：“你相信主吗？——我是说，你上不上主日学校？”

他回答说：“上的。”

接着，银行家取来了一支用纯金做的钢笔，用纯净的墨水在纸上写了个“St. Peter”的字，问小孩是什么意思。

孩子说：“咸彼得（小孩把英文Saint的缩写St，误认为salt，即咸的意思）。”银行家告诉他这个字是“圣彼得”，孩子说了声“噢！”

随后，银行家让小男孩做他的合伙人，把投资的一半利润分给了他，他娶了银行家的女儿。现在呢，银行家的一切全是他的了，全归他自己了。

斯迪克觉得这个故事对他很有启发。于是，他花了6个星期在一家银行的门口找别针儿。他盼着哪个银行家会把自己叫进去，问：“小孩子，你是个乖孩子吗？”

他就会回答：“是呀。”

银行家要是问：“‘St. John’是什么意思？”

他就说：“是‘咸约翰’。”

可是，随后斯迪克发现银行家并不急于找合伙人，而且他想他没有女儿恐怕有个儿子，因为有一天一位银行家问斯迪克说：“小孩子，你捡什么呀？”

斯迪克非常谦恭有礼地说：“别针儿呀。”

银行家说：“拿来瞧瞧。”他接过了别针。

斯迪克摘下帽子，已经准备跟着他走进银行，变成他的合伙人，再娶他女儿为妻子。

但是，他并没有受到邀请。银行家说：“这些别针儿是银行的，要是再让我看见你在这儿蹓跶，我就放狗咬你！”

后来斯迪克走开了，那别针儿也被那吝啬的家伙没收了。他把自己的经历告诉他叔叔，他叔叔笑了，接着，又给他讲了一个故事。

有个人养了一头驴和一只哈巴狗。驴子关在栏里，虽然不愁温饱，却每天都要到磨坊里拉磨，到树林里去驮木材，工作挺繁重。而哈巴狗会演许多小把戏，很得主人欢心，每次都能得到好吃的奖励。驴子在工作之余，难免有怨言，总抱怨命运对自己不公平。

这一天机会终于来了，驴子扭断缰绳，跑进主人的房间，像哈巴狗那样围着主人跳舞，又蹬又踢，撞翻了桌子，碗碟摔得粉碎。这样驴子还觉得不够，它居然趴到主人身上去舔他的脸，把主人吓坏了，直喊救命。大家听到喊叫急忙赶到，驴子正等着奖赏，没想到反挨了一顿痛打，被重新关进栏里。

无论驴子多么忸怩作态，都不及小狗可爱，甚至还不如从前的自己，毕竟这不是它所能干的行当。正如你喜欢看电影，但却未必能当上演员，你爱踢足球，可是联赛你却上不了场。

取长补短值得赞同，但全盘照抄就难免有东施效颦之嫌，落个弄巧成拙的下场。切记什么时候都要相信自己是独一无二的，学会自己欣赏自己。

一块碎片的价值

一个不注意小事情的人，永远不会成就大事业。

——卡耐基

1905年的一天，美国伊利湖畔繁忙的公路上，发生了一起严重的车祸：两辆汽车头尾相撞，后面又撞上了一连串的汽车，转眼间，公路上一片狼藉，碎玻璃、碎金属片满地皆是。

事故发生以后，除了警察赶到现场以外，还来了一个汽车厂的老板，他就是后来闻名于世的汽车大王亨利·福特。

福特为什么也急匆匆地赶来呢？

原来，这位精明的老板希望从撞坏的汽车上找到一点别人的秘密。

福特仔细地搜索着每一辆撞坏的汽车。突然，他被地上一块亮晶晶的碎片吸引住了，这是从一辆法国轿车阀轴上掉下来的碎片。粗看这块碎片并没有什么特殊之处，然而，它的光亮和硬度使福特感到，其中必定隐藏着巨大的秘密。

于是，福特把碎片拣了起来，悄悄地放进了口袋，准备带回去好好研究研究。

回到公司以后，福特将这块碎片送到了中心试验室，吩咐他们分析一下，看看这块碎片内究竟含有什么东西？

分析报告很快出来了，这块碎片中含有少量的金属钒：它的弹性优良，韧性很强，坚硬结实，具有很好的抗冲击和抗弯曲能力，而且不易磨损和断裂。

同时，公司情报部门送来了另一份报告，结论认为，法国人似乎是偶然使用了这块含钒的钢材，因为同类型的法国轿车上并不都使用这种钢材。

这一下，福特高兴极了。他下令立刻试制钒钢，结果确实令人满意。接着，他又忙着寻找储量丰富的钒矿，解决冶炼钒钢的技术难题，他希望早日将钒钢用在自己公司制造的汽车上，迅速占领美国乃至世界市场。

福特终于成功了。他的公司用钒钢制作汽车发动机、阀门、弹簧、传动轴、齿轮等零部件，汽车的质量得到了大幅度提高。几十年以后，福特汽车公司成了世界上最大的汽车生产厂商之一，福特曾高兴地说：“假如没有钒钢，或许就没有汽车的今天。”

虽然“幸灾乐祸”从情理上很难说过去，但能从中找到“幸”和“乐”的人未必是心胸狭窄之人。福特从一场灾祸中的一个小小观察取得事业成功，靠的是敏锐的眼光和独特的判断力。

每次都是第一次

生意场上没有永远的朋友，只有永远的敌人。

——卡耐基

有个日本商人请一位犹太画家上馆子吃饭。坐定之后，画家便取出画笔和纸张，趁等菜之际，给坐在边上谈笑风生的女主人画起速写来。

不一会儿，速写画好了。画家递给日本商人看，果然不错，画得形神毕具。日本商人连声赞美道："太棒了，太棒了。"

听到朋友的奉承，犹太画家便转过身来，面对着他，又在纸上勾画起来，还不时向他伸出左手，竖起大拇指。通常画家在估计各部位比例时，都用这种简易方法。

日本商人一见这副架势，知道这回是在给他画速写了。虽然因为位置关系看不见他画得如何，还是一本正经摆好了姿势，让他画。

日本人一动不动地坐了约有10分钟。

"好了，画完了。"画家说。

听到这话，日本人才松了一口气，迫不及待地凑过去一看，不禁大吃一惊，画家画的根本不是那位日本商人，而是他自己左手大拇指的速写。

日本商人连羞带恼地说："我特意摆好姿势，你却作弄人……"

犹太画家却笑着对他说："我听说你做生意很精明，所以才故意考察你一下。

你也不问别人画什么，就以为是在画自己，还摆好了姿势。从这一点来看，你同犹太商人相比，还差得远了。”

到这时，那位日本商人方才明白自己错在什么地方：看见画家第一次画了女主人，第二次又面对着自己，就以为一定是在画他了。

日本商人犯了一个犹太人不会犯的毛病：以为有了第一次，便会有第二次。

而实际上，在犹太人的生意经上，明确地写着一条，叫做：“每次都是初交”。

生意场上，真诚是第一要诀，但是切不可掉以轻心失去应有的谨慎。犹太商人就决不会因为上次的成功合作，而放松对这次生意的各项条件、要求的审视，哪怕同再熟的人做生意。这样做，既保护了自己，也给别人以提醒。

圣诞礼物

不是血肉的联系，而是情感和精神的相通，使一个人有权力去援助另一个人。

——柴可夫斯基

爱德华先生是个成功而忙碌的银行家。由于成天跟金钱打交道，不知不觉，爱德华先生养成了喜欢用钱打发一切的习惯，不仅在生意场上，对家人也如此。他在银行为妻子儿女开设了专门的户头，每隔一段时间就拨大笔款额供他们消费；他让秘书去选购昂贵的礼物，并负责在节日或者家人的某个纪念日送上门。所有事情就像做生意那样办得井井有条，可他的亲人们似乎并没有从中得到他所期望的快乐。时间久了他自己也很委屈：为什么我花了那么多钱，可他们还是不满意，甚至还对我有所抱怨？

爱德华先生订了几份报纸，以便每天早晨可以测览到最新的金融信息。原先送报的是个中年人，不知何时起，换成了一个十来岁的小男孩。每天清晨，他骑单车飞快地沿街而来，从帆布背袋里抽出卷成筒的报纸，投到爱德华先生家的门廊下，再飞快地骑着车离开。爱德华先生经常能隔着窗户看到这个匆忙的报童。有时，报童一抬眼，正好也望见屋里的他，还会调皮地冲他行个举手礼。见多了，就记住了那张稚气的脸。一个周末的晚上，爱德华先生回家时，看见那个报童正沿街寻找着什么。他停下车，好奇地问："嘿，孩子，找什么呢？"报童回头认出他，微微一笑，回答说："我丢了5美元，先生。""你肯定丢在这里了？""是的，先生。今天我一直呆在家里，除了早晨送报，肯定丢在路上了。"

爱德华先生知道，这个靠每天送报挣外快的孩子不会生长在生活优越的家庭，而且他还可以断定，那丢失的5美元是这孩子一天一天慢慢攒起来的。一种怜悯心促使他下了车，他掏出一张5美元的钞票递给他，说："好了孩子，你可以回家了。"报童惊讶地望着他，并没伸手接这张钞票，他的神情里充满尊严，分明在告诉爱德华先生：他并不需要施舍。

爱德华先生想了想说："算是我借给你的，明早送报时别忘了给我写一张借据，以后还我。"报童终于接过了钱。

第二天，报童果然在送报时交给爱德华先生一张借据，上面的签名是菲里斯。其实，爱德华先生一点都不在乎这张借据，不过他倒是关心小菲里斯急着用5美元干什么。“买个圣诞天使送给我妹妹，先生。”菲里斯爽快地回答。

孩子的话提醒了爱德华先生，可不，再过一星期就是圣诞节了。遗憾的是，自己要飞往加拿大洽谈一项并购事宜，不能跟家人一起过圣诞节了。

晚上，一家人好不容易聚在一起吃饭时，爱德华先生宣布道：“下星期，我恐怕不能和你们一起过圣诞节了。不过，我已经交代秘书在你们每个人的户头里额外存一笔钱，随便买点什么吧，就算是我送给你们的圣诞礼物。”

饭桌上并没有出现爱德华先生期望的热烈，家人们都只是稍稍停了一下手里的刀叉，相继对他淡淡地说了一两句礼貌的话以示感谢。爱德华先生心里很不是滋味。

星期一早晨，菲里斯照例来送报，爱德华先生却破例走到门外与他攀谈。他问孩子：“你送妹妹的圣诞天使买了吗？多少钱？”

菲里斯点头微笑道：“一共48美分，先生。我昨天先在跳蚤市场用40美分买下一个旧芭比娃娃，再花8美分买了一些白色纱、绸和丝线。我同学拉瑞的妈妈是个裁缝，她愿意帮忙把那个旧娃娃改成一个穿漂亮纱裙、长着翅膀的小天使。要知道，那个圣诞大使完全是按童话书里描述的样子做的——我妹妹最喜欢的一本童话书。”

菲里斯的话深深触动了爱德华先生，他感慨道：“你多幸运，48美分的礼物就能换得妹妹的欢喜。可是我呢，即便付出了比这多得多的钱，得到的不过是一些不咸不淡的客套话儿。”

菲里斯眨眨眼睛，说：“也许是他们没有得到所希望的礼物？”爱德华先生皱皱眉头，他根本不知道他的家人想要什么样的圣诞礼物，而且似乎从来也没有询问过，因为他觉得给家人钱让他们自己去买是一样的。他不解地说道：“我给他们很多钱，难道还不够吗？”菲里斯摇头道：“先生，圣诞礼物其实就是爱的礼物，不一定要花很多钱，而是要送给别人心里希望的东西。”

菲里斯沿着街道走远了，爱德华先生还站在门口，沉思好久好久才转身进屋。屋子里早餐已经摆好了，妻子儿女们正等着他。这时，爱德华先生没有像平时那样自顾自地边喝牛奶边看报纸，而是对大家说：“哦，我已经决定取消去加拿大的计划，想留在家里跟你们一起过圣诞节。现在，你们能不能告诉我，你们心里最希望得到什么样的圣诞礼物呢？”

圣诞礼物其实就是爱的礼物。爱父母，爱兄弟姐妹，爱丈夫妻子和儿女。礼物可以用金钱购买，但亲情却不能用金钱代替，变质的爱谁都无法接受。

第六篇

爱没有边崖

珍贵的评语

赞美是构成自信的重要元素，一个人之所以自信往往是因为他征服了别人的眼光。

——曼德拉

马克·爱克朗德是三年级一班的学生，而玛丽正是他的老师。班上有34个学生，他们活泼可爱，而马克又是百里挑一的。他总是衣着整洁，总是乐呵呵的，偶尔来一下恶作剧，也能令人愉快。

马克上课时总爱讲话，玛丽不得不再三提醒他，未经老师允许而讲话是不对的。每次玛丽指正他的错误时，他总是真诚地对玛丽说："谢谢您的指正，姐姐！"一开始听到这样的话，玛丽不知所措，但不久玛丽就习以为常了，而且一天要听好几次这样的话。

一天上午，马克上课时又讲话。这一次，玛丽真的生气了，她犯了一个新教师易犯的错误。玛丽瞪了他一眼，冷冷地说："你再说一个字，我就把你的嘴封起来！"

不到10秒钟，班上的察克叫道："老师，马克又讲话了。"玛丽并没让谁来监督马克，但既然玛丽已宣布要惩罚他，玛丽不得不遵守诺言。玛丽走到讲桌前，从容地拉开抽屉，取出一卷胶带。她二话没说，走到马克桌前，撕下两条胶带，将他的嘴封成"X"形，然后，返回讲桌。

玛丽扫了下马克，看他怎么样，他也向玛丽眨眼。这下可把他治住了！玛丽忍不住笑了。她走到马克身边，替他撕下胶带，无可奈何地耸了耸肩。这时，全班同学欢呼起来。马克开口说的第一句话是：“谢谢您的指正，姐姐！”

那年年底，玛丽被安排教初中数学。过了几年，马克又恰巧分在玛丽的班里。他比以前更英俊、更彬彬有礼。九年级的他，已不再像三年级时那样爱上课讲话了，而是认真听玛丽讲“新数学”。

有一个星期五，玛丽发觉事情有点不对头，一个星期以来，同学们似乎在为什么事情闹别扭，并在相互抵触。玛丽想，她必须结束这种不正常情况，使大家重新团结起来。放学前，玛丽让学生们将班上同学的名字写在纸上，想一想每个同学的最大优点，填在名字的后面。他们写完后都将纸交给了玛丽，然后离开了教室。马克走到玛丽面前说：“谢谢您教我功课，姐姐！祝您周末愉快。”

星期六休息那天，玛丽将班上学生的名字分别写在纸上。然后，分别抄上学生们给每一个同学所写的优点。星期一上课前，玛丽将评语发到学生们的手中。不一会儿，班上的一张张小脸如花儿开放般地笑了。“真的吗？”玛丽听见有人小声说，“我从来不知道别人会认为我那么好！”“原来同学们那样喜欢我！”看得出来，这特殊的评语使每人都感到出乎意料。

后来，再也没有人提起过那些评语，他们课后是否谈论这件事、是否与他们的父母谈起过这件事，玛丽无从知晓。其实，对玛丽来说，这无关紧要。重要的是，这种做法达到了目的。

无论如何，被人肯定和赞赏，总是一件令人高兴的事，不要吝啬你的赞扬，尤其是对孩子，或许你一个肯定的目光，一个赞许的微笑会改变他的一生。

化暴力为祥和

信任思想本质的力量，你便能对任何危机了然于胸，勇于面对一切困难。

——波普

皮特的朋友蜜雪儿自幼就是个小管家，父母在她5岁那年离婚了，父亲情绪不稳，经常愁眉不展，她因此必须在家扮演开心果，可惜仍不管用。父亲心情郁闷，母亲也好不到哪儿去，在蜜雪儿5岁到10岁这几年，她发现妈妈原来是个酒鬼。

这种情形造就了蜜雪儿总得替别人操心。这些童年经验，深深影响着她日后的个性。

长大以后，蜜雪儿成了个工作狂，下了班，她还得照顾酒鬼男友和父母。如此一来，她的经济情况几乎是囊中羞涩，她经常在律师事务所一天工作12小时，没有例假日，她情绪紧绷，生活压力使得她惶惶不可终日，有时她的思考完全麻木，甚至脑筋混沌的时候，连选择穿哪件衣服都做不到。

蜜雪儿个性独立，总把所有的事情揽在身上，试图自己解决难题，因此她根本没想过要找心理医师。最后她和酒鬼男友分手，埋首工作。终于有天她打电话给皮特，说她正处于崩溃边缘。

“我需要帮助。”蜜雪儿说。

皮特向她保证：“蜜雪儿，我知道现在对你来说是有点糟，可是只要经过适当的指引，这也可能是你人生的转折点哦！我认为你该去看专业的咨询医师。”

“现在我什么都愿意去做。”她决定。

自这次通电话之后，有6个月蜜雪儿都没和皮特联络，直到最近她才告诉皮特治疗的结果。

“刚开始我不太清楚治疗师说的那些，”蜜雪儿说，“我很生气，因为她竟然知道我不知道的事，而我又总想学习了解一切。不管怎么样，在她办公室的那段时间，我静下来了，经历了生命中从不曾有过的宁静。我发现自己不想离开那里。渐渐地，由于咨询商、录音带和书本的治疗，我开始获得了属于自己的宁静。先前对工作那种机械性的忙碌不仅没用而且还会影响健康。”

“是哪一点触动了你？”皮特问她。

“我的治疗师要我静下心来。我觉得很沮丧，因为我根本不知道如何静下心来。于是，我问了一大堆问题，但她总给我一样的答案——暂且不理它，相信你自己后来一定会知道该怎么做。然后她告诉我，自己如何能够拥有两种思考，一种是让每件事情都在脑海里剧烈地翻搅，另一种则是顺其自然，让思想自己去决定。我后来发现，当我照她说的后者去做时，人真的不会那么混沌了，事情也容易理出头绪。之前，我的心里早已无任何空间来容下新的想法和三思而后行的念头。我的问题在于我那种忧虑的习性。这的确让我了解自己为何会恐惧慌乱了。”

“我开始当一个自己思想的旁观者，并且看清自己的意念。一旦有了不好的想法我很快就能发现，想法失控的时候也能及时制止。真的很奇怪，为了重获控制，我必须先让要控制它的念头离去。就某些方面而言，我的精神崩溃未尝不是因祸得福。它让我发现，这么多年来，健康原来只要自己放轻松就会出现，它从未离去。这就如同你在学习漂浮，你只要信任自己并且静观其变。当我这么做时，发现自己早已能够漂浮。我学到只要去感受，而不要去了解。真讽刺啊，我的生活此时才步入常轨，美好的事情才开始出现。”

当人了解如何陷入这种自然的思考模式，就会发现生活可以更轻松、不需要苦苦经营，只要顺由内在的思考和智慧引导，美好的生活就会变得轻而易举。

耐心的布隆伯格

成功往往寓于耐心之中，当我们在烦躁中抱怨时，我们就会不断与机遇失之交臂。

——杜邦

布隆伯格原打算在所罗门干一两年，同时寻找制造业方面的工作。虽然他认为他跟这个公司的关系只是“恋爱”，而不是“结婚”，他与所罗门公司的罗曼史却一直到15年以后公司把他解雇才结束。每次别的公司要挖走他，他都拒绝了，他总是找一个理由留下，用所罗门公司的新面貌来鼓励自己留下来。布隆伯格解释说：“也可能我缺乏勇气去试试新环境，也许因为我有寻求最佳的决心和远见。无论怎样，现在回想起来，留下总是正确的决定——这是后来我发现的，那是在纽约塔利城会议中心，我在所罗门的职业生涯恰好结束于此。”

当布隆伯格认为他应该成为所罗门的合伙人时，他没被提升，但他没有失去耐性。这是保持耐心的最好例子（也许是世界历史上最好的例子）。

在布隆伯格被录用后的6年里，情况一直相当不错。他就是那个金黄头发的男孩，华尔街上最时髦公司中最显眼部门的大宗交易超级明星，还是两位高级合伙人面前的红人。他向所有来访的重要客户打招呼，被每家有权威的报纸采访，在重大社交活动中扮演华尔街顶尖实力经纪人的角色，比他自己脑袋里的传奇人物还要传奇。当其他那些年轻的淘气鬼们坐在一起预测谁将被提名作合伙人以资奖励时，他被他们列在名单的首位。

钱不是问题，他早就还清了贷款，正过着不是奢华也是受人尊敬的生活。好时光，好朋友，令人兴奋的工作，许多现金，所有这些他都有。

但合伙人的威望对布隆伯格来说，比世界上任何其他东西都重要。他认为那相当于明确地向世界表明自己是最好的，他能在竞争最激烈的环境里升到最高处。“这个商学院的家伙已经用他的聪明才智向阶梯顶端攀登。我已经有资格当合伙人，现在我要公众永远地承认我的价值，我是大塘子里的大鱼。”可能这种想法一直存在于他的头脑中，存在于他内心的自卑情结里。但是毫无疑问，在所罗门公司成为一名合伙人是他的“神圣梦想”。

那天终于来了。新合伙人的名单出来了——他不在其中！每个人，其他每个人都在名单上。所有那些没布隆伯格合适的人都在名单上，甚至那些根据私下传闻根本没机会的人也在其中。布隆伯格事后回忆道：

“这么多人被接受，我却被忽略、被羞辱了。甚至没人被留下来和我同病相怜，这太糟了。我被毁了。到今天为止，也没人解释过我为什么没被选入。

“我眼含泪水，起先不能接受这个事实，然后就构想疯狂报复的计划。我想找个人问罪。我自言自语的头一句疯话是：‘我要辞职。’‘我要杀了他们。’‘我要自杀。’我以后怎么见人？他们都会看着我，在背后笑话我。我知道我不应该那么高傲。我从来就没学过。

“幸亏我有下班后沿着东河边跑步的习惯，这使我把怒气发泄在路面上而不是老板头上。第二天早晨，我去上班并做了到那时为止公司所做的最大一笔交易。我给每一个‘i’点点儿，给每一个‘t’划横。我全神贯注，我工作、我微笑、我拨电话号码。我比其他每个人都坚强吗？别人都差得远。在没当上合伙人时，我要干得与原来一样好。‘去他们的吧！’”

3个月后，在没有预先通知的情况下，公司在比利·所罗门的办公室里开了一个事先没安排的合伙人会议。与会者面无表情、沉默地走了出来。布隆伯格的老板杰伊·帕里走到他桌前，站在布隆伯格身后，背对着其他人。

“他们要让你和唐·弗依尔斯坦当合伙人。”帕里说道。

帕里从未向布隆伯格解释为什么他们那时让我做合伙人而不是3个月前；但是，最重要的是，布隆伯格靠自己过人的耐心赢得了胜利——他得到了自己所希望得到的。

我们都渴望成功，但往往是渴望那种迫切的成功。欲速则不达，耐心地走下去，我们会重见光明。相信自己是最优秀的，你一定会得到成功。

智慧的勇士

勇气是一种最大的智慧，它经常隐藏在一些不起眼的地方，当人们真正意识到它的时候，才知道它的宝贵。

——拉尔夫

已是午夜时分，乔治驾着车在得克萨斯州西部行驶着，又累又乏。所以，当他一看见路边有块牌子上写着“加油用餐”时，便立刻停了车。

又有一辆车停在外面，两个人下车走进来。其中一个高个子对侍者说：“两杯咖啡。有地图让我们查一查吗？”

“我想是有的。”侍者一面应道，一面端上咖啡，然后在电话机旁的一叠纸里找了起来。过了一会儿，他找到了，递上去，“这地图也许有些旧了。”

他们摊开了地图。高个子指着奥格兰德河，摇着头对他的伙伴说：“没有桥也没有渡口，没有通往墨西哥的路。”

那侍者听见了，马上说道：“我也许可以帮你们的忙。”

“怎么走呢？”

“奥格兰德河上哈克凯特镇旁半年前造了一座桥。过了桥，往下走就是墨西哥了。”那侍者又在电话机旁寻了一会儿，“应该有最新的地图，可惜这里找不到。那上面标着这座哈克凯特桥。”

“没关系了，有桥就行。”高个子喝完咖啡，与同伴一起走到门口。小声嘀咕了几句后，他们突然转过身，从口袋里拿出枪，嚷道："坐下，不准乱动。"

乔治和侍者只得照办。他们打开抽屉，拿走了所有的钱，又将电话扔到地上，拔了电线。然后飞也似的冲进车子，消失在夜幕中。

乔治再看看侍者，他脸色有点苍白，但立即修理起电话来。5分钟后，他拨通了警方电话，告诉了他们这里发生的一切。"对，对，他们将去哈克凯特。"

乔治摇了摇头："我简直被他们愚弄了。我还以为他们是生意人呢！"

"起先我也被他们骗了，但当他们在研究地图时，我看见了高个子西装袋里的手枪皮套。"侍者说。

乔治有些气愤："你既然已看出他们不是好人，为什么还要……？你后来实在不该告诉他们哈克恺特有桥。现在警察抓住他们的机会太小了……"

"没有……"

"没有机会了。"乔治接着说，"他们的车跑得太快了。"

那侍者笑了笑，"我不是说没有机会了，我是说哈克凯特根本没有那座桥。等待他们的只有一条大河！"

对待坏人，可不要学把蛇放在怀里的善良的农夫，相反随口编出的一个谎言，可以让你立于不败之地。对待坏人，我们应该善于运用我们的智慧，不费吹灰之力来制服他们。最好不要莽撞，以硬碰硬的方式可能让我们两败俱伤。

种出你的土豆

事在人为，只要多想办法，任何事情都能做到；这个世界上不存在我们办不到的事。

——歌德

杰米原本是不爱吃土豆的，但自打听说了那个关于土豆的故事之后，杰米竟可笑地迷上了这不起眼的鬼东西。那个故事讲的是土豆从美洲引进到法国的历史。

在法国，土豆种植很长时间都没有得到推广。宗教信仰者不欢迎它，还给它起了个怪怪的名字——“鬼苹果”；医生们认定它对健康有害；农学家断言，种植土豆会使土壤变得贫瘠。

法国著名农学家安瑞·帕尔曼切曾在德国吃过土豆，决定在祖国培植它。可是，过了很长一段时间，他都未能说服任何人接受它。面对着人们根深蒂固的偏见，他一筹莫展。后来，帕尔曼切决定借助国王的权力来达到自己的目的。

1787年，他终于得到国王的许可，在一块出了名的低产田上栽培土豆。帕尔曼切发誓要让这不招人待见的“鬼苹果”走上法国人的餐桌！

他耍了个小小的花招——请求国王派出一支全副武装的卫队，每个白天都在那块地里严加看守。这异常的举动撩拨起人们强烈的偷窃欲望。每当夜幕降临，卫兵们撤走之后，人们便悄悄地摸到田里偷挖土豆，然后，再小心翼翼地将它移植到自家的菜园里。

每天晚上，土豆田里都能迎来一些蹑手蹑脚的偷窃者。就这样，土豆这丑丑的小东西昂然走进了千家万户。

帕尔曼切终于如愿以偿。

杰米为土豆感到庆幸，更为帕尔曼切的执著与智慧唏嘘不已。杰米常常凝视着自己的双手，殷殷叮嘱它：假若你捧住了一株值得捍卫的秧苗，你就要以心为圃，以血为泉，培植它，浇灌它，守望它，期待它，动用整个生命的力量去磨圆一个块茎，让世界知道，有一块方寸之地，最适宜种植奇迹……

农学家真是一个聪明人，懂得利用人们的好奇心。但故事最令人感慨的还是科学家做事业的进取心和冒险精神，所以他们日后才会像星星般闪亮。

火把的启示

最困难的时候，就是我们离成功最接近的时候，只要有耐心，你就一定会成功。

——恺撒

杰佛现在是一个大财团的总裁，他坐在摇椅里，对他的孙子讲一个他亲身经历的故事。

在外经商一年的杰佛正往家赶，他在翻越一座山时，遭遇到一个拦路抢劫的山匪。杰佛立即逃跑，但山匪穷追不舍。走投无路时，他钻进了一个山洞里，山匪也追进了山洞里。

在洞的深处，杰佛未能逃过山匪的追逐，——黑暗中，他被山匪逮住了，遭到了一顿毒打，身上的所有钱财，包括一把准备为夜间照明用的火把，都被山匪抢去了。

这山洞极深极黑，且洞中有洞、纵横交错。杰佛和山匪置身洞里，像置身于一个地下迷宫。

山匪庆幸自己从商人那里抢来了火把，于是他将火把点燃，借着火把的亮光在洞中行走。火把的光明为他的行走带来了方便，他能看清脚下的石块，能看清周围的石壁，因而他不会碰壁，不会被石块绊倒。但是，他走来走去，就是走不出这个洞。最终，他力竭而死。

杰佛失去了火把，没有了照明，他在黑暗中摸索行走得十分艰辛，他不时碰壁，不时被石块绊倒，跌得鼻青脸肿。但是，正因为他置身于一片黑暗之中，所以他的眼睛能够敏锐地感受到洞口透进来的微光。他迎着这缕微光摸索爬行，最终逃离了山洞。

没有火把照明的人最终走出了黑暗，有火把照明的人却永远葬身在黑暗之中。

世事大多如此，许多身处黑暗的人，磕磕绊绊，最终走向了成功；而另一些人往往被眼前的光明迷失了前进的方向，终生与成功无缘。

沉着冷静破难关

由于智慧的不明确性，每逢它落到无知里，人就把自己变成衡量一切事物的尺度。

——维柯

公元1799年，当时法国的国力鼎盛，法国皇帝拿破仑一世，派遣大将军马桑拿，率领精锐部队共18000人，出兵侵略邻国奥地利。

当时的法国军队，横行整个欧洲，几乎是所向披靡。

马桑拿的部队，进军至奥地利边界一座名叫弗雷其克的小城。弗雷其克没有正式的军队，面对法国大军，完全没有任何准备。

马桑拿的大军，在复活节的上午来到弗雷其克城外，驻扎在高地上。将士们盔甲鲜明、耀武扬威地向城内高声呐喊。

弗雷其克城内的居民聚集在一起，商量该如何投降。在全城的大动乱当中，居民代表们从早上一直开会，到了下午，仍然商议不出一个所以然来。

最后，有位长老发言说："今天是复活节，我们从早上开会直到现在，也得不到任何的结论，完全无能为力。为什么我们不停止讨论如何投降？为什么不一起来做复活节的礼拜？我建议立即敲响教堂的钟，召集居民们一起来做礼拜，至于那些法国军队，就交给上帝去对付他们吧！"

于是弗雷其克城内的各教堂钟声齐鸣，城内居民老老少少都聚集在教堂中，吟唱圣诗庆祝复活节。

法国军队的统帅马桑拿将军，是一位作战经验丰富的将领。他听到弗雷其克城内传来的钟声及诗歌吟唱声，深入研究之后，对他的幕僚群说：“情势不妙，今天早上我们大军初到时，城里哭声连天；而现在他们居然有心情庆祝复活节。根据我的经验，应该是城里有援军开到！”

当下马桑拿与幕僚们认为，不论对方的兵力是虚是实，法国部队孤军深入敌境，处境着实危险，便下令退兵。

于是弗雷其克城不费一兵一卒，单靠钟声及吟唱圣诗，而令法国退兵，一时传为美谈。

面对危机，能否保持适当的冷静，往往是决定胜负的关键。在战场上如此，在人生的道路上亦然。

越是处于低潮时，越要沉着应对；无谓的慌乱，只会丧失转圜的良机。冷静下来、仔细思考，你将发现解决问题的方式，明明白白地呈现在你的眼前！

化险为夷

不要抱怨我们的贫穷，拥有智慧是我们最大的财富，任何时候它都会帮助我们成功。

——马克·吐温

卡尔森走在深夜的纽约街道上，他的脚步十分急促，显然除了赶着要回家之外，他还担心遇上拦路的劫匪。

但往往越是惧怕，越能碰上。只见眼前小巷中黑影一闪，一个穿着风衣的瘦小男子挡住了他的去路，口中低声喝道：“站住，不要乱动！”

卡尔森看着抢匪手中的左轮枪，慢慢地举起双手，任由抢匪将他的皮夹搜刮而去。就在抢匪准备离开之际，卡尔森突然出声叫住了抢匪。

卡尔森说：“先生，你抢走我的钱没有关系。可是，我家里有一个极其凶悍的老婆，我回到家里，要是告诉她我被抢了，她一定不肯相信，会责怪我是因为去赌博，而把钱给输光了。”

抢匪道：“那关我什么事？”

卡尔森说：“能不能麻烦你，用手枪在我的帽子上射一个洞，这样我回去比较好交代。”

经不起卡尔森的再三恳求，抢匪勉为其难地在他的帽子上开了一枪，随后，卡尔森又说为了逼真，要求抢匪在他的外套、裤管、手套、靴子，甚至于手帕上，都留下弹孔。

正当身材瘦小的抢匪开枪开得过瘾之际，卡尔森微笑着说：“六颗子弹都打完了，我的皮夹该还给我了吧！”

面对劣势，需要机智。越在急迫的状态之下，越要让自己冷静下来。

遇到突发状况，慌张、恐惧是每一个人正常的反应，但情绪失控对现实的状况非但没有帮助，反而会让事情变得更糟糕。

先发制人

待人接物，既要内心谦和，又要学会人际交往的艺术，只有这样，人们才能相敬。

——爱默生

卡耐基常常带着他的爱犬雷斯到附近的森林公园去散步。

有一天，他们在公园里遇见一位骑马的警察，这位警察好像迫不及待地要表现出他的权威：

“你为什么让你的狗跑来跑去，不给它系上链子或戴上口罩？”他申斥卡耐基，“难道你不晓得这是违法的吗？它可能在这里咬死松鼠，或咬伤小孩子。这次我不追究，但假如下回在公园里我看到这只狗还没有系上链子或套上口罩的话，你就必须跟法官解释啦。”

卡耐基客客气气地答应照办。

卡耐基的确想照办，可是雷斯不肯戴口罩，一天下午，雷斯和卡耐基在一座小山坡上赛跑，突然间卡耐基看到那位执法大人，跨在一匹红棕色的马上。雷斯跑在前头，直向那位警察冲去。

卡耐基这下栽了。他知道这点，所以他决定不等警察开口就先发制人。

卡耐基说：“警察先生，这下你当场逮到我了。我有罪，我没有托辞，没有借口了。你上星期警告过我，若是再带小狗出来而不替它戴口罩你就要罚我。”

“好说，好说，”警察回答的声调很柔和，“我晓得在没有人的时候，谁都忍不住要带这么一条小狗出来溜达。”

“的确是忍不住，”卡耐基回答，“但是这是违法的。”

“像这样的小狗大概不会咬伤别人吧？”警察反而为卡耐基开脱。

“不，它可能会咬死松鼠。”卡耐基说。

“哦，你大概把事情看得太严重了，”他告诉卡耐基，“我们这样办吧，你只要让它跑过小山，到我看不到的地方，事情就算了。”

对一个聪明人来说，错误本身是有价值的，它可以转化成一种良好的经验，并且靠着这种经验渡过一个陷阱。记住千万不要掩盖错误，这样反而会错上加错。

看破真相

不要简单地模仿别人，否则你会在失败中结束模仿；美好的事物在于创新，你会在创新中得到满足。

——马克·吐温

有一次，两个法国人和两个犹太人搭火车旅行。

法国人很单纯，每人买了一张票；而犹太人精打细算，两个人只买了一张票。法国人见到这种情形，就问犹太人：“你们只有一张票，那等列车长来查票时，你们怎么办？”

犹太人神秘地笑而不答，上了火车不久，便传来列车长查票的声音，只见两个犹太人挤进一间厕所内。

列车长查票，来到他们的车厢。敲了敲厕所的门，说：“车票看一下！”

门开了一条缝，一只手拿着一张票伸出来。列车长怎么也想不到，一间厕所内，竟会躲着两个人。

他看过了票，道：“嗯，好了，谢谢！”又把票从门缝中塞了回去。

到了目的地，他们四人玩得很尽兴。踏上归途买票时，两个法国人心想：“早上来时，犹太人的方法真不错……”

于是他们几经讨论后，决定也买一张票，轮到犹太人时，只见他们摇摇手，说这次就不买票了。

上了火车，两个法国人期待着：不知道犹太人又有什么好方法。说时迟、那时快，列车长又来查票了。

法国人顾不得观看犹太人的新招式，两人赶紧钻进了厕所。

又是“叩、叩”两声，犹太人敲了敲厕所的门，门应声而开，一只手拿着一张票，从门缝中伸出来。

犹太人：“嗯，谢谢——”

两个犹太人拿了票，立刻往前一节车厢的厕所奔去。

模仿固然是学习的开始，但每一个人的生长环境、人格、经历各有不同，若是不能全然了解对方成功过程中主要观念，而只是一味地用肤浅的想法，点到为止式地去学习一些表面的功夫，往往正是产生挫败的缘由。

面试的故事

除了人格以外，人生最大的损失，莫过于失掉自信心了。

——培尔辛

强生公司要招聘一位市场人员，丰厚的薪水和良好的福利待遇吸引了不少报名者。

应聘的条件除了其他基本要求外，还要求有一定的口才，许多人跃跃欲试。经过笔试和面试，留下了3个人进入最后的测验。

第一个应聘者一走进来，就看到面前坐着集团公司的总经理，他在商场中叱咤风云，以果断和善辩著称。应聘者一见老总亲自面试，不免心慌意乱起来。老总的问题尖刻而带有挑衅性，应聘者根本不敢正面驳斥，只是竭力自圆其说。不到半个小时，他就被老总问得毫无招架之力了。

老总笑着对他说："你可以出去了。"

第二位也是如此，他一看到主持测验的是在商海中威信极高的老总，马上就被老总的气势压住了，自己的语言特长根本发挥不出来。

很快轮到了第三位应聘者，面前的老总在他眼里只是一位戴着眼镜、干瘦而精明的老招聘人。

应聘者对老总说："你好。"

老总威严地扫了他一眼，提了许多问题，应聘者侃侃而谈，老总的嘴角露出一丝微笑。

突然，老总提出一个涉及个人隐私且十分尖刻的问题。应聘者一听，不禁有些气恼，但仍然平静而有礼貌地指正了老总。老总不同意他的观点，两人便言来语去地争论起来。老总的话音突然戛然而止，笑着说："不错，有胆量，你等我们公司的最后通知吧。"

第三位应聘者气呼呼地走出面试室，看到先前的那两位应聘者。当得知那位面试官是集团公司的老总时，第三位应聘者顿时惊得目瞪口呆。他想起刚才和老总争辩的场面，估计自己无论如何都不会被录用的。

而结局却出乎意料，真正被录用的是第三位应聘者，公司老总评价他是少见的有自信心的年轻人。

世界上许多困难的事情都是由那些自信心十足的人完成的。只要消除了自卑感，充满信心地去做你想做的事，成功离你就近了。

最后的测试

用卑鄙手段得到的财富，会像烟云一样很快地消失，只有用双手得到的财富才是永恒的。

——爱默生

费城纽约市新成立的公司要招聘一名女出纳员，工资待遇优厚得让人不敢相信。顿时，全市的女青年像疯了似的，每人交纳100美元报名费，然后面试、笔试，折腾了半个月，只剩下不到10人。最佳人选将从这几个人中间产生。

某公司的职员玛利过关斩将，成了其中的幸存者。她观察了一下自己的几名竞争对手，论年龄，论口才，尤其是相貌和风度……她至少也有70%的把握。玛利高兴得芳心骤跳，夜夜从梦中笑醒。

谁知好事多磨，进入决赛后，用人单位反倒没了动静。玛利差不多天天去打听消息，唯恐让别人钻了空子占了先，但消息绝对准确：招聘人选根本没定下来。她猜想，这肯定是骗局，每人100美元，加起来可不是个小数目。玛利又恨又没办法，只好耐着性子在原单位上班。

这一天，刚发完工资，玛利闲得无聊，便约了同事玛菲逛商场。待买了些东西返回时，发现同办公室的另一名同事也走了。她椅子上坐着个陌生男子，见她们回来，连忙欠身打招呼。

玛利很反感。一个男人呆在女人的办公室里干什么？她冷冷地问："你找谁？"

"先不说找谁。请问二位是在这儿办公吗？"那男子问。见两位姑娘点头，男子又问，"你们坐哪把椅子？"

"这跟局外人有关系吗？"玛利更反感了，"你找谁？"

男子取出压在茶杯下面的一张百元面值的大钞，钱的一角沾了些碳素墨水。他微微一笑："我等失主呢。刚才在这两把椅子中间拾到这张钱，你们说我揣走还是归还？哪位的，应当谢我才是。"

玛菲拿眼一扫："不是我的。再说，发完工资，我贴身装着，不可能蹿出来，肯定是玛利的。"

男子把百元大钞放在玛利面前，说："那就是这位小姐丢的啦。"

玛利心口噗噗直跳：这男子捡钱是咋回事，世上怎么会有如此傻的人，发了财还在这儿等人认领回去？她故作迟疑地说："是我丢的吗？"

“你不会数一数兜里的钱？”玛菲提醒她。

“我的钱没数。”玛利双手一摊。

百元大票归了玛利。为了表示礼貌和感谢，她微笑着给来客沏茶，并询问对方是来找谁的。

“我专门恭候您哪，玛利小姐。”男子也报以微笑，“我是您应聘那家企业的职员，奉命来对您进行最后一次测试。”

这真是意外的惊喜！玛利满面春风：“要测试什么马上开始吧。我从来不像别人那样，还需要准备这准备那。这样突然的考试最合理，能看出真正的水平。”

“说得太对了。”男子说，“可我们的测试已经结束。我十分遗憾地通知小姐，您不够录用条件。”男子站起身来告辞。

玛利一下子明白过来，刚才那张百元大票，是块试金石！她沮丧地掏出那张钱，还给男子：“你们这种考试方法含有某种欺骗性和污辱性，我兜里的钱的确没有数。”

“不会的。”男子摇摇头，“您在以前的测试中表现突出，尤其记忆力惊人。您不会不清楚自己兜里有多少钱，何况其误差达百元之多，你更不可能忘记自己有没有过这样一张被严重污染过的钞票。按常理，刚才您去购物时，如果真有这张钱，您一定会先把它花出去或者发现它已经丢失。这张钞票依然归小姐您，就当我们退还您的报名费。假如这一位小姐有兴趣的话，不妨去敝公司一试。”男子转身向玛菲说，“作为出纳员，首要的是面对金钱的态度。别的不论，最后这一测试，您却过了关。”

没想到那男子竟是那家公司的副总裁，更没想到的是玛菲后来居然通过了其他的考试。她成为该企业的出纳员。有一天闲谈，玛菲很为玛利惋惜：“她只差那么一丁点儿。如果她再冷静一点儿……”

“应当祝贺她。”副总裁说，“要是她果真当上出纳员，那才是玛利真正的悲哀。”

一场多么不寻常的测试！人性贪婪的弱点得到展示，同时优秀的人也闪出了她的光辉。所以有人说，贪心的人想把什么都弄到手，结果什么都失掉了。

上帝的答案

谁能把生死置之度外，他就会成为新人。谁能战胜痛苦和恐惧，他自己就能成为上帝。

——陀思妥也夫斯基

去年初秋，巴特西的丈夫比尔接了长途电话之后，转过身来对她说："你父亲被送去急诊，是严重的心脏病。"巴特西能看得出他虽然内心恐惧，但又竭力表现出很冷静的样子。

"爸爸病得这么厉害吗？"比尔带着巴特西飞速驱车去机场时，她心里在祈祷："啊，亲爱的上帝，让爸爸活下去吧！"

当她走进医院爸爸的病房时，母亲一句话也没说。她们默默地抱在一起。巴特西坐在母亲的身边祈祷着："让爸爸活下去吧！"

在整整3个星期里，她和妈妈就这样日夜守护着父亲。有一天早晨，爸爸恢复了知觉，他还握住了巴特西的手。他的心脏虽然稳定了，但其它问题又出现了。凡是巴特西不和父亲或母亲在一起时，她就去医院的小教堂里，总是祷告着同一句话："让爸爸活下去吧！"

祝愿康复的卡片从各地寄来。一天晚上，她接到比尔寄来的一张——这是“我们的”卡片，上面写着：“要相信上帝的答案，亲爱的。”

巴特西站在厨房里，手里攥着一张弄皱了的卡片，一会儿哭，一会儿笑，母亲不明白这是为什么。巴特西想：“比尔帮我意识到的是我原来搞的那些祈祷全都错了。”

第二天清晨，巴特西在医院小教堂里平静地祈祷：“亲爱的上帝，我知道我的愿望是什么，但对爸爸说来这并不见得是最好的答案。您也爱他，因此我现在要把他放在您的手中。让您的意愿——而不是我的——实现吧！”

在那一瞬间，她觉得如释重负。不管上帝的答案是什么，她知道对她父亲都是正确的。

两个星期后，她的父亲与世长辞了。

第二天，比尔带着孩子们赶来了。他们的儿子哭着说：“我不愿意让外公死，他为什么会死呢？”

巴特西紧紧地抱着儿子让他哭个够。从窗户远望，她看见群山和碧蓝的天，想着她深深敬爱的父亲，也想到他有可能遭受的无法医治的病痛。比尔的手放在她的肩上。巴特西轻轻地说：“显然，这就是答案。”

生老病死是人之常情，与其让亲人忍受病痛的折磨，还不如选择让他安详地离开。这不是我们的不孝和狠心，恰恰是我们的良苦用心。既然无法避免，那就顺其自然地接受吧！

幸存的犹太人

乐观是希望的明灯，它指引着你从危险峡谷中步向坦途，使你得到新的生命新的希望，支持着你的理想永不泯灭。

——达尔文

1959年夏天，罗伯特·福尤姆在一个小客栈找到一份在柜台值夜班和给马厩添饲料的工作。每晚当班时，他总听见即将回家的老板不客气地告诫“不可马虎，我会天天查的！”

22岁的罗伯特刚从大学毕业，血气方刚，对这位从无笑容的老板大为不满。

一星期过去了，雇员们每天一顿的午餐一成不变：两片牛肉熏肠，一点泡菜和粗糙的面包卷。罗伯特越吃越没味。午餐的钱竟还是从他们的工资中扣除的。

“简直是法西斯分子！”罗伯特变得难以忍受了。他感到自己确实被激怒了。没有发泄的对象，他只能向来接他夜班的西格蒙德·沃尔曼大发牢骚。罗伯特宣称：“总有一天，我要端一盘牛肉熏肠和泡菜去找老板，把这些东西一古脑儿朝他脸上扔去。”“这地方真见鬼，我马上卷铺盖离开这里！”

罗伯特越讲火气越大，滔滔不绝地嚷嚷了近20分钟，中间还夹杂着拍桌子声和下流的骂骂咧咧。此刻，他忽然注意到西格蒙德一直不动声色地坐在那儿，用他那悲伤、忧郁的眼神看着自己。

罗伯特想：西格蒙德当然有充分的理由悲伤、忧郁，因为他是犹太人，奥斯威辛集中营的幸存者，瘦弱，不停地咳嗽整整伴随了他3年。他似乎特别喜欢夜晚的工作，这样他感到安静，有足够的时间和空间回忆可怕的过去。对他来说，最大的享受莫过于没有人再强迫他该干什么。在奥斯威辛，他就梦想着这个时光。

西格蒙德终于说话了："听着，福尤姆，听我说，你知道自己错在哪里吗？不是熏肠，不是泡菜，不是老板，不是厨师，也不是这份工作。"

"我有什么不对？"

"福尤姆，你认为自己什么都懂，但你却连小小的挫折与真正的困难都分不清。假如你摔断了脖子，假如你整日填不饱肚子，假如你家的房子着火了，那才是遇到了难以对付的困难哩。任何事情都不可能尽如人意，生活本身就充满矛盾，它像大海波涛一样起伏不平。学会区分什么是小小的挫折，什么是大的困难，不为小事而发火，你就会长生不老。祝你晚安。"

罗伯特意识到，在自己的一生中，很少有人这样看透自己。在漫长的黑夜中，西格蒙德朝自己踢了一脚，在他脑子里打开一扇窗户。

每当你面临困境，遇到挫折，想大发其火，怨天尤人时，问问自己：这是难以克服的困难，还是小小的挫折？要分清是麦片粥结块，还是胸腔里出现肿块？这两者完全不同。

悬崖间的铁索桥

人生之路正如两座悬崖间的铁索桥，而这座铁索桥又由大大小小的痛苦组成的链环连接而成。

——克里

一座泥像立在路边，历经风吹雨打。他多么想找个地方避避风雨，然而他无法动弹，也无法呼喊。他太羡慕人类了，他觉得做一个人真好，可以无忧无虑、自由自在地到处奔跑。他决定抓住一切机会，向人类呼救。

这天智者圣约翰路过此地，泥像用他的神情向圣约翰发出呼救。

“智者，请让我变成人吧！”泥像说。

圣约翰看了看泥像，微微笑了笑，然后衣袖一挥，泥像立刻变成了一个活生生的青年。

“你要想变成人可以，但是你必须先跟我试走一下人生之路，假如你承受不了人生的痛苦，我马上可以把你还原。”智者圣约翰说。

于是，青年跟随圣约翰来到一个悬崖边。

只见两座悬崖遥遥相对，此崖为“生”，彼崖为“死”，中间由一条长长的铁索桥连接着。而这座铁索桥，又由一个个大大小小的铁链环组成。

“现在，请你从此岸走向彼岸吧！”圣约翰长袖一拂，已经将青年推上了铁索桥。

青年战战兢兢，踩着一个个大小不同链环的边缘前行，然而一不小心，一下子跌进了一个链环之中，顿时两腿悬空，胸部被链环卡得紧紧的，几乎透不过气来。

“啊！好痛苦呀！快救命呀！”青年挥动双臂，大声呼救。

“请君自救吧。在这条路上，能够救你的，只有你自己。”圣约翰在前方微笑着说。

青年扭动身躯，奋力挣扎，好不容易才从这痛苦之环中挣扎出来。

“你是什么链环，为何卡得我如此痛苦？”青年愤然道。

“我是名利之环。”脚下的链环答道。

青年继续朝前走。忽然，隐约间，一个绝色美女朝青年嫣然一笑，然后飘然而去，不见踪影。

青年稍一走神，脚下一滑，又跌入一个环中，被链环死死卡住。

可是四周一片寂静，没有一个人回应，没有一个人来救他。

这时，圣约翰再次在前方出现，他微笑着缓缓道：

“在这条路上，没有人可以救你，只有自救。”

青年拼尽全力，总算从这个环中挣扎了出来，然而他已累得精疲力竭，便坐在两个链环间小憩。

“刚才这是个什么痛苦之环呢？”青年想。

“我是美色链环。”脚下的链环答道。

经过一阵轻松的休息后，青年顿觉神清气爽，心中充满幸福愉快的感觉，他为自己终于从链环中挣扎出来而庆幸。

青年继续向前赶路。然而料想不到的是，他接着又掉进了欲望的链环、妒忌的链环、仇恨的链环……待他从这一个个痛苦之环中挣扎出来，青年已经完全疲惫不堪了。抬头望望，前面还有漫长的一段路，他再也没有勇气走下去了。

“智者！我不想再走了，你还是带我回到原来的地方吧。”青年呼唤着。

智者圣约翰出现了，他长袖一挥，青年便回到了路边。

“人生虽然有许多痛苦，但也有战胜痛苦之后的欢乐和轻松，你难道真愿放弃人生吗？”智者圣约翰问道。

“人生之路痛苦太多，欢乐和愉快太短暂太少了，我决定放弃成为人，还原为泥像。”青年毫不犹豫。

智者圣约翰长袖一挥，青年又还原为一尊泥像。

“我从此再也不必承受人世的痛苦了。”泥像想。

然而不久，泥像便被一场大雨冲成一堆烂泥。

人生路上痛苦与快乐必然形影相随，人活着，又无法任意选择，有谁能说我只要快乐，不要痛苦呢？勇敢地承担苦痛，这才是人生之要义，没有痛苦，快乐也是不完整的。

走出心灵的监狱

对于所受的伤害，宽恕比复仇更高尚，鄙视比雪耻更有气派。

——富兰克林

曼德拉因为领导反对白人种族隔离的政策而入狱，白人统治者把他关在荒凉的大西洋小岛罗本岛上27年。当时曼德拉年事已高，但白人统治者依然像对待年轻犯人一样对他进行残酷的虐待。

罗本岛上布满岩石，到处是海豹、蛇和其他动物。曼德拉被关在总集中营一个“锌皮房”，白天打石头，将采石场的大石块碎成石料。他有时要下到冰冷的海水里捞海带，有时干采石灰的活儿——每天早晨排队到采石场，然后被解开脚镣，在一个很大的石灰石场里，用尖镐和铁锹挖石灰石。因为曼德拉是要犯，看管他的看守就有3人。他们对他并不友好，总是寻找各种理由虐待他。

谁也没有想到，1991年曼德拉出狱当选总统以后，他在就职典礼上的一个举动震惊了整个世界。

总统就职仪式开始后，曼德拉起身致辞，欢迎来宾。他依次介绍了来自世界各国的政要，然后他说，能接待这么多尊贵的客人，他深感荣幸，但他最高兴的是，当初在罗本岛监狱看守他的3名狱警也能到场。随即他邀请他们起身，并把他们介绍给大家。

曼德拉的博大胸襟和宽容精神，令那些残酷虐待了他27年的白人汗颜，也让所有到场的人肃然起敬。看着年迈的曼德拉缓缓站起，恭敬地向3个曾关押他的看守致敬，在场的所有来宾以至整个世界，都静下来了。

后来，曼德拉向朋友们解释说，自己年轻时性子很急，脾气暴躁，正是狱中生活使他学会了控制情绪，因此才活了下来。牢狱岁月给了他时间与激励，也使他学会了如何处理自己遭遇的痛苦。他说，感恩与宽容常常源自痛苦与磨难，必须通过极强的毅力来训练。

获释当天，他的心情平静：“当我迈过通往自由的监狱大门时，我已经清楚，自己若不能把悲痛与怨恨留在身后，那么我其实仍在狱中。”

怨怨相报何时了？如果一味地充满了对他人的仇恨，不但使他人生活于痛苦之中，自己的心灵也无法得到解脱。

第七篇

成功源泉

分段实现大目标

做事要懂得循序渐进，遵循事物的规律，急于一下子就干完一件事往往事倍功半。

——拉采儿

1984年，在东京国际马拉松邀请赛中，名不见经传的日本选手山田本一出人意外地夺得了世界冠军。当记者问他凭什么取得如此惊人的成绩时，他说了这么一句话：凭智慧战胜对手。

当时许多人都认为这个偶然跑到前面的矮个子选手是在故弄玄虚。马拉松赛是体力和耐力的运动，只要身体素质好又有耐性就有望夺冠，爆发力和速度都还在其次，说用智慧取胜确实有点勉强。

两年后，意大利国际马拉松邀请赛在意大利北部城市米兰举行，山田本一代表日本参加比赛。这一次，他又获得了世界冠军。记者又请他谈谈经验。

山田本一性情木讷，不善言谈，回答的仍是上次那句话：用智慧战胜对手。这回记者在报纸上没再挖苦他，但对他所谓的智慧迷惑不解。

10年后，这个谜终于被解开，山田本一在他的自传中是这么说的：每次比赛之前，我都要乘车把比赛的线路仔细地看一遍，并把沿途比较醒目的标志画下来，比如第一个标志是银行；第二个标志是一棵大树；第三个标志是一座红房子……这样一直画到赛程的终点。比赛开始后，我就以百米的速度奋力地向第一个目标冲去，等到达第一个目标后，我又以同样的速度向第二个目标冲去。40多公里的赛程，就被我分解成这么几个小目标轻松地跑完了。起初，我并不懂这样的道理，我把我的目标定在40多公里外终点线上的那面旗帜上，结果我跑到十几公里时就疲惫不堪了，我被前面那段遥远的路程给吓倒了。

在山田本一的自传中发现这段话的时候，我正在读法国作家普鲁斯特的《追忆似水年华》，这部作者花了16年写成的7卷巨著，有很多次让我望而却步，要不是山田本一给我的启示，这部书可能还会像一座山一样横在我的眼前，现在它已被我踏平了。

在现实中，我们做事之所以会半途而废，这其中的原因，往往不是因为难度较大，而是觉得成功离我们较远，确切地说，我们不是因为失败而放弃，而是因为倦怠而失败。在人生的旅途中，我们稍微具有一点山田本一的智慧，一生中也许会少许多懊悔和惋惜。

做最优秀的人

只有经过寂寞的等待，才会迎来花开的灿烂；这个世界不存在我们办不到的事。

——卡普兰

一个衣衫褴褛、满身补丁名叫查理的男孩子跑到建筑工地上，来到一个衣着光鲜、叼着雪茄的男人面前，诚恳地问道："您能不能告诉我，我要怎样做才能使自己长大后变得像您一样有钱？"

这男人就是工地的建筑商，他吐出一口烟雾，回答道："小伙子，回去买件红外套，在工作中拼命地干。"

看男孩子一脸困惑的样子，他又吐了一口烟，接着说道："你看到那边在脚手架上工作的人了吗？他们是不是看上去全都是一样？我根本不可能把这些工人的名字全都记住，也记不住他们的样子。"

"但是，"他接着说，"能让一个老板记住的员工靠的就是他的工作。你仔细看那边，有一个穿红外套的工人，他的脸也晒得红红的。我格外注意到了他，因为他似乎总是比别人更卖力，做得更带劲。每天早上，他都比大家来得早那么一点；每天下工时，他似乎又总是走得晚一点。因为他的那件红外套，和他的工作表现，我一下就能认出他来。我准备找一个工地上负责的监工，由于他给我留下的这些印象，我已决定由他来担任，如果他表现出色，我还会把更重要的事情交给他做。如果他努力，他会成为一个有钱人。"

"小伙子，其实这也是我发达起来的过程，我卖力工作，成为我周围所有人中最好的。如果我和大家一样穿白色衬衫，可能就没人注意到我了，所以我天天穿红色外套，同时倍加努力。不久老板就注意到了我，让我当他的副手。后来我努力存钱，自己成为了老板。"

如果你手中有一件工作，那么，把它做成最好的。你要在业绩上超过所有的人，不要表现得和别人一样，要成为你所在群体中最突出的那一个；不要和你的同学或同事一样，成为毫无特色的人。要想让别人注意到你，那就专注于你的目标吧，只有恒久地付出与专注，才能将你造成一个不平凡的人。

化纷扰为祝福

对待抱怨我们始终要抱着快乐之心，为对方创造一个美好的世界，这也是给自己创造一份幸福。

——卡特

一个餐厅里，正是午间生意最繁忙的时刻，偏偏整个餐厅上上下下，只有一个小服务员杰克当班，他忙进忙出的，几近焦头烂额。

在如此繁忙的时候，若是客人愿意配合，杰克的工作倒也能够顺利进行。不幸的是，正巧又来了一位极其挑剔的新客人。

这位麻烦的客人走进餐厅里，坐定之后，也不管杰克正忙得不可开交，立刻把他叫住，抱怨餐厅内没有开冷气，很是闷热。

杰克忙不迭地道歉，答应立即处理这个问题。过了一会儿，这位难缠的新客人，又将杰克拦了下来，说他把冷气开得太冷了，让他感到不舒服。

杰克的耐性奇佳，又立即连声道歉，并保证，一定立即将冷气调整到合适的温度。

旁边一位客人，从头到尾冷眼旁观这一幕，不禁暗暗为杰克叫屈。

待杰克走过他身边时，这位抱不平的客人安慰他道："那个烦人的家伙，一下要开冷气，一下又嫌太冷了，他是不是快要把你给弄疯掉了？"

杰克气定神闲地悄声答道："不，是我快把他给弄疯掉了。这店里从来就没有装过冷气。"

生命中存在着无尽烦人的问题，我们可以采用最认真的态度去对待，甚至是大吵一架；或是学学这位可爱的小服务员，用极其幽默同时也是最有效的回应手法。我们可以同生命中的小插曲开个无伤大雅的小玩笑。

聪明的商人

真正的智慧是发生在出人意料之处，有许多惊人之举隐含着巨大的智慧。

——培根

从前，有位名叫狄利斯的商人和他长大成人的儿子一起出海远行。他们随身带上了满满一箱子珠宝，准备在旅途中卖掉，但是没有向任何人透露过这一秘密。

一天，狄利斯偶然听到水手们在交头接耳。原来，他们已经发现了珠宝，并且正在策划着谋害他们父子俩，以掠夺这些珠宝。

狄利斯听了之后吓得要命，他在自己的小屋内踱来踱去，试图想出个摆脱困境的办法。儿子问他出了什么事情，狄利斯于是把听到的全部告诉了他。

“同他们拼了！”年轻人断然道。

“不，”狄利斯回答说，“他们会制服我们的！”

“那把珠宝交给他们？”

“也不行，他们还会杀人灭口的。”

过了一会，狄利斯怒气冲冲地冲上了甲板，“你这个笨蛋儿子！”他叫喊道，“你从来不听我的忠告！”

“老头子！”儿子叫喊着回答，“你说不出一句值得我听进去的话！”

当父子俩开始互相谩骂的时候，水手们好奇地聚集到周围。老人冲向他的小屋，拖出了珠宝箱。

“忘恩负义的家伙！”狄利斯尖叫道，“我宁肯死于贫困也不会让你继承我的财富！”

说完这些话，他打开了珠宝箱，水手们看到这么多的珠宝时都倒吸了一口凉气。狄利斯又冲向栏杆，在别人阻拦他之前将宝物全都投入了大海。

过了一会儿，父子俩都目不转睛地注视着那只空箱子，然后两人躺倒在一起，为他们所干的事而哭泣不止。后来，当他们单独一起呆在小屋里时，父亲说：“我们只能这样做，孩子，再也没有其他的办法可以救我们的命！”

“是的，”儿子答道，“您这个法子是最好的了。”

轮船驶进了码头后，狄利斯同他的儿子匆匆忙忙地赶到了城市的地方法官那里。他们指控了水手们的海盗行为和犯了企图谋杀罪，法官逮捕了那些水手。法官问水手们是否看到老人把他的珠宝投入了大海，水手们都一致说看到过。法官于是判决他们都有罪。

法官说道：“什么人会弃掉他一生的积蓄而不顾呢，只有当他面临生命的危险时才会这样去做吧？”水手们只得赔偿了狄利斯的珠宝，法官因此饶了他们的性命。

久经商场磨炼的商人，见识确实高人一等，这种绝处求生的应变智慧使他们既保住了性命，又使钱财失而复得。

千年智慧的结晶

任何人的成功都源自他们的艰苦奋斗，没有一项荣誉是可以不付出一滴汗水而轻易得到的。

——叔本华

数百年前，英国一位聪明的老国王召集了所有聪明的大臣，交待了一个任务：“我要你们编一本《各时代的智慧录》，以便流传到后世。”

这些聪明的大臣离开老国王以后，工作了很长一段时间，最后完成了一本十二卷的巨著。老国王看了后说：“各位大臣，我确信这是各时代的智慧结晶。然而，它太厚了，我怕人们不会去读完它。把它浓缩一下吧！”

这些聪明的大臣又经过长期的努力工作，几经删减之后，完成了一卷书。然而，老国王还是认为太长了，又命令他们继续浓缩。

这些聪明的大臣于是把这本书浓缩成了一句话。老国王看到这句话时，显得很得意，说：“各位大臣，这真是各时代的智慧结晶，并且各地的人一旦知道这个真理，我们所担心的大部分问题就可以解决了。”

这句话是：“天下没有免费的午餐。”

美国的雷纳·川伽的例子，可以说是这句话的很好例证。

1828年，川伽先生继承了一笔价值10万美元的产业。到了1838年，他却宣告破产。

川伽先生自己剖析了破产的原因：“我的父亲不但事业成功，而且为人慷慨。在我高中的时候，我只要有用钱的地方，他就允许我随时用银行的账号开支票；到了我上大学的时候，我更是精于此道了。我完全不知道钱的价值，更不知道要用什么方法去赚取，我只知道如何用父亲的账号去签写支票。”

幸运的是，川伽先生破产后，及时地调整了自己，全力以赴地投入到工作之中，将失去的产业都赚了回来。但更重要的是，他把这些宝贵的经验都传给了两个儿子。努力使儿子们明白：凡事均要靠自己的努力，这才是最根本的生存之道。即使有可观的遗产，也不可过多指望！这比单独只给他们财富要有意义多了。

生活中那些看似免费或费用很低的午餐、馅饼，很可能让你付出别的代价：自信心、勇气、创造力以及更多的奋斗中才能锻炼出的能力。要牢记天底下永远不可能有免费的午餐，做任何事都要付出一定的代价。

没有标准答案

鼓励他人是尊重个性的最高体现，不要以自己的标准来衡量一切，世界是多元化的。

——卡尔顿

很久以前，卡兰得拉接到他的同事的一个电话，他问卡兰得拉是否愿意为一个试题的评分做鉴定人，因为他的同事想给他的一个学生答的一道物理题打零分，而他的学生则声称应该得满分。这位学生认为这种测验制度不对，他一定要争取满分。因此，老师和学生同意将这件事委托给一个公平无私的仲裁人，而卡兰得拉被选中了……

卡兰得拉到他同事的办公室，并阅读这道试题。试题是：试证明怎么能够用一个气压计测定一栋高楼的高度。

学生的答案是："把气压计拿到高楼顶部，用一根长绳子系住气压计，然后把气压计从楼顶向楼下坠，直到坠到街面为止，然后把气压计拉上楼顶，测量绳子放下的长度。这长度即为楼的高度。"

这是一个有趣的答案，但是这位学生应该获得称赞吗？卡兰得拉指出，这位学生应该得到高度评价，因为他的答案完全正确。另一方面，如果高度评价这个学生，就应该给他物理课程的考试打高分；而高分就证明这个学生知道一些物理学知识，但他的回答又不能证明这一点……

卡兰得拉让这个学生在6分钟之内回答同一个问题，但必须在回答中表现出他懂得一些物理学知识……在最后一分钟里，这位学生赶忙写出他的答案，它们是：把气压计拿到楼顶，让它斜靠在屋顶的边缘处。让气压计从屋顶落下，用秒表记下它落下的时间，根据落下的距离等于重力加速度乘下落时间的平方的一半算出建筑物的高度。

看完这个答案，卡兰得拉问他的同事是否让步。同事让步了，于是卡兰得拉给了这个学生几乎是最高的评价。正当卡兰得拉要离开他同事的办公室时，卡兰得拉记得那位同学说他还有另外一个答案，于是卡兰得拉问是什么样的答案。学生回答说："啊，利用气压计测出一个建筑的高度有许多办法。例如，你可以在有太阳的日子在楼顶记下气压表的高度和它影子的长度，又测出建筑物影子的长度，就可以利用简单的比例关系，算出建筑物的高度。"

"很好，"卡兰得拉说，"还有什么答案？"

"有呀，"那个学生说，"还有一个你会喜欢的最基本的测量方法。你拿着气压表，从一楼登梯而上，当你登楼时，用符号标出气压表上的水银高度，这样你可以用气压表的单位得到这栋楼的高度。这个方法最直截了当。"

"当然，如果你还想得到更精确的答案，你可以用一根弦的一端系住气压表，把它像一个摆那样摆动，然后测出街面和楼顶的 g 值（重力加速度）。从两个 g 值之差，在原则上就可以算出楼顶高度。"

最后他又说："如果不限制我用物理学方法回答这个问题，还有许多其他方法。例如，你拿上气压表走到楼房底层，敲管理人员的门。当管理人员应声时，你对他说下面一句话，'亲爱的管理员先生，我有一个很漂亮的气压表。如果你告诉我这栋楼的高度，我将把这个气压表送给您……"

不要把自己的思维局限于习惯中，开发自己的想象力和创造力，要知道我们的想象力是无限的。

千万别吃烂水果

面对一盆水果时，有人从烂的开始吃，吃了一盆烂的；有人从好的开始吃，吃了半盆好的。

——马休尔

一天，有位大学教授特地向圣地亚神父贝阿斯问道。神父先是以礼相待，却不说道，他将茶水注入这位来客的杯子，杯子已满却还在继续注入。

教授眼睁睁地望着茶水不停地溢出杯外，终于不能沉默了，大声说道:“已经溢出来了，不能再倒了。”

“你就像杯子一样”，贝阿斯答道，“里面装满了你自己的看法，你不先把自己的杯子倒空，让我如何对你说道。”

贝阿斯是有道理的。有时候，如果人们只抓住自己的东西不放，就很难接受别人的东西。特别是现代社会，人变得越来越贪婪，有些人什么都不愿放弃，结果却什么也得不到，有所失才会有所得。

俄国人夏天吃水果，一次会买很多回家。有的水果由于天气热很容易坏。他们大多数人都会选择先吃坏的再吃好的，结果等到把坏的吃完了，好的也变坏了。其实，这不是一种节俭的行为，而是一种贪婪和奢望。放弃不是失败，是智慧；放弃不是削减，是升华。

美国著名的管理顾问杜拉克先生在他的《社长论》中如此论述：“产品慢慢上了年纪，销售额的增长渐渐变得困难了。反过来，效益也日益低下。于是这个产品成了造成企业业绩恶化的罪魁祸首。是否放弃这个产品，对企业业绩的好坏影响极大。但是通常很难做出放弃它的决定，因为它曾经是我们公司的龙头产品。这个道理很简单，虽然过于平凡，但却难以割舍。‘割爱’之难，在现实生活中是难以想像的。但是我们必须明白，舍弃本身才是革新的第一步。”

不会放弃就等于背上许多沉重的负担。比如说那些式样过时、穿上去使你感觉很不舒服的旧衣服，如果不想扔掉，那只能让它们占据着本就拥挤的空间，还要不断地收拾、整理，费时费力。

在生活中要懂得放弃，有些时候放弃不仅是一种勇气，而且也是一种智慧。不要总是抱着旧的思维模式不放，时代的发展要求我们必须具备革新的思想。

评估生命的价值

生命中最有价值的事，莫过于生命本身了。

——苏格拉底

生长在孤儿院中的比尔，常常悲观地问院长：

“像我这样没有人要的孩子，活着究竟有什么意思呢？”

“父母抛弃了我，上帝为什么还要我继续受苦？”

“人生是受苦的，那么生命的意义何在？”

院长总是笑而不答。

有一天，院长交给比尔一块石头，说："明天早上，你拿这块石头到市场去卖，但不是'真卖'，记住，不论别人出多少钱，绝对不能卖，你只是看看别人能给你开多高的价钱。"

第二天，比尔蹲在市场角落，很让比尔感到意外，竟然有好多人要向他买那块石头，而且价钱愈出愈高。回到院内，比尔兴奋地向院长报告，院长笑笑，要他明天拿到黄金市场去叫卖。

第三天，在黄金市场，竟有人出比昨天高十倍的价钱买那块石头。比尔十分奇怪，这么一块石头在黄金市场居然能卖这样高的价钱。

最后，院长叫比尔把石头拿到宝石市场上去展示。结果，石头的身价较昨天又涨了十倍，再加上比尔怎么都不卖，那块石头竟被传扬成"稀世珍宝"。许多人都抢着要和比尔做个交易，非要买到这块石头不可。

比尔兴冲冲地捧着石头回到孤儿院，将这一切禀报院长。院长望着比尔，徐徐说道："生命的价值就像这块石头一样，在不同的环境下就会有不同的意义。一块不起眼的石头，由于你的珍惜而提升了它的价值，被说成稀世珍宝。你不就像这石头一样？只要自己看重自己，自我珍惜，生命就有意义，有价值。"

人人都是生而平等的，不论你身在何处，你都是独一无二的，相信你自己，相信生活，相信大自然，生活是会给我们每一个人一个平等的机会的。珍惜我们现在拥有的一切，用我们的信心和毅力去开拓未来，开拓美好的新生活。

生长在心中的杂草

我们的心灵就像一座园圃，让它荒废还是让它洁净美丽，那全在于我们的意志。

——柏拉图

休谟的弟子，个个学富五车。

一天，这位先哲意识到自己将不久于人世，他对弟子们颇有些放心不下，于是就决定露天讲授最后一堂课。

“你们看，田野里长着些什么？”休谟问。

“杂草。”弟子们异口同声地回答道。

“告诉我，你们该怎么除掉这些杂草？”

众弟子不禁有点愕然，心里说：这个问题也太简单了。

大弟子首先开口道：“只要给我一把锄头就足够了。”

二弟子马上说：“还不如用火烧来得利索。”

三弟子反驳说：“要想斩草除根，只有深挖才行。”

……

等弟子们全都讲完后，休谟微微一笑，站起来说：“这堂课就到此为止。你们回去后按照自己的方法去清除一片杂草，一年之后再在这里相聚。”

一年时间转眼间就过去了，当弟子们再次相聚时，他们都很苦恼，因为无论他们采取什么方法，都没有明显的效果，有的反而更多了。因此，众弟子都等着向老师请教。

然而先哲已经与世长辞了，死后只留给弟子们一本书。书中有这么一段话："你们的办法是不能把杂草彻底清除干净的，因为杂草的生命力很强。要想除掉田野里的杂草，最好的办法就是在田野里种上庄稼。是否想过，你们的心灵也是一片田野。"

如果让真、善、美充溢于我们心灵的田野，把假、恶、丑排斥于心灵的田野之外，我们的心灵就会被净化，生命的境界就会得到升华，平凡的人生也就会闪耀出诗一样的光芒。

用付出解决积怨

美德是智力的最高证明，真正聪明的人绝不会计较一时的得失，他们会用自己的智慧来赢得生活。

——约翰逊

英国有一位辛勤的佃农古奥，因为买不起一般平地上的肥沃良田，遂独自找了一块山坡地，经过努力开垦，把贫瘠的山坡地，开辟为产量甚丰的梯田。

许多村庄里的穷佃农们，看到古奥的成就，争相效仿，纷纷在山脚下，辟出一片一片的梯田。

起初，这些在山坡梯田耕作的佃农们，每天忙着自己田里的耕作，倒也相安无事，一直到了有一年，雨水不够丰沛，田里已有明显缺水的现象。

看到旱象已生，古奥早已做好充分的准备。他在山中找到了几处水源，挖好渠道，将山泉水大量地引进他的梯田，所以，虽然山脚下的梯田缺水，但古奥梯田中的作物，却依然欣欣向荣。

一天早上，辛勤的古奥如往常一般来到他的田里，突然大吃一惊，整片梯田的灌溉水，竟然全部流失，梯田里呈现干涸的现象。

古奥赶紧做了弥补，除了将田里补满灌溉水之外，他还要仔细地进行调查，为何田里会有失水的现象。

结果，在田埂上发现一个极大的缺口。原来是山脚下的那些佃农们，趁夜里挖破他的田埂，将古奥的田水往下引流，去灌溉他们自己的旱田。

在接下来的几天当中，古奥加倍努力地工作，开挖了几条新的渠道，将他找到的水源，顺利地引到山脚下每一个缺水的梯田中，把那些佃农的梯田用水灌得满满的，让他们不再有缺水的恐慌。

山脚下的梯田，从此之后，再也不会缺水；辛勤的古奥，再也不用担心有人会来挖他的田埂了。

聪明而辛勤的农夫，透过梯田的灌溉水争霸战，给了我们一个十分宝贵的启示，也正是所谓“以德报怨”的最佳诠释。

大多数人往往喜欢将注意力的焦点定在令人头痛的问题本身。其实，若能让自己的心胸更宽广，眼光看得更长远，自然就能跨过恼人的问题，而找到真正“双赢”，甚至“多赢”的解决方法。

只贷一美元

尽管我们靠别人的知识成了一个博学之才，但要成为一个智者则要靠自己的智慧。

——蒙田

犹太富豪拉宾走进一家银行，来到贷款部前，大模大样地坐了下来。

“请问先生，您有什么事情需要我们效劳吗？”贷款部经理一边小心地询问，一边打量来人的穿着：名贵的西服，高档的皮鞋，昂贵的手表，还有镶宝石的领带夹子。

“我想借点钱。”

“完全可以，您想借多少呢？”

“1美元。”

“只借1美元？”贷款部的经理惊愕了。

“我只需要1美元。可以吗？”

“当然，只要有担保，借多少，我们都可以照办。”

“好吧。”犹太人从豪华的皮包里取出一大堆股票、国债、债券等放在桌上，“这些做担保可以吗？”

经理清点了一下，“先生，总共50万美元，做担保足够了，不过先生，您真的只借1美元吗？”

“是的。”拉宾面无表情地说。

“好吧。到那边办手续吧，年息为6%，只要您付6%的利息，一年后归还，我们就把这些股票和担保的债券还给您……”

“谢谢……”犹太富豪办完手续，便准备离去。

一直在一边冷眼旁观的银行行长怎么也弄不明白，一个拥有50万美元的人，怎么会跑到银行来借1美元呢？

他从后面追了上去，有些窘迫地说：“对不起，先生，可以问您一个问题吗？”

“你想问什么？”

“我是这家银行的行长，我实在弄不懂，你拥有50万美元的家当，为什么只借1美元呢？要是您想借40万美元的话，我们也会很乐意为您服务的……”

“好吧！既然你如此热情，我不妨把实情告诉你。我到这儿来，是想办一件事情，可是随身携带的这些票券很碍事，我问过几家金库，要租他们的保险箱，租金都很昂贵，我知道贵行的保安很好，所以嘛，就将这些东西以担保的形式寄存在贵行了，由你替我保管，我还有什么不放心呢？况且利息很便宜，存一年才不过6美分……”

我们不得不佩服这个犹太人的想象力，他可以把一切为我所用。智慧的闪现总是在不经意的地方，聪明人总是能够运用智慧来为自己服务。当我们遇到任何事的时候，也要像犹太人那样动一下脑，想一下是否还有更好的方法。

被拒绝的礼物

时时刻刻聪明过人，这滋味并不好受，就像是置身于一种永恒的葬礼之中。

——D.H.劳伦斯

伊莎贝尔辛苦了一天之后酣然入睡。

一位玲珑的天使飞进窗口找上了她说：“聪明的伊莎贝尔，每个人都应该得到一份适量的聪明和一份适量的愚蠢，可是匆忙中上帝遗漏了你的愚蠢，现在我给你送来了这份礼物。”

愚蠢礼物？伊莎贝尔很不理解。慑于上帝的威严，她接过天使包中的愚蠢，无可奈何地植入脑中。

第二天，她平生第一次讲话露出了破绽，第一次解题费了心思，她花了一个早晨记住了一组单词，三五天后却忘了将近一半。她痛恨这份“礼物”。深夜，她偷偷地取出了植脑不深的愚蠢，扔了。

事隔数天，天使来检查他自己做的那份工作，发现给伊莎贝尔的那份愚蠢已被扔进了垃圾箱。他第二次飞入伊莎贝尔的卧室，严肃地对她说：“这是每个人都必须有的配额，只是或多或少罢了，每一个完整的人都应该这样。”

不得已，伊莎贝尔重新把那份讨厌的愚蠢捡了回来。但是，她太不愿意自己变成一个不很聪明的人了。她把愚蠢嵌进头发，不让它进入思维，居然蒙过了天使的耳目。

以后，伊莎贝尔没有遇上一道难题，没有考过一次低分，一直保持着强盛的记忆，出色的思维和优异的成绩。当然，她也没有了苦役获释的愉快和改正差错后的轻松。

更奇怪的是，也没有一个同伴愿意与她一起组队去出席专题辩论，因为她的精彩使同伴全成木鸡；也没有哪个愿意和她做买卖，因为得利赚钱的总是她，也没人与她去恋爱，男人们无不怕在她的光环里对比成傻瓜。连下棋打牌她都十分没劲，来者总是输得伤心。偶尔有一两次她给了点面子，卖个关子下个软招，也很容易看出是她在暗中放人一马，比她胜了还伤害人的自尊。

她越来越孤独、空乏，真的也希望有份愚蠢了。但是，聪明成性的脑袋愚蠢是再也植不进去了。她希望能再见上一次天使，可天使也“黄鹤一去不复返”了。

因为只有聪明，伊莎贝尔在痛苦中熬过单调的一生。

聪明和愚蠢是相互依存的，聪明过头和愚昧无知都会让人陷入困境，关键是要把握好一个度，该聪明时尽情地展示自己的才智，该愚蠢时适当地收敛自己的锐气，这样才能在现代社会游刃有余。

寻找钻石

机会无时不在，要随时撒下钓钩，鱼儿常在你最意料不到的地方游动。

——奥维德

印度流传着一位生活殷实的农夫阿利·哈费特的故事。

一天，一位老者拜访阿利·哈费特，老者说道：“倘若您能得到拇指大的钻石，就能买下附近全部的土地；倘若能得到钻石矿，还能够让自己的儿子坐上王位。”

钻石的价值深深地印在了阿利·哈费特的心里。从此，他对什么都感到不满足了。

那天晚上，他彻夜未眠。第二天一早，他便叫起那位老者，请他指教在哪里能够找到钻石。老者想打消他那些念头，但无奈阿利·哈费特听不进去，执迷不悟，仍死皮赖脸地缠他。最后，他只好告诉他：“您到很高很高的山里去寻找淌着白沙的河。倘若能够找到，白沙里一定埋着钻石。”

于是，阿利·哈费特变卖了自己所有的地产，让家人寄住在街坊家里，自己出去寻找钻石。但他走啊走，始终没有找到要找的宝藏。他终于失望，在西班牙尽头的大海边投海死了。可是，这故事并没有结束。一天，买了阿利·哈费特房子的人，把骆驼牵进后院，想让骆驼喝水。后院里有条小河。骆驼把鼻子凑到河里时，新房主发现沙中有块发着奇光的东西。他立即去挖，挖出一块闪闪发光的石头，带回家，放在炉架上。

过了些时候，那位老者又来拜访这家人，进门就发现炉架上那块闪着光的石头，不由奔跑上前。

“这是钻石！”他惊奇地嚷道，“阿利·哈费特回来了！”

“不！阿利·哈费特还没有回来。这块石头是我在后院小河里发现的。”新房主答道。

“不！您在骗我。”老者不相信，“我走进这房间，就知道这是钻石啊。别看我有些唠唠叨叨，但我还是认得出这是块真正的钻石！”

于是，两人跑出房间，到那条小河边挖掘起来，接着便露出了比第一块更光泽的石头，而且以后又从这块土地上挖掘出许多钻石。献给维多利亚女王的那块有名的钻石也是出自那里，净重达100克拉。

许多人不正是这样吗？总以为目标的实现必定需要付出沉重的代价，却不知老天只会眷顾有心人。吃苦耐劳的精神固然可嘉，但无谓的牺牲却是可悲。

花的生命

你若要喜爱你自己的价值，你就得给世界创造价值。

——歌德

故事是由一个守墓人亲身经历的。一连好几年，这位守墓人每星期都收到一个不相识的妇人的来信，信里附着钞票，要他每周给她儿子的墓地放一束鲜花。

后来有一天，他们相见了。那天，一辆小车开来停在公墓大门口，司机匆匆来到守墓人的小屋，说："夫人在门口车上，她病得走不动，请您去一下。"

一位上了年纪的妇人坐在车上，表情有几分高贵，但眼神哀伤，毫无光彩。她怀抱着一大束鲜花。

"我就是亚当夫人。"她说，"这几年我每个礼拜给你寄钱……"

"买花。"守墓人答道。

"对，给我儿子。"

"我一次也没忘了放花，夫人。"

"今天我亲自来，"亚当夫人温存地说，"因为医生说我活不了几个礼拜。死了倒好，活着也没意思了。我只是想再看一眼我儿子，亲手来放一些花。"

守墓人眨巴着眼睛，苦笑了一下，决定再讲几句："我说，夫人，这几年您常寄钱来买花，我总觉得可惜。"

"可惜？"

"鲜花搁在那儿，几天就干了。没人闻，没人看，太可惜了！"

"你真的这么想的？"

"是的，夫人，您别见怪。我是想起来自己常去医院孤儿院，那儿的人可爱花了。他们爱看花，爱闻花。那儿都是活人，可这儿墓里哪个活着？"

老夫人没有作声。她只是小坐一会儿，默默地祷告了一阵，没留话便走了。守墓人后悔自己一番话太率直、太欠考虑，这会使她受不了。

可是几个月后，这位老妇人又忽然来访，把守墓人惊得目瞪口呆：她这回是自己开车来的。

“我把花都给那儿的人们了。”她友好地向守墓人微笑着，“你说得对，他们看到花可高兴了，这真叫我快活！我的病好转了，医生不明白是怎么回事，可是我自己明白，我觉得活着还有些用处。”

与其为死了的人做无用的事，还不如好好补偿活着的生命。生活的真谛并不神秘，幸福的源泉大家也知道，只是常常忘了，于是这才真有点奥妙。

错过的幸福

一个明智的人总是抓住机遇，把它变成美好的未来。

——托·富勒

穷小子大卫今天一上午都在找工作，哪怕端盘子洗碗也好，可是直至正午还一无所获，这时，他走到了路旁的一片树荫里，也许是太疲惫的缘故吧，不一会儿，他便靠着树桩沉沉地睡着了。

他刚睡下，大道上就来了一辆华丽的马车，或许是马腿上出了点儿毛病，车停了，一位绅士扶着妻子走下车，他们一眼就看见了熟睡的大卫。

“睡得多甜啊，呼吸得那么有节奏，要是我们也能那样睡会儿，那该有多么幸福啊。”绅士羡慕地说。

他的妻子也深以为然，“像咱们这年龄，恐怕再也睡不了那么好的觉了！这个可爱的小伙子多像咱们的儿子，叫醒他好吗？”

“可是我们还不知道他的品行。”绅士反驳道。

“看那面孔，多天真无邪。”妻子坚持着，可最终两个人还是恋恋不舍地走上马车，车走了。

大卫当然不会知道。幸运刚刚降临又走远了。这位绅士很富有，而他唯一的孩子最近又死了，夫妻俩很想认个可爱的小伙子做儿子，并继承他们雄厚的家产，他们甚至在那一刻就看中了大卫，可大卫睡得很香。

不到10分钟，一个美丽的女孩儿迈着轻盈的步子，追着一只蝴蝶，来到了树下，她看见一只马蜂正落在大卫的头顶，不由地拿出手绢替他驱赶着，这时她仔细地看了一眼大卫，“多英俊的小伙子！他醒来时会是什么样子呢？”

她在旁边坐了10多分钟，可大卫还没有醒来，女孩怏怏地走了，回家晚了要挨父亲骂的，父亲是个大石油商，最近正在给女儿物色一个正直的小伙子，穷点儿不要紧，勤劳正直就好。也许他们会相识继而结合的，可大卫依然睡着，女孩儿无声无息地走了。

不久，两个鬼鬼祟祟的家伙来了，他们戴着面具，手里拿着匕首。

“也许这小子身上有钱，”他们想着，“过去搜搜，要是反抗，就一刀捅了他。”

俩人刚要动手，这时，不知从哪儿蹿出一条狼狗。“是警犬也不一定，这两天我的眼皮总是跳。”两个强盗放弃了大卫，跑了。

下午，太阳那股热乎劲儿下去时，大卫醒了，拍了拍屁股，沿着大道向前走去，工作还没有什么着落，对于他来说，刚才的一切至多也就是个梦，不过是在饥饿中睡了一个午觉而已。

当我们错过太阳时只知道哭泣，那么很有可能再错过月亮。穷小子大卫错过了幸福，躲避了灾难，但却浑然不知。我们是不是常常也是这样，直到失去时还蒙在鼓里，糊涂至极？

保留你的思想

如果不敢去跑，就不可能赢得竞赛；如果你不敢去战斗，就不可能赢得胜利。

——瑞查德·M·德沃斯

电动机工业大厂的培训部主任梅尔瓦因对选拔人才有敏锐的嗅觉，能在为数众多的应试者当中嗅出他所需要的人。他择优录取的方法简单而迅速有效，反正他总能想出一些新招来选出他想要的人。

现在正有一批年轻小伙子等在他的门前，他们穿着厂子借给的装配工工装。弗兰茨·贝尔纳，一个17岁的中学生就站在他们中间，他的父亲在战争中阵亡，他是唯一拿不出介绍信的人。

当他们敲梅尔瓦因先生办公室门的时候，培训部主任正坐在自己的写字台边喝咖啡。小青年们敲了半天门，得不到回音，可他们是被特意派到这儿来的。他们无可奈何，面面相觑，便又贴门倾听，毫无声息！于是弗兰茨·贝尔纳壮起胆子说道："没准他没听见，我再敲一下试试！"

其他青年耸耸肩头，他爱干就干吧！他敲敲门，屋子里传来一句恼怒的骂声。

"他说什么？"这时弗兰茨也没把握了。——"好像是说：进来吧！"另一个人答道。于是弗兰茨按动门把手，门开了一条缝，小青年们都站在门框里。

“一群老脸皮厚的东西！我说了不要打扰我，你们没有耳朵？”写字台旁传来了暴跳如雷的吼声，小青年们不由自主地往后退缩了一下。

“嗯，怎么不吭气了？快说呀！”

弗兰茨往前跨了一步：“是人家派我们来的，请您原谅！我们还以为您是让我们进来呢。”

“噢？谁派你们来的？那你们就没学会等一等？给我滚到外面去等着！你们没看见我在忙？”

门“砰”地一声关上了。小青年们愤愤地议论着，坐到了一张长椅上。“老不死的！”有人还送给梅尔瓦因这样一个雅号。

好半天以后才让他们进去。这时这位凶神已显得有些人情味了，他的提问简短而精当，而回答也得这样。

“你们懂得刚才的教训了吗？”他忽然出其不意地问道。小青年们嗫嚅地嘀咕了点什么。

小青年们显得有点惶惑。

“你们说呀！”

一个人答道：“当然是您做得对！”

梅尔瓦因师傅的面孔深不可测。他严厉地盯住弗兰茨：“你是怎么看的？”

弗兰茨坚定地答道：“我不这么认为！”

“噢？那你的看法呢？”

“我们不是想打扰您。我们只是没听明白您的话，我们还以为您是叫我们进来呢。”

“你大概是这么想的，对吗？”

“是的，我是这么想的。”

“孩子，你要记住这一点：要想，你还是让马去想吧，马的脑袋可比你的大得多！”弗兰茨的脸庞“唰”地一下涨得通红，他的牙齿紧紧地咬住下唇。其他的应考者笑了起来，笑声里既有一点讨好的意味，又有一点幸灾乐祸的意味。

梅尔瓦因先生仍然毫不留情地问：“我说的不对？”

“不对，我决不让人禁止我思想！”

“噢，那好，这个问题咱们再谈谈。别的人都可以走了，过后你们会接到通知的。这位‘思想家’还要在这里多留一会儿！”

报考学徒工的这些人鞠了一个完美无缺的大躬，离去了。他们那放肆的笑声对弗兰茨来说意味深长，对这位经验丰富的培训部主任来说也是再清楚不过的了。

门刚刚从他们身后关上，梅尔瓦因先生就拍拍弗兰茨的肩膀：“好样儿的，孩子！好好保留着你这种坦诚的态度和刚直不阿的勇气！这对你的一生都会有用的。”

弗兰茨难以置信地盯着这位男子。培训部主任笑道：“你被录取了！复活节后就开始来我们这儿干吧！

永远也别失去自己的勇气！这是生活告诉我们的真理，它能为你壮胆，催你奋进，让你无惧，即使全世界的人都认为你是错的。这又有什么关系呢？至少还有自己的支持。

第八篇

智慧之风

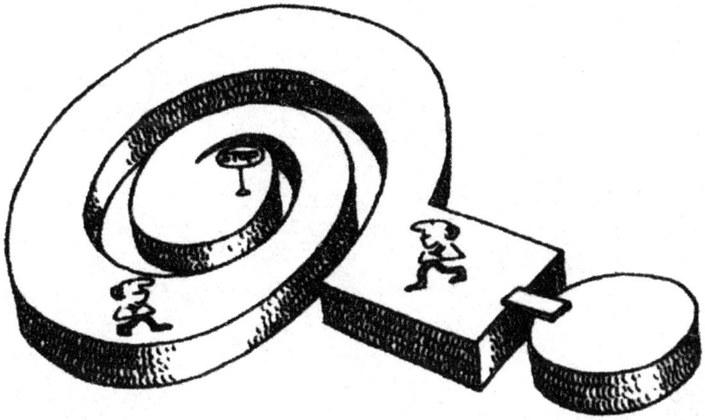

最成功的推销术

做生意最大的成功之处不在于赚多少钱，而在于为他人提供多少服务。

——洛克菲勒

乔·吉拉德被誉为世界上最伟大的推销员，他在15年中卖出13001辆汽车，并创下一年卖出1425辆（平均每天4辆）的记录，这个成绩被收入《吉尼斯世界大全》。那么你想知道他推销的秘密吗？

曾经有一次一位中年妇女走进乔·吉拉德的展销室，说她想在这儿看看车打发一会时间。闲谈中，她告诉乔·吉拉德她想买一辆白色的福特车，就像她表姐开的那辆一样，但对面福特车行的推销员让她过一小时后再去，所以她就先来这儿看看。她还说这是她送给自己的生日礼物："今天是我55岁生日。"

"生日快乐！夫人。"乔·吉拉德一边说，一边请她进来随便看看，接着出去交待了一下，然后回来对她说："夫人，您喜欢白色车，既然您现在有时间，我给您介绍一下我们的双门式轿车——也是白色的。"

他们正谈着，女秘书走了进来，递给乔·吉拉德一打玫瑰花。乔·吉拉德把花送给那位夫人："祝您生日快乐，尊敬的夫人。"

显然她很受感动，眼眶都湿了。"已经很久没有人给我送礼物了。"她说，"刚才那位福特推销员一定是看我开了部旧车，以为我买不起新车，我刚要看车他却说要去收一笔款，于是我就上这儿来等他。其实我只是想要一辆白色车而已，只不过表姐的车是福特，所以我也想买福特。现在想想，不买福特也可以。”

最后她在乔·吉拉德这儿买走了一辆雪佛莱，并写了一张全额支票，其实从头到尾乔·吉拉德的言语中都没有劝她放弃福特而买雪佛莱的词句。只是因为她在这里感觉受到了重视，于是放弃了原来的打算，转而选择了乔·吉拉德的产品。

不要做任何事都以利益为前提，做生意赚钱固然重要，但是，记住做人是做生意的前提。会做人自然就会做好生意，其实这个世界是以人为本的，真正尊重你的顾客，你才能赢得顾客。

麦当劳传奇

财富是位勤快的仆人，又是位刻薄的主妇。

——培根

有统计资料表明，现在美国有1.35万间麦当劳店，一年的营业总额突破40亿美元大关。拥有这两个数据的主人是一个叫琼森的人，英国麦当劳社名誉社长。琼森开始创立自己的事业就是经营麦当劳。麦当劳是闻名全球的连锁快餐公司，采用的是特许连锁经营机制，而要取得特许经营资格是需要具备相当财力和特殊资格的。

而琼森当时只是一个才出校门几年、毫无家族资本支持的打工一族，根本就无法具备麦当劳总部所要求的75万美元现款和一家中等规模以上银行信用支持的苛刻条件。只有不到5万美元存款的琼森，看准了美国连锁快餐文化在英国的巨大发展潜力，决意要不惜一切代价在英国创立麦当劳事业，于是绞尽脑汁东挪西借起来。事与愿违，5个月下来，他只借到4万美元。面对巨大的资金落差，要是一般人，也许早就心灰意懒、前功尽弃了。然而，琼森却有对困难说不的勇气和锐气，偏要迎难而上，遂其所愿。

于是，在一个风和日丽的春天的早晨，他西装革履满怀信心地跨进伦敦银行总裁办公室的大门。琼森以极其诚恳的态度，向对方表明了他的创业计划和求助心愿。在耐心细致地听完他的表述之后，银行总裁作出了“你先回去吧，让我再考虑考虑”的决定。

琼森听后，心里即刻掠过一丝失望，但马上镇定下来，他恳切地对总裁说了一句：“先生，可否让我告诉你我那5万美元存款的来历呢？”回答是“可以”。

“那是我6年来按月存款的收获，”琼森说道，“6年里，我每月坚持存下1/3的工资，雷打不动，从未间断。6年里，无数次面对过度紧张或手痒难耐的尴尬局面，我都咬紧牙关，克制欲望，硬挺了过来。我早就立下宏愿，要以10年为期，存够10万美元，然后自创事业，出人头地。现在机会来了，我一定要提早开创事业……”

琼森一口气讲了10分钟，总裁越听神情越严肃，并向琼森问明了他存钱的那家银行的地址，然后对琼森说：“好吧，年轻人，我下午就会给你答复。”

送走琼森后，总裁立即驱车前往那家银行，亲自了解琼森存钱的情况。柜台小姐了解总裁来意后，说了这样几句话：“哦，是问琼森先生哪。他可是我接触过的最有毅力、最有礼貌的一个年轻人。6年来，他真正做到了风雨无阻地准时来我这里存钱。老实说，这么严谨的人，我真是要佩服得五体投地了！”

听完小姐介绍后，总裁大为动容，立即打通了琼森家里的电话，告诉他伦敦银行可以毫无条件地支持他创建麦当劳事业。

人格的力量不只是一种强大的精神力量，更是一种强大的物质力量。在一定条件下，人格的魅力完全可以转换成一种突破困境的财富。

敢破才能立

只有敢于打破常规，才能取得非凡的业绩，创造出惊人的奇迹。

——摩根索

在阿妮塔·罗迪克开始开办形体商店，专门销售爱丽塔公司纯天然化妆品的时候，阿妮塔就决定打破以前的经营原则和经商理论的条条框框，而且直到今天，她还在打破这些原则。当然，违反常规是有后果的。对于阿妮塔来说，这种“后果”就是：现在形体商店在全世界有1500多家分店，总资产价值超过了5亿美元，并对化妆品生产业的主要竞争者，在产品和市场销售方面发挥着影响。这些还只是阿妮塔在这个商业大竞技场中得到的结果。形体商店还成为社会环境意识和变化的非常有效的载体，这正是阿妮塔最为重视的结果。

从1976年开始，阿妮塔就首先想到要开办一家专卖纯天然化妆品的商店，她用一种最不像商业人士的方法进行思考。当时多数企业家都希望创建有发展潜力的公司，梦想在某一天能使他们非常富有。而阿妮塔仅仅是在寻找一个能够养活她和她的两个孩子的途径，她不得不靠自己，因为她的丈夫，也是一个非常自行其是的人，已经离开她和孩子，骑着马从阿根廷到纽约进行两年的冒险去了。

她面临的第一个挑战就是，找到一家愿意生产她设计的化妆品的生产商。她接触的所有生产商都没听说过霍霍巴油或芦荟胶冻，因为他们都只想到可可油与巧克力有联系。尽管当时她并没有意识到这一点，但阿妮塔还是发现了一个将要迅猛发展的市场：年轻的女性消费者们愿意有一种化妆品，有能力的生产商没有这样的远见，阿妮塔就找到了一个草药医生按她的要求工作，她开始尝试着对这个市场的开发。

由于阿妮塔不是典型性的企业家，所以，她没有看到在几乎毫无资金的情况下开办公司有何不妥。为了节省钱，她亲自将生产的化妆品装在廉价的塑料瓶里，并鼓励她的顾客将这个塑料瓶带回来重新灌装。阿妮塔没钱支付商标的印刷费用，她就和她的朋友们自己动手印刷每个商标。但是，正是这种临时准备的包装使他的产品与她的化妆品一样看起来自然、朴实。

阿妮塔在英国的布赖顿码头（英国南部海岸避暑胜地）开办了第一家形体商店。她的商店一开张，附近的经营者们就开始打赌估计她的商店能开多久，但比这更糟糕的还有当地的一家丧葬店坚持要她改换店名，他们抱怨说没有人会雇用一个在名叫“形体商店”附近的葬礼主持人的。阿妮塔坚守立场并保持住了店名。开业后，阿妮塔的生意出奇地好，她的成功就是在她这种精神的指导下获得的。

成功者与失败者之间的差异，不在于他的境遇，而在于他选择从什么角度去看自己，从哪些方面去着手行动。有一个独特的角度并且始终不渝地坚守，最终会迎来那令人惊心动魄的成功。

把皮鞋重擦一遍

现实是此岸，理想是彼岸。中间隔着湍急的河流，行动则是架在川上的桥梁。

——克雷洛夫

赫德的父母在宾夕法尼亚州的沙勒罗伊经营了一家小餐馆，名叫帕戈尼斯。餐馆每周营业7天，每天工作4小时。赫德的第一份正式工作就是专门为那些来餐馆就餐的人擦皮鞋。那时候赫德6岁。赫德父亲小时候也擦过皮鞋，所以他教赫德怎么样才能把皮鞋擦得亮亮的。他告诉赫德，擦完鞋后要征求顾客的意见，如果他不满意，就把皮鞋重新擦一遍。

随着年龄的增长，赫德要干的活也增加了。赫德10岁的时候还负责收拾餐桌，干勤杂工的活。父亲笑容满面地告诉赫德，在他雇佣过的勤杂工中，赫德是干得最好的。

在餐馆里工作使赫德感到自豪，因为赫德拼命地干活正是为了全家人能生活得更好。但是父亲明确地指出，要想成为餐馆工作人员中的一员，赫德就得达到一定标准，赫德必须准时上班，手脚要勤快，并且要礼貌待客。

除了擦皮鞋，赫德在餐馆干的其他活都是没有报酬的。有一天赫德做了一件傻事：赫德对父亲说他应该每周给赫德10美元。父亲说："好吧，那么你每天在这儿吃的三顿饭的饭钱是不是也应该付给我呢？你有时带朋友到餐馆来喝汽水又该怎么算呢？"父亲算了一下说，赫德每周大约欠他40美元。这事教育了赫德，使他认识到当你要谈判的时候，你最好先了解对方所掌握的论据，就像你了解自己的一样。

赫德至今还记得自己在部队服役两年后回到家里的情景。那时赫德刚被提升为上尉，赫德自豪地走进父母的餐馆，父亲开口说的第一句话就是：“勤杂工今天休息，晚上你替他搞搞卫生，怎么样？”

赫德是不是听错了！赫德现在已经是美国军队里的一名军官了！但这又有什么关系呢？对父亲来说，赫德还是餐馆的小伙计，于是赫德就拿起拖把拖地去了。

给父亲干活使赫德觉得，应该把忠于集体放在首位，不管这个集体是家庭餐馆还是“沙漠风暴行动”。

人们往往把希望要做的事业，看得过于高远。其实再伟大的事业，只要从简单的工作入手，一步一个脚印地前进，便能达到事业的顶峰。

保险业巨子成功路

只要我们付出自己的努力，我们就能够做到我们想做的事，实现想要达到的目标。

——吉普林

克里蒙·斯通，美国最有钱人之一，是美国联合保险公司的董事长。

斯通生于1902年，童年时家在芝加哥南区，他曾卖过报纸。斯通卖报时，有家餐馆把他赶出来好几次，他还是一再地溜进去。那些客人见他这种非凡的勇气，终于劝阻餐馆的人不要再踢他出去。尽管他的屁股被踢得很疼，口袋里却装满了钱。这事不免令他深思：“哪一点我做对了呢？”“哪一点我做错了呢？下次我该怎样处理同样的情形呢？”他一生中都在这样地问自己。

斯通很小的时候父亲就去世了，他由母亲扶养长大。他母亲对他个性的形成有着很深的影响。

斯通的母亲替人缝衣服，干了好几年，存了一点钱。当斯通还是十几岁的时候，她就把钱投到底特律的一家小保险经纪社。这个保险经纪社，替底特律的美国伤损保险公司推销意外保险和健康保险。每推出一笔保险，它就收到一笔佣金——它唯一的收入。它仅有的财产是一间租来的、积满灰尘的小办公室。推销员只有一个人，那就是斯通的母亲。她每一天一点成绩也没有。然后，她来到底特律最大的银行，一位高级职员买了保险，又准许她在大楼里自由走动，结果那天总共有44个人向她买了保险。这个经纪社发展起来了。

斯通16岁念中学时的那个夏天，也试着出去推销保险。他的母亲指导他去一栋大楼，从头到尾向他交代了一遍。但是他犯怵了。这时，当年卖报纸的情景又重现在他眼前。于是他站在那栋大楼外的人行道上，一面发抖，一面默默念着自己信奉的座右铭：“如果你做了，没有损失，还可能有大收获，那就下手去做。马上就做！”

于是他做了。他像当年卖报纸被踢出餐馆那样壮着胆子走进大楼。但他没有被踢出来。每一间办公室，他都去了。那天，只有两个人向他买了保险。从数量上来说，他是失败的，但在了解自己和推销术方面，他的收获是不小的。回家的时候，斯通赚了几元佣金，而且他还想出了克服恐惧的技巧。

第二天，他卖出了4份保险。

第三天，6份。他的事业开始了。

那个假期及后来放假的日子里，他继续替母亲推销健康保险和意外保险。他居然创造了一天10份的好成绩，后来一天15份，20份。他分析自己：为什么成功了？他终于发觉，因为他有了“积极的人生观”。

人需要对困难消除一种暂时的观念，相信一切是可以改变的。贫穷并不会永远伴随你左右，只要你想改变它，你总有一天会改变它。

贫富的细小差别

只有眼光既远又广的人才能在人生路上扬眉吐气。

——里厄

爱若和布若差不多同时受雇于一家超级市场，开始时大家都一样，从最底层干起。可不久爱若受到总经理青睐，一再被提升，从领班直到部门经理。布若却像被人遗忘了一般，还在最底层混。终于有一天布若忍无可忍，向总经理提出辞呈，并痛斥总经理狗眼看人低，辛勤工作的人不提拔，倒提升那些吹牛拍马的人。

总经理耐心地听着，他了解这个小伙子，工作肯吃苦，但总是觉得他缺少了点什么，缺什么呢？三言两语说不清楚，说清楚了他也不服，看来……他忽然有了个主意。

“布若先生，”总经理说，“您马上到集市上去，看看今天有什么卖的。”

布若很快从集市回来说，刚才集市上只有一个农民拉了一车土豆卖。

“一车大约有多少袋，多少斤？”总经理问。

布若又跑去，回来说有10袋，100公斤左右。

“价格多少？”布若再次跑到集上。

总经理望着跑得气喘吁吁的他说：“请休息一会吧，你可以看看爱若是怎么做的。”说完叫来爱若对他说：“爱若先生，你马上到集市上去，看看今天有什么卖的。”

爱若很快从集市回来了，汇报说到现在为止只有一个农民在卖土豆，有10袋，价格适中，质量很好，他带回几个让经理看，这个农民过一会儿还会弄几筐西红柿上市，据他看价格还公道，可以进一些货。这种价格的西红柿总经理可能会要，所以他不仅带回了几个西红柿作样品，而且把那个农民也带来了，他现在正在外面等回话呢。

总经理看一眼红了脸的布若，说：“现在你明白为什么爱若受到提拔了吧？”

人与人的差别是很明显的，只不过有的人只看到自己的优点，而看不到自己的缺点。只有那些聪明人才会对自己有一个全面认识，并且学会扬长避短。

琼斯的法宝

一个人如果是个积极思考者，实行积极思维，喜欢接受挑战和应付麻烦事，那他就成功了一半。

——劳埃尔

当琼斯身体很健康时，他工作十分努力。他是个农夫，在美国威斯康辛州经营一个小农场。他对自己的生活感到很满意，日子就这样年复一年地过着，直到突然间发生了一件事！晚年的琼斯患了全身麻痹症，卧床不起，几乎失去了生活能力，可他却没有怨天尤人。是的，他的身体是麻痹了，但是他的心理并未受到影响。他能思考，他确实在思考，并做出了计划。有一天，正当他致力于思考和计划时，他认识了那个最重要的活人（自己）和他的法宝（积极的心态），他做出了重大的决定。

琼斯积极的心态使他满怀希望，乐观向上，他把他的计划讲给家人听。

“我再不能用我的手劳动了，”他说，“所以我决定用我的心从事劳动，如果你们愿意的话，你们每个人都可以代替我的手、脚和身体。让我们把农场的每一亩可耕地都种上玉米。然后我们就养猪，用所收的玉米喂猪。在猪还幼小肉嫩时，我们就把它宰掉，做成香肠，然后把它包装起来，用一种牌号出售。我们可以在全国各地的零售店出售这种香肠。”他低声轻笑，接着说道：“这种香肠将像热糕点一样出售。”

这种香肠确实像热糕点一样出售了！几年后，“琼斯仔猪香肠”走进千家万户，成为都市最能引起人们胃口的一种食品。

琼斯在有生之年看到自己成为百万富翁，但他还取得了比财富更大的成就，那就是找到了“积极的心态”这个法宝。因此，他克服了生理上的重重障碍，成为有用的人。

成功者是积极主动的，失败者则是消极被动的。成功者常挂在嘴边的一句话是：有什么我能帮忙的吗？而失败者的口头禅则是：那不关我的事。培养积极思维的原则为：言行像你希望成为的人那样；要心怀积极、必胜的想法；用美好的感觉、信心与目标去影响别人。

永不低头

生活的苦难教会人们如何在不幸和贫穷前保持自己的理想，我们永远不会向苦难认输。

——惠特曼

这个故事是父亲讲给夸尔斯听的。

在讲这个故事之前，父亲问了夸尔斯这样一个问题：钱是怎么来的？

对夸尔斯的回答父亲总不满意。父亲说，还是先听故事吧：

一个小孩子，他有一个坏毛病，那就是好吃懒做。孩子的父亲时时刻刻都指望他能改掉这个不良习惯。然而那个孩子一点也没有改正自己缺点的意思。

父亲不得不随时随地提防自己的孩子，担心他会把家里的钱或值钱的东西偷到外面去换吃的，这位父亲觉得自己每天都活得很累很辛苦。不过说来也怪，孩子虽说好吃懒做，却从没偷过家里的钱，也没有听说过他在外面偷过左邻右舍的东西。他弄钱的办法完全是一种正当的手段。比如说你给他钱买酒，他会少买一点酒，然后把剩余的钱一古脑儿买了吃的。无论是买油盐还是酱醋，他总会用相同的办法省出钱来满足他那张不太争气的嘴……

为了使孩子的贪吃习性不再滋长，父亲决定给孩子一些力所能及的事做，包括给他钱去小店买东西。只是父亲在给钱的时候坚持了这样一个原则：少给钱多办事。尽管如此，孩子依然我行我素，把父亲的话当作耳旁风。

有一回，父亲一气之下扔了1美分给孩子，让他去买油。父亲心想，我看你会把钱掰成两半，一半买油一半买吃的不成？

孩子到了店里，售货员给他装满了油，把瓶子递给他，手却不缩回去。孩子知道售货员是要钱，就装模作样地在自己身上摸了一遍，然后苦着脸告诉售货员说钱掉啦。售货员无奈，只好把瓶子里的油倒出来，把空瓶子给孩子。

结果，孩子嘴里噙着一粒糖，双手抱着那个油瓶子，兴致勃勃地回到家里。一进门，父亲劈头就问，油呢？

孩子举了举瓶子。

瓶子壁上附的油正慢慢流回瓶底里，差不多有一小勺。

父亲大怒，这点油怎么吃？

孩子说："1美分只能买这么多。"

……

夸尔斯的父亲就这样结束了他的故事，但他那期盼的目光始终在夸尔斯的身上流连。夸尔斯说：“这个孩子身上有生意人最完美的素质，但也有生意人最致命的弱点。”

父亲赞许地点了点头，然后自言自语地说道：“其实钱就是这么来的，也是这么走的。”

智慧是最大的财富，只要我们运用我们的聪明的才智，就能在生活中寻找到属于我们的一切，千万不要因为自己的贫穷而悲哀，更不能向困难屈服。

精打细算的美德

节俭是商业成功的必要条件，商人一定要严格要求自己不浪费，要先赚钱，再考虑花钱。

——盖蒂

19世纪石油巨头成千上万，最后只有洛克菲勒独领风骚，其成功绝非偶然。有关专家在分析他的致富之道时发现，精打细算是他取得成就的主要原因。

洛克菲勒踏入社会后的第一个工作，就是在一家名为休威·泰德的公司当簿记员，这为他以后的生涯打下了良好的基础。由于他在该公司的勤恳、认真、严谨，不仅把本职工作做得井井有条，还几次在送交商行的单据上查出了错漏之处，为公司节省了数笔可观的支出，因此深得老板的赏识。

后来，洛克菲勒在自己的公司中，更是注重成本的节约，提炼加工原油的成本也要计算到第3位小数点。为此，他每天早上一上班，就要求公司各部门将一份有关净值的报表送上来。经过多年的商业洗礼，洛克菲勒能够准确地查阅报上来的成本开支、销售以及损益等各项数字，并能从中发现问题，以此来考核每个部门的工作。1879年，他质问一个炼油厂的经理："为什么你们提炼一加仑原油要花1分8厘2毫，而东部的一个炼油厂干同样的工作只要9厘1毫？"就连价值极微的油桶塞子他也不放过，他曾写过这样的信："上个月你厂汇报手头有1119个塞子，本月初送去你厂10000个，本月你厂使用9527个，而现在报告剩余912个，那么其他的680个塞子哪里去了？"

洛克菲勒洞察入微，刨根究底，不容你打半个马虎眼。正如后人对他的评价，洛克菲勒是统计分析、成本会计和单位计价的一名先驱，是今天大企业的"一块拱顶石"。

在商人、企业家中，不少人对这种精打细算的节俭作风不以为然，还认为太迂腐，太苛刻。有些人事业发展了，便逐渐丢掉了经商的根本，仅把挥霍金钱作为生活的目的。

耕种自己的田

富人的悲哀在于：很少有富人掌握自己的财富，往往是财富掌握了他们。

——英吉塞尔

法国的石油大亨保罗·盖蒂，年轻时家境不好，守着一大片收成很差的旱田，在挖水井时，有时能挖出黑浓的液体，后来才知道是石油。

于是水井变油井，旱田变油田，他雇工开采起石油来。

保罗·盖蒂没事便到各油井去巡视，每次都看到浪费的现象和闲人，他就把工头找来，要求他消除这些。然而他再去，闲人如故。

保罗·盖蒂百思不得其解：为何我不常来，都看到一大群闲人，而那些工头天天在此，却视而不见？而再三告知，却始终不见改善？

后来，保罗·盖蒂遇到了一位管理专家，便向他请教。

专家只一句话，便点醒了保罗·盖蒂。他说："那是你自己的油田。"

保罗·盖蒂醒悟了，立即召来各工头，向他们宣布："从此油井交给各位负责经营，收益的25%由各位分配。"

此后，保罗·盖蒂再到各油井去巡视，发现不仅油田上的闲人绝迹，而且生产大幅增加。于是他也依约行事。

由于如此高效率经营，他才未在后来一波波的兼并中被并购，反而更多地兼并了别的经营不善的油井，形成了自己的石油王国。

不要把所有的利益都留给自己，要学会与他人共享成果，真正平等地对待自己的下属。

你就是百万富翁

人生的悲哀，不在于没有拥有财富，而在于没有意识到自己所拥有的财富。

——罗伯逊

智慧而年老的牧师胡里奥在密西西比河边，遇见了忧郁的年轻人费列姆。

费列姆唉声叹气，满脸愁云惨雾。

“孩子，你为何如此郁郁不乐呢？”胡里奥关切地问。

费列姆看了一眼胡里奥，叹了口气：“我是一个名副其实的穷光蛋。我没有房子，没有太太，更没有孩子；我没有工作，没有收入，整天饥一顿饱一顿地度日。像我这样一无所有的人，怎么能高兴得起来呢？”

“傻孩子，”胡里奥笑道，“其实，你应该开怀大笑才对！”

“开怀大笑？为什么？”费列姆不解地问。

“因为，你其实是一个百万富翁呢！”胡里奥有点儿诡秘地说。

“百万富翁？您别拿我这穷光蛋寻开心了。”费列姆不高兴了，转身欲走。

“我怎敢拿你寻开心？孩子，现在能回答我几个问题吗？”

“什么问题？”费列姆有点好奇。

“假如，现在我出20万美元，买走你的健康，你愿意吗？”

“不愿意。”费列姆摇摇头。

“假如，现在我再出20万美元，买走你的青春，让你从此变成一个小老头儿，你愿意吗？”

“当然不愿意！”费列姆干脆地回答。

“假如，我再出20万美元，买走你的美貌，让你从此变成一个丑八怪，你可愿意？”

“不愿意！当然不愿意！”费列姆头摇得像个拨浪鼓。

“假如，我再出20万美元，买走你的智慧，让你从此浑浑噩噩，度此一生，你可愿意？”

“傻瓜才愿意！”费列姆一扭头，又想走开。

“别着急，请回答完我最后一个问题——假如现在我再出20万美元，让你去杀人放火，让你从此失去良心，你可愿意？”

“天哪！干这种缺德事，魔鬼才愿意！”费列姆愤愤道。

“好了，刚才我已经开价100万美元了，仍然买不走你身上的任何东西，你说，你不是百万富翁，又是什么？”胡里奥微笑着问。

费列姆恍然大悟。他笑着谢过胡里奥的指点，向远方走去……从此，他不再叹息，不再忧郁，微笑着寻找他的新生活去了。

在我们的生命当中，我们每一个人都有仅仅属于自己的东西，我们没有必要一味地瞧着别人的财富与飞黄腾达而羡慕不已，因为真正的快乐与金钱和其他外在的评判准则无关，它是来自内心的，来自你对于自身所拥有物的满足和对生命的依恋。

追随你的梦想

任何一项奇迹都是产生在我们梦想的基础上，不要因为是梦想而放弃我们的努力。

——贝多芬

蒙提·罗伯兹在圣思多罗有座牧马场。杰克常借用他宽敞的住宅举办募款活动，以便为青少年的计划筹备基金。

上次活动时，蒙提在致词中提到：

“我让杰克借用住宅是有原因的。这故事跟一个小男孩有关，他的父亲是位马术师，他从小就必须跟着父亲东奔西跑，一个马厩接着一个马厩，一个农场接着一个农场地去训练马匹。由于经常四处奔波，男孩的求学过程并不顺利。小学时，有一次老师叫全班同学写报告，题目是‘长大后的志愿’。”

“那晚他洋洋洒洒地写了7张纸，描述他的伟大志愿，那就是想拥有一座属于自己的牧马场，并且仔细画了一张200亩农场的设计图，上面标有马厩、跑道等位置，然后在这一大片农场中央，还要建造一栋占地4000平方英尺的巨宅。”

“他花了好大心血把报告完成，第二天交给了老师。两天后他拿回了报告，第一页上打了一个又红又大的F（不及格），旁边还写了一行字：下课后来见我。”

“脑中充满幻想的他下课后带着报告去找老师：‘为什么给我不

及格？’”

“老师回答道：‘你年纪轻轻，不要老做白日梦。你没钱，没家庭背景，什么都没有。盖座农场可是个花钱的大工程；你要花钱买地、花钱买纯种马匹、花钱照顾它们。你别太好高骛远了。’老师接着又说：‘你如果肯重写一个比较不离谱的志愿，我会重打你的分数。’”

“这男孩子回家后反复思量了好几次，然后征询父亲的意见。父亲只是告诉他：‘儿子，这是非常重要的决定，你必须拿定主意。’”

“再三考虑好几天后，他决定原稿交回，一个字都不改。他告诉老师：‘即使拿个大红字，我也不愿放弃梦想。’”

蒙提此时向众人表示：“我提起这故事，是因为各位现在就坐在这200亩农场内，坐在占地4000平方英尺的豪华住宅中。那份初中时写的报告我至今还留着。”他顿了一下又说：“有意思的是，两年前的夏天，那位老师带了30个学生来我的农场露营一星期。离开之前，他对我说：‘说来有些惭愧。你读小学时，我曾泼过你的冷水。这些年来，我也对不少学生说过相同的话。幸亏你有这个毅力坚持自己的梦想。’”

在日常生活中我们不论做什么事，都要相信自己，不要因为别人的一句话而把自己击倒。自己拿定主意，就要追随自己的梦想，努力把自己的梦想化作现实，这才是最重要的。要记住，在生命中永远不要放弃自己的追求，努力向前。

信任的梯子

信任与怀疑就像是一对孪生兄弟，在许多时候人们总是很难辨别的。

——托尔斯泰

年轻的父亲狄恩和他九岁的儿子杰克一起在后花园放风筝。突然，墙头上的野花把风筝紧紧地缠住了。

于是，狄恩拿来了一架梯子。刚要爬上梯子，杰克说："爸爸，让我来吧！"狄恩看了看他9岁的儿子，想了想说："也好，让你来就让你来。"

杰克如猴子一般地爬到了梯子的最后一级。杰克转过头来嘻嘻地笑。他的笑声像用早晨的牵牛花吹出来的。

解开了风筝绕在野花上的线，正要下来，狄恩制止了他。

"慢着。"

杰克愣住了，望着狄恩，问："怎么啦？"

狄恩说："我先讲个故事给你听，你再下来。"

于是杰克笑得更开心了，他一手抓住梯子，一手拿着风筝，等狄恩讲故事，父亲讲的故事，总是很好听的。

狄恩说："从前有个爸爸告诉他那站在一架很高很高的梯子上的儿子说：'你跳下来，爸爸一定会在下面把你抱住。'"

"听见爸爸这么说，儿子很放心，就像在游泳时跳进水里去一样，纵身一跳。哪里知道，当儿子就要投进爸爸的怀抱里的前一秒中，爸爸的身体一闪站在一旁。儿子扑了空，掉在地上。哭哭啼啼地站起身来，问爸爸为什么要骗他。爸爸说：‘我要给你一个教训，连你爸爸的话都靠不住，别人说的话更不必说了。”

停了一会儿，狄恩继续说：“我们再来照着做一次，好不好？”

杰克一听，脸都变白了。

狄恩说：“不要怕，勇敢一点，只要跳那么一次就行了，我要你留下深刻的印象。免得你以后长大了，容易上人家的当。”

然而杰克还是不敢，他站在那儿，动也不敢动。

狄恩开始发号施令了：“听着啊，我喊一、二、三，喊到三的时候你就跳下来，然后我就把伸出去假装要接住你的手缩回来，让你跌一个屁滚尿流。”

咬紧牙关，忍着泪，杰克从梯子上跳下来了。他等待着自己的身体像一个南瓜“噗”的一声，摔得支离破碎……

然而，好奇怪。狄恩的手竟然没缩回去，他的身体也没移开。他把掉到他两手中的儿子，结结实实地接住了，抱住了。

杰克虽然没有受伤，但是他的神情比刚才还要疑惑。他问：“爸爸，你为什么骗我？”

狄恩笑出声来，说：“爸爸要让你知道，即使是别人的话，有时也是可以信的。何况是爸爸的话呢？”

所有玫瑰花，都回到了杰克的脸上。他搂着狄恩，不住地吻狄恩的双颊。

梯子上下，挂满了父亲的爱。父爱就像海上的灯塔，默默地伫立在那里，为你导航，带你走出困惑的海洋，也带你到达希望的彼岸。

记住自己的身份

你的卓越、成功和最大的骄傲，只能来自于你一个人：你自己。

——弗兰克·罗宾逊

爱丽娜刚从大学毕业，在一个离家较远的公司上班。每天清晨7时，公司的专车会准时等候在一个地方接送她和她的同事们。

一个寒冷的清晨，爱丽娜关闭了闹钟尖锐的铃声后，又稍微留恋了一会儿暖被窝。就像在学校的时候一样，她尽可能最大限度地拖延一些时光，用来怀念以往不必为生活奔波的寒假日子。那一个清晨，她比平时迟了5分钟起床。可是就是这区区5分钟却让她付出了沉重的代价。

那天，当爱丽娜匆忙奔到专车等候的地点时，时间已是7点05分，班车开走了。站在空荡荡的马路边，她茫然若失，一种无助和受挫的感觉第一次向她袭来。

就在她懊悔沮丧的时候，突然看到了公司的那辆蓝色轿车停在不远处的一幢大楼前。她想起了曾有同事指给她看过那是上司的车，她想：真是天无绝人之路。爱丽娜向那车跑去，在稍稍犹豫一下后，她打开车门，悄悄地坐了进去，并为自己的幸运而得意。

为上司开车的是一位温和的老司机。他从反光镜里看了她一会儿。然后，转过头来对她说："小姐，你不应该坐这车。"

"可是，我今天的运气好。"她如释重负地说。

这时，上司拿着公文包飞快地走来。待他在前面习惯的位置上坐定后，才发现车里多了一个人，显然他很意外。

她赶忙解释说：“班车开走了，我想搭您的车子。”她以为这一切合情合理，因此说话的语气充满了轻松随意。

上司愣了一下。但很快明白了，他坚决地说：“不行，你没有资格坐这车。”然后用无可辩驳的语气命令道：“请你下去。”

爱丽娜一下子愣住了——这不仅是因为从小到大还没有谁对她这样严厉过，还因为在这之前，她没有想过坐这车是需要一定身份的。以她平素的个性，她应该是重重地关上车门以显示她对小车的不屑一顾而后拂袖而去的。可是那一刻，她想起了迟到在公司的制度里将对她意味着什么，而且她那时非常看中这份工作。于是，一向聪明伶俐缺乏生活经验的她变得异常无助。她用近乎乞求的语气对上司说：“不然，我会迟到的。所以，需要您的帮助。”

“迟到是你自己的事。”上司冷淡的语气没有一丝一毫的回旋余地。

她把求助的目光投向司机。可是老司机看着前方一言不发。委屈的泪水终于在她的眼眶里打转。然后，在绝望之余，她为他们的不近人情而固执陷入了沉默的对抗。

他们在车上僵持了一会儿。最后，让她没有想到的是，他的上司打开车门走了出去。

坐在车后座的她，目瞪口呆地看着上司拿着公文包向前走去。他在凛冽的寒风中拦下了一辆出租车，飞驰而去。泪水终于顺着她的脸流淌下来。

这给了她一帆风顺的人生以当头棒喝的警醒。

虽然我们希望这世界是平等的，但还是有高低贵贱之分。在任何时候都不要忘记自己的身份，同时不能忽视他人的身份及这之间的差别。

垂钓的心态

理想的人物不仅要在物质需要的满足上，还要在精神旨趣的满足上得到表现。

——黑格尔

在一个美丽的海滩上，七旬老翁克利特，每天都坐在固定的一块礁石上垂钓。无论刮风下雨，还是烈日当头，他都会来到这里。也不管运气怎么样，钓多钓少，两小时的时间一到，他便收起钓具，扬长而去。

老人的古怪行为引起了年轻人查理的好奇。有一天，年轻人终于忍不住走到克利特身边，问道："当您运气好的时候，为什么不一鼓作气钓上一天？这样一来，就可以满载而归了！"

克利特平淡地反问道："钓更多鱼用来干什么？"

"用来卖钱呀！"年轻人觉得克利特傻得可爱。

"卖钱用来干什么？"克利特仍平淡地问。

"你可以用来买一张网，捕更多的鱼，卖更多的钱。"查理迫不及待地说。

"卖更多的钱又能干什么？"克利特还是那副无所谓的神态。

"买一条渔船，出海去，捕更多的鱼，再赚更多的钱。"查理认为有必要给克利特订一个规划。

"赚了钱再干什么？"克利特仍显出那副无所谓的样子。

"组织一支船队，赚更多的钱。"查理心里直笑老者的愚钝不化。

“赚了更多的钱再干什么？”克利特已准备收钓具了。

“开一家远洋公司，不光捕鱼，而且运货，浩浩荡荡地出入世界各大港口，赚更多更多的钱。”查理眉飞色舞地描述道。

“赚了更多更多的钱还干什么？”克利特的口吻已经明显地带着嘲弄的意味。

查理被克利特激怒了，没想到自己反倒成了被问者，生气地答道“当然是为了享受生活！”

克利特老人笑了：“我每天钓上两小时的鱼，其余的时间嘛，我可以看看朝霞，欣赏落日，种种花草蔬菜，会会亲戚朋友，悠哉游哉，我已经在享受生活了。”说话间，已打点行装走了。

生命的价值是不能用金钱来衡量的，活着的意义于你如何在有生之年享受生活。不要过多地渴求身外之物，保持一种悠闲的心态，达到常人所不能达到的人生境界，就是无上的幸福。

20美元的温馨

很小的恩惠而施得及时，对受惠的人就有很大的价值。

——德谟克里特

克拉克的父亲带着他排队买票看马戏。排了老半天，终于盼到在他们和卖票口之间只隔着一家人。这家人让克拉克印象深刻：他们有8个在12岁之下的小孩。他们穿着便宜的衣服，看来虽然没有什么钱，但全身干干净净的，举止很乖巧。排队时，他们两个两个成一排，手牵手跟在父母的身后。他们很兴奋地叽叽喳喳谈论着小丑和大象。克拉克想："今晚想必是这些孩子们生活中最快乐的时刻了。"

他们的父母神气地站在一排人的最前端，这个母亲挽着这个父亲的手，看着她的丈夫，好像在说："你真像个佩着光荣勋章的骑士。"而沐浴在骄傲中的他也微笑着，凝视着他的妻子，好像在回答："没错，我就是你说的那个样子。"

卖票女郎问这个父亲："你要多少张票？"

他神气地回答："请给我8张小孩的票和2张大人的票，我带全家人来看马戏。"

然而，得到售票员的回答后，这人的妻子扭过头，把脸垂得低低的。这个父亲的嘴唇颤抖了，他倾身向前，问："你刚刚说是多少钱？"售票员又报了一次价格。

这人的钱显然不够。但他怎能转身告诉那8个兴致勃勃的小孩，他没有足够的钱带他们看马戏？

克拉克的父亲目睹了一切。他悄悄地把手伸进口袋，把一张20美元的钞票拉了出来，让它掉在地上（事实上，克拉克家一点儿也不富有），他又蹲下来，捡起钞票，拍拍那人的肩膀，说："对不起，先生，这是你口袋里掉出来的！"

这人当然知道原因。他并没有乞求任何人伸出援手，但深深地感激有人在他绝望、心碎、困窘的时刻帮了忙。他直视着克拉克父亲的眼睛，用双手握住克拉克父亲的手，把那张20美元的钞票紧紧夹在中间，他的嘴唇在发抖，泪水忽然滑落他的脸颊，他回答道："谢谢，谢谢您，先生，这对我和我的家庭意义重大。"

克拉克和父亲那晚并没有进去看马戏，但克拉克觉得自己的收获更大。

赠予没有高低大小之分，人们往往更钟情于雪中送炭的帮助，哪怕只是一点点。因此勿以善小而不为，举手之劳也能给对方以冬天里的一把火的温暖，甚至整个一生。

第九篇

心灵也会笑

这就去辞职

人类有自知之明，把自己看成无所不能的人是世界上最愚蠢的人。

——杨格

福特是美国著名的福特汽车的创始人。他对汽车和摩托车业的发展作出了巨大的贡献，曾获美国总统颁发的“一等勋章”。在美国乃至整个世界的汽车制造业里，福特可谓是一个很有影响的重量级人物。

但没有人是十全十美的。在福特技术研究所内部，人们为汽车内燃机是采用“水冷”还是“气冷”发生了激烈争论。福特是“气冷”的支持者，所以新开发出来的N360小轿车采用的都是“气冷”式内燃机。

在美国举行的一级方程式冠军赛上，一位车手驾驶福特公司的“气冷”式赛车参赛。在跑至第三圈时，由于速度快导致赛车失控，赛车撞到围墙上后油箱爆炸，车手被烧死。此事引起了福特“气冷”式N360的销量大减。技术人员要求研究“水冷”式，仍被福特拒绝。一气之下，几名主要技术人员准备辞职。

福特公司的副总经理感到事态严重就打电话给福特本人：“您觉得您在公司是当总经理重要，还是当一名技术人员重要？”福特在惊讶之余回答：“当然是当总经理重要。”

副总经理毫不留情地说："那就同意他们去搞水冷引擎。"福特省悟过来，毫不犹豫地说："好吧！"后来几个主要技术人员开发出适应市场的产品而使公司的销售量大增。这几个当初想辞职的技术人员均被福特委以重任。

福特公司步入了良性发展的轨道。

一天，公司的一名中层管理人员瓦尔多与福特交谈时说："我认为公司中层领导都已成长起来，您是否考虑一下该培养接班人了？"瓦尔多的话很含蓄，但却表明了要福特辞职的意愿。

福特一听，连连称是："您说得对，不提醒我倒还忘了，确实该退下来了，不如今天就辞职吧！"由于涉及移交手续问题，几个月后福特便把董事长的位子让给了别人。

一个人无论地位多高或者拥有多么巨大的成就，都不可避免地会犯这样或那样的错误，能够虚心听取下属与自己主张相反的意见；当下属提出要求让自己辞职时不会认为下属有要求地位之嫌，这两件小事就足以决定福特人生境界的高尚。

每个人都不是万能的，都会过时，由昨日的先锋、权威成为今日的落伍者，这并不可怕，可怕的是你仍以昨日的感觉坐在位子上发号施令，这种坏思维会破坏你的一生。

没人会带你

人要是没有学会自立，那么将一无所能；如果过于自立，那也将一无所立。

——柯林斯

潜能激励专家魏特利曾经说过这样一句话：在开发潜能时，没有人会带你去钓鱼。

魏特利有幸在年少时，便学会了自立自强，他父亲那时身在国外。当他9岁时，在圣地亚哥他家附近，有一个陆军炮兵团，驻扎的士兵和他成了好友，以消磨无聊的闲暇时间。他们会送魏特利一些军中纪念品，像陆军伪装钢盔、枪带及军用水壶，魏特利则以糖果、杂志，或邀请他们来家中吃便饭，作为回赠。

魏特利永难忘怀那一天，他回忆道：

“那天我的一位士兵朋友说：‘星期天上午5点，我带你到船上钓鱼。’我雀跃不已，高兴地回答：‘哇哈！我好想去。我甚至从未靠近过一艘船，我总是梦想有一天我能在船上钓鱼。噢，太感谢你了！我要告诉我妈妈，下星期六请你过来吃晚饭。’”

“周六晚上我兴奋地和衣上床，为了确保不会迟到，还穿着网球鞋。我在床上无法入眠，幻想着海中的石斑鱼和梭鱼，在天花板上游来游去。清晨3点，我爬出卧房窗口，备好渔具箱，另外带着备用的鱼钩及鱼线，将钓竿上的轴上好油。带了两份花生酱和果酱三明治。

4点整，我就准备出发了。钓竿、渔具箱、午餐及满腔热情，一切就绪——坐在我家门外的路边，摸黑等待着我的士兵朋友出现。”

“但他失约了。”

“那可能是我一生中，学会要自立自强的关键时刻。”

“我没有因此对人的真诚产生怀疑或自怜自艾，也没有爬回床上生闷气或懊恼不已，更没有向母亲、兄弟姐妹及朋友诉苦，说那家伙没来，失约了。相反，我跑到附近汽车戏院空地上的售货摊，花光我帮人除草所赚的钱，买了那艘上星期在那儿看过、补缀过的单人橡胶救生艇。中午时分，我才将橡皮艇吹满气，我把它顶在头上，里头放着钓鱼的用具，活像个原始狩猎人。我摇着桨，滑入水中，假装我将启动一艘豪华大油轮，航向海洋。我钓到一些鱼，享受了我的三明治，用军用水壶喝了些果汁，这是我一生中最美妙的日子之一。那真是生命中的一大高潮。”

魏特利经常回忆那天的光景，沉思所学到的经验，即使是在9岁那样稚嫩的年纪，他也学到了宝贵的一课：“首先学到的是，只要鱼儿上钩，世上便没有任何值得烦心的事了。而那天下午，鱼儿的确上钩了！其次，士兵朋友使我意识到光有好的意图并不够。士兵朋友要带我去，也想着要带我去，但他并未赴约。然而对我而言，那天去钓鱼，是我最大的希望，于是我立即着手设定计划，并使愿望成真。”

靠自己的力量，实现自己大大小小的梦想，别人——任何人都可能会对你失约，只有你自己才能挽救一切。

成功的最佳位置

生活为每个人预留了他的位置，我们千万不要在人生的旅途上走错路，迷失自己的位置。

——梭罗

迈克在求学方面一直遭遇失败与打击，高中未毕业时，校长对他的母亲说：“迈克或许并不适合读书，他的理解能力差得让人无法接受。他甚至弄不懂两位数以上的计算。”

母亲很伤心，她把迈克领回家，准备靠自己的力量把他培养成材。可是迈克对读书不感兴趣，为了安慰母亲，他也试着努力学习，但是不行，他无论如何也记不住那些需要记忆的知识。

一天，当迈克路过一家正在装修的超市时，他发现有一个人正在超市门前雕刻一件艺术品，迈克产生了兴趣，他凑上前去，好奇而又用心地观赏起来。

不久，母亲发现迈克只要看到什么材料，包括木头、石头等，必定会认真而仔细地按照自己的想法去打磨和塑造它，直到它的形状让他满意为止。母亲很着急，她不希望他玩弄这些东西而耽误学习。迈克不得不听从母亲的吩咐继续读书，但同时又从不放弃自己的爱好，他一直在想要做得更好。

迈克最终还是让母亲彻底失望了，没有一所大学肯录取他，哪怕是本地并不出名的学院。母亲对迈克说：“你走自己的路吧，没有人会再对你负责，因为你已长大！”

迈克知道在母亲眼中他是一个彻底的失败者，他很难过，决定远走他乡去寻找自己的事业。

许多年后，市政府为了纪念一位名人，决定在市政府门前的广场上置放名人的雕像。众多的雕塑大师纷纷献上自己的作品，以期望自己的大名能与名人联系在一起，这将是难得的荣耀和成功。

最终一位远道而来的雕塑师获得了市政府及专家的认可，在开幕式上，这位雕塑大师说：“我想把这座雕塑献给我的母亲，因为我读书时没有获得她期望中的成功，我的失败令她伤心失望。现在我要告诉她，大学里没有我的位置，但生活中总会有我一个位置，而且是成功的位置。我想对母亲说的是，希望今天的我至少不会让她再次失望。”

这个人当然就是迈克。在人群中，迈克的母亲喜极而泣。她知道迈克并不笨，当年只是她没有把他放对位置而已。

走自己的路，让别人去说吧！唯有自己才知道自己真正想干什么，适合干什么，能干成什么。而且选择自己的道路，是你最基本的权利。不要去走那些拥挤的道路，换条捷径我们可能更快地走向成功。

金钱过眼前

你无法不让飞鸟飞过你的头顶，但是你可以不让飞鸟在你的头上筑巢。

——皮尔

在美国南方的得克萨斯州，那里现在仍然用烧木柴的壁炉取暖。过去那儿住着一个樵夫杰克，他给某户人家供应木柴已经两年多了。杰克知道木柴的直径不能大于18厘米，否则就不适合那家特殊的壁炉。

但是，有一次，杰克给这个老主顾送去的木柴大部分都不符合规定的尺寸。主顾发现这个问题后，就打电话给他，要他调换或者劈开这些不合尺寸的薪柴。

“我不能这样做！”杰克说道，“这样所花的工价会比全部柴价还要高。”说完，他就把电话挂了。

主顾只好亲自来做劈柴的工作。他卷起袖子，开始劳动。大概在这项工作进行了一半时，他注意到一根非常特别的木头。这根木头有一个很大的节疤，节疤明显地被人凿开又堵塞住了。这是什么人干的呢？他掂量了一下这根木头，觉得它很轻，仿佛是空的。他就用斧头把它劈开了。一个发黑的白铁卷掉了出来。他蹲下去，拾起这个白铁卷，把它打开，吃惊地发现里面包有一些很旧的50美元和100美元两种面额的钞票。他数了数恰好有2250美元。很明显，这些钞票藏在这个树节里已有许多年了。这个人唯一的想法是使这些钱回到它真正的主人那里。他抓起电话听筒，又打电话给杰克，问他从哪里砍了这些木头。杰克以消极的心态回答他。

“那是我自己的事。”杰克说，“如果你泄露了你的秘密，别人会欺骗你的。”尽管对方多次努力，还是无法获悉这些木头是从哪里砍来的，也不知道是谁把钱藏在了树内。

具有积极心态的人发现了钱，而具有消极心态的人却不能。可见好运在每一个人的生活中都是存在的，然而，以消极心态对待生活的人却会阻止佳运造福于他。只有具有积极心态的人才会抓住机会，甚至从厄运中获得利益。

海上牧羊人

认清自己不切实际的梦想，并将它抛弃，把自己的天赋投资于追求实际的目标上。

——魏特利

紧靠着大海的国土上，一位牧人放牧着他的羊群。

他在海边盖了一间舒适的小茅屋，让羊群在这块富饶的地方吃草。他幸福地过着他的日子。他不知何为荣华富贵，他不曾遇到贫困。像他这样淡泊而愉快的生活，许多国王可能都不曾享受过。

然而，一天天望着大海，看着船只运来了各式各样新鲜的珍贵的东西，码头上堆满了大量不同的货物，仓库里装得满满的，以及货物的主人们的养尊处优——牧人就越发地想去碰碰运气了。他卖掉了他的茅屋和羊群，买进了各种货物，装上一条小船，就出发了。

他的冒险却是短促的！大海变幻无常，小船刚走不远，海上就刮起了可怕的风暴。小船失事了，货物全部沉没了，他自己好不容易才挣扎着游到了海滩上。

他又重新当起牧人来了，不过有一点不同——他再也不是替自己劳动了，他牧放的羊群是邻居的。他这下成了雇工了！然而尽管损失巨大，凭着时间和耐心，一切都会好起来的。他在这上面节省点儿钱，在那上面节省点儿钱，终于再一次养了一群羊，他又跟从前一样是羊群的主人了。

有一天，牧人坐在沙滩上（太阳在他头上照耀，羊群在他旁边吃草），仔细打量着大海。这时候，大海那么平静地躺在那里，一片汪洋上没有一点涟漪，巨大的船只顺利地向码头驶来。

“我的朋友”，他喊道，“显而易见，你还想吞没更多的钱财，然而，如果是我的钱财呢，你就休想了。你找别人去吧，找那些意志还不坚定的人吧，你已经把我搜刮过了。像我这样的傻瓜也许还有的是，可是你一个钱也甭想再从我这儿骗走了！”

大海可能是风平浪静的，也可能是变幻无常的；其中有财富，也有风险；它可能成就你，也可能毁掉你。如果你生性平和淡泊，如果你缺乏冒险的准备和能力，如果你对自己现在的工作和生活还感到满意，就不必为了追逐幻想而勉强为之。要知道，如果你是一个牧人，你的财富就不在海上。

手指创造的奇迹

人要有一种伟大的欲望，还要有能够实现这种欲望的技能和坚忍。

——柏拉图

横跨曼哈顿和布鲁克林之间河流的布鲁克林大桥堪称地地道道的机械工程奇迹。1883年，富有创造精神的工程师约翰·罗布林，雄心勃勃地意欲着手这座雄伟大桥的设计。然而桥梁专家们却劝他趁早放弃这个天方夜谭般的计划。罗布林的儿子，华盛顿·罗布林，一个很有前途的工程师，确信大桥可以建成。父子俩构想建桥的方案，琢磨着如何克服种种困难和障碍。他们设法说服银行家投资该项目，然后他们怀着不可遏止的激情和无比旺盛的精力，组织工程队，开始建造他们梦想的大桥。

然而大桥开工仅几个月，施工现场就发生了灾难性的事故。约翰·罗布林在事故中不幸身亡，华盛顿的大脑严重受伤，无法讲话也不能走路了。谁都以为这项工程会因此而泡汤，因为只有罗布林父子才知道如何把这座大桥建成。

然而尽管华盛顿·罗布林丧失了活动和说话的能力，他的思维还同以往一样敏锐。一天，他躺在病床上，忽然一闪念想出一种能和别人进行交流的密码。他唯一能动的是一根手指，于是他就用那根手指敲击他妻子的手臂，通过这种密码方式由妻子把他的设计意图转达给仍在建桥的工程师们。整整13年，华盛顿就这样用一根手指发号施令，直到雄伟壮观的布鲁克林大桥最终落成。

胜利与失败之间的差距并不似人们想像的那么大，仅仅是一念而已。欲望可以将一个人的力量发挥到极致，也可以逼得一个人献出一切，排除所有障碍，欲望使人全速前进而无后顾之忧。凡是能排除所有障碍的人，常常会屡建奇功。我们所做的每一件事情，都应当充分发挥我们的能力。

心中的球洞

虽是节奏繁忙、无目的地追求！但可怕的，却是放弃追求的时刻。

——布宁

詹姆斯·纳斯美瑟少校梦想着自己的高尔夫球技突飞猛进——他也发明了一种独特的方式以达到目标。在此之前，他打得和一般在周末才练上几杆的人差不多，水平在中下游之间，90杆左右。而他也有7年时间没碰过球杆、没踏上球场了。

无疑，这7年间纳斯美瑟少校一定用了令人惊叹的先进技术来增进他的球技——这个技术人人都可以效法。事实上，在他复出后第一次踏上高尔夫球场，他就打出了叫人惊讶的74杆！他比自己以前打的平均杆数还低20杆，而他已7年未上场！真是难以置信。不仅如此，他的身体状况也比7年前好。

纳斯美瑟少校的秘密何在？

纳斯美瑟少校这7年是在德国战俘营中度过的。7年间，他被关在一个只有4尺半高、5尺长的笼子里。

绝大部分的时间他都被囚禁着，看不到任何人，没有人和他说话，也没有任何体能活动。前几个月他什么也没做，只祈求着赶快脱身。后来他了解他必须找到某种方式，使之占据心灵，不然他会发疯或死掉，于是他学习建立“心像”。

在他的心中，他选择了他最喜欢的高尔夫球，并开始打起高尔夫球。每天，他在梦想中的高尔夫乡村俱乐部打18洞。他体验了一切，包括细节。他看见自己穿了高尔夫球装，闻到绿树的芬芳和草的香气。他体验了不同的天气和状况——有风的春天、昏暗的冬天和阳光普照的夏日早晨。在他的想像中，球台、草、树、鸣叫的鸟、跳来跳去的松鼠、球场的地形都历历在目了。

他感觉自己的手握着球杆，练习各种推杆与挥杆的技巧。他看到球落在修整过的草坪上，跳了几下，滚到他已选择的特定点上，一切都在他心中发生。

在真正的世界中，他无处可去。所以在他心中他步步向着小白球走，好像他的身体真的在打高尔夫球一样。在他心中打完18洞的时间和现实中一样。一个细节也不能省略。他一次也没有错过挥杆左曲球、右曲球和推杆的机会。

一周7天，一天4个小时，18个洞，7年，少了20杆，他打出74杆的成绩。

遇见不如意的事，通常你的反应是什么？沮丧、埋怨、忧愁？想想你目前所处的光景，并学习接纳你所面对的各种困难，因为万事互为因果，在苦难的外衣下，隐藏有无穷的机会。

暗淡的思想

受苦的人没有悲观的权利，只有受过苦难的人才真正理解成功的可贵。

——尼采

某一天，奥斯卡在中南部的俄克拉荷马州首府俄克拉荷马城的火车站上，等候搭乘火车往东边去。他在气温高达43℃的西部沙漠地区已经呆了好几个月。他正在为一个东方的公司勘探石油。

奥斯卡是麻省理工学院的毕业生。据说他已把旧式探矿杖、电流计、磁力计、示波器、电子管和其他仪器结合成用以勘探石油的新式仪器。

现在奥斯卡得知：他所在的公司因无力偿付债务而破产了。奥斯卡踏上了归途。他失业了，前景相当暗淡。

消极的思想极大地影响着他。

由于他必须在火车站等待几个小时，他就决定在那儿架起他的探矿仪器来消磨时间。仪器上的读数表明车站地下蕴藏有石油。但奥斯卡不相信这一切，他在盛怒中踢毁了那些仪器。“这里不可能有那么多石油！这里不可能有那么多石油！”他十分反感地反复叫着。

奥斯卡由于失业的挫折，正处在消极思想的影响下。即使他一直寻找的机会就躺在他的脚下，但是由于消极思想的存在，他也不肯承认它。他对自己的创造力失去了信心。

对自己充满信心是重要的成功原则之一。检验你的信心如何，看看在你最需要它的时候，你是否应用了它。那天，奥斯卡在俄克拉荷马城火车站登上火车前，他把用于勘探石油的新式仪器毁弃了。他也丢下了一个全国最富饶的石油矿藏地。

不久之后，人们就发现俄克拉荷马城地下埋有石油，甚至可以毫不夸张地说，这座城就浮在石油上。

抱着积极的思想，你就会不断地努力，直到你取得了你要寻找的财富。有时你可能也会受到消极思想的影响，不过决不要轻易放弃努力。

财富就在身边

机遇只垂青那些懂得怎样去追求她的人，对那些不愿付出的人，她是不会动心的。

——尼科尔

从前在开罗有一个叫马格里比的人，拥有巨额财富却不知节俭，生活放荡，以致家产荡尽，只剩下父亲遗留的房子。过了不久，他就不得不靠劳动谋生。他干活那么辛苦，有一天晚上在自己花园里的一株无花果树下睡着了，做起梦来。梦中有一个人来拜访他，对他说："您的财富在波斯，在伊斯法罕，到那里去寻找吧。"

第二天一早，他就出发了。他长途跋涉，遇到了沙漠、海洋、盗匪、河川、野兽以及种种危险。最后终于到了伊斯法罕，但是他一进城门，天就黑了下来。他走进一座清真寺，在院子里躺下睡觉。有一帮盗匪进了清真寺，盗匪的声音惊动了房子的主人，他大声呼救。邻居们也大声呼救，巡逻队队长终于率领官兵来到，把盗匪吓得逃之夭夭。队长命令在清真寺里搜查，发现了这个从开罗来的人，用竹鞭把他一顿好打，几乎打得他断了气。

两天之后，他在监狱里苏醒过来。队长把他叫去，问他："你是谁，从哪里来的？"

这个人说："我从开罗来，名叫穆罕默德·阿里·马格里比。我是被梦中的一个人所指引，到伊斯法罕来的，因为他说我的财富在这里等着我。可是等我到了伊斯法罕，他所说的财富，却原来是你慷慨地赏赐给我的一顿鞭子。"

队长听了，禁不住哈哈大笑，最后，他说："你这个傻瓜，我接连三次梦见开罗的一座房子，它那庭院里有一个花园，花园往下斜的一头有一座日晷，走过日晷有一株无花果树，走过无花果树有一个喷泉，喷泉底下埋着一大堆钱。可是我从来没有去理会这些荒诞的梦兆；然而你啊，你这个毛驴跟魔鬼养的家伙，竟然相信一个梦，走了那么多的路。把这几个小钱拿去，滚吧！"

这个人拿了钱，走上了回家的旅程。他在自己家的花园（就是队长梦见的那个花园）的喷泉下面挖出了一大笔财宝。

不要幻想远在天边的财富，没准我们身边就有一个宝藏等着我们去发现。我们需要实实在在的奋斗精神，从身边的每一件小事做起，想信自己的财富奇迹只能由自己创造。

动脑的结果

处于劣势时，千万不要放弃，因为优劣都只是暂时的，它们可以互相转化。

——布莱顿

当佛瑞迪只有16岁时，在暑假将临的时候，他对父亲说："爸爸，我不要整个夏天都向你伸手要钱，我要找个工作。"

父亲从震惊中恢复过来之后对佛瑞迪说："好啊，佛瑞迪，我会想办法给你找个工作，但是恐怕不容易。现在正是人浮于事的时候。"

"你没有弄清我的意思，我并不是要您给我找个工作。我要自己来找。还有，请不要那么消极。虽然现在人浮于事，我还是可以找个工作。有些人总是可以找到工作的。"

"哪些人？"父亲带着怀疑问。

"那些会动脑筋的人。"儿子回答说。

佛瑞迪在"事求人"广告栏上仔细寻找，找到了一个很适合他专长的工作，广告上说找工作的人要在第二天早上8点钟到达42街一个地方。佛瑞迪并没有等到8点钟，而在7点45分钟就到了那儿。可他看到已有20个男孩排在那里，他只是队伍中的第21名。

怎样才能引起特别注意而竞争成功呢？这是他的问题，他应该怎样处理这个问题呢？对于佛瑞迪来说，只有一件事可做——动脑筋思考。因此他进入了那最令人痛苦也是令人快乐的程序——思考。在真正思考的时候，总是会想出办法的，佛瑞迪就想出了一个办法。他拿出一张纸，在上面写了一些东西，然后折得整整齐齐，走向秘书小姐，恭敬地对她说："小姐，请你马上把这张纸条转交给你的老板，这非常重要。"

她是一名老手，如果他是个普通的男孩，她就可能会说："算了吧，小伙子。你回到队伍的第21个位子上等吧。"但是他不是普通的男孩，她直觉感到，他散发出一种自信的气质。她把纸条收下。

"好啊！"她说，"让我来看看这张纸条。"她看了不禁微笑了起来。她立刻站起来，走进老板的办公室，把纸条放在老板的桌上。老板看了也大声笑了起来，因为纸条上写着：

"先生，我排在队伍中第21位，在你没有看到我之前，请不要作决定。"

他是不是得到了工作？他当然得到了工作，因为他很早就学会了动脑筋。一个会动脑筋思考的人总能掌握住问题，也能够解决它。

处于不利的位置，但不是说就是处于劣势，动脑子的结果可以战胜占据有利地位的对手。生活中最需要我们的智慧，只要我们善于动脑，积极利用我们的聪明才智，一定会赢得人生的辉煌。

空白的答卷

对于聪明人和有素养的人来说，求知欲是随着年龄的增长而转变得愈加强烈的。

——西赛罗

在哈佛，在一座教学楼前的阶梯上，有一群即将毕业的机械系大四学生很快就要参加最后一门考试了，他们聚集在一起，正在讨论几分钟后就要开始的考试。他们的脸上显示出自信，这是最后一场考试，接着就是毕业典礼和找工作了。

有几个说他们已经找到工作了。其他的人则在讨论他们想得到的工作。怀着对4年大学教育的肯定，他们觉得心理上早有充分的准备，能征服外面的世界。

他们知道即将进行的考试只是轻而易举的事情。教授说他们可以带需要的教科书、参考书和笔记，只要求他们考试时不能彼此交头接耳。

他们喜气洋洋地走进教室。教授把考卷发下去，学生都喜形于色，因为学生们注意到只有5个论述题。

3个小时过去了，教授开始收考卷。学生们似乎不再有信心，他们脸上有难以描述的表情。没有一个人说话，教授手里拿着考卷，面对着全班同学。教授端详着面前学生们忧郁的脸，问道：“有几个人把5个问题全答完了？”

没有人举手。

“有几个答完了4个？”

仍旧没有任何动静。

“3个？2个？”

学生们变得有些坐立不安起来。

“那么一个呢？一定有人做完了一个吧？”

全班学生仍保持沉默。

教授放下手中的考卷说：“这正是我所预料的结果。我只是要加深你们的印象，即使你们已完成4年工程教育，但仍旧有许多有关工程的问题你们全然不知。这些你们不能回答的问题，在日常操作中是非常普遍的。”

“活到老，学到老。”在知识的海洋中，你的智慧只是其中的一粒沙，一滴水，我们拥有的只是一颗饥渴的心灵，要不断地用知识来安慰它。如果故步自封，就只能成为时代的弃儿。

楼顶上的疯子

贪婪、野心和欲望都不过是疯狂之一种，虽然没有被列为疾病。

——斯宾诺莎

伦敦市区某一角的人们有股异样的兴奋——因为有个疯子在楼

顶上。

好奇的人群聚拢来，消防队、警察们都到了。疯子的母亲，悲鸣着请他下来。

消防队员汗流浃背地张起救生网。疯子宣布："任命我当警长，不然我就要跳了。"

人群中有人提议："就让他当警长吧，看他下不下来！"另一个人反对说："那怎么成？疯子怎么能当警长呢？"第一人说："我们不是当真的呀。"

一个老人，边听他们争辩，边喃喃地说："没用的，他不会下来的。"

不管怎样，有人对上面叫了："我们任命你当警长啦，下来吧。"

疯子在上头跳起舞来，应道："除非让我干市议员，不然我还是不下去。"

老人说："是吧，我说的没错吧。"

可是，群众还是任命疯子当了市议员，疯子更高兴起来，又提出新的要挟，请求当市长，人们又同意了。

于是，疯子连续地当了市长、内阁大臣、总理、国王……每当群众给疯子新的任命，老人就摇头叹息说："行不通，行不通的，你们越给他高的职位，他越不会下来了。"

人们开始觉得老人的话有点道理，因此，当疯子宣称："你们不让我当世界皇帝，我就要跳啦！"有人问老人说："他真会跳吗？"

老人点点头。群众连忙向上喊："你就是世界的皇帝，请下来吧！"

疯子很快嘲笑说："高贵如我般的皇帝，下去和你们这些傻瓜一起干什么？我既然是皇帝，我爱下去时才下去。"

消防队长问老人："到底有没有法子叫他下来啊？"

老人说："有的。"

每个人都觉得好奇，想知道老人怎么办，这时候疯子正在七楼，老人大声说："皇帝陛下，您愿意爬'上'六楼吗？"

疯子很认真地回答："好的。"然后爬'上'了六楼。

老人又喊："陛下愿意再爬'上'五楼去吗？"

疯子又说："好的。"于是，一层一层地，疯子终于爬"上"了地面。

有时候我们随着错误的方向，就能找到解决问题的关键。对付野心家和疯子的最好办法是花言巧语的欺骗，用虚幻来满足他们。

您只是顾客

自尊自爱，作为一种力求完善的动力，却是一切伟大事业的渊源。

——屠格涅夫

电影明星洛依德将车开到检修站，一个女工接待他。她熟练灵巧的双手和俊美的容貌一下子吸引了他。

整个巴黎全知道他，但这位姑娘却丝毫不表示惊异和兴奋。

"您喜欢看电影吗？"他禁不住问道。

"当然喜欢，我是个影迷。"

她手脚麻利，很快修好了车："您可以开走了，先生。"

他却依依不舍："小姐，您可以陪我去兜兜风吗？"

"不！我还有工作。"

"这同样也是您的工作，您修的车，最好亲自检查一下。"

"好吧，是您开还是我开？"

"当然我开，是我邀请您的嘛。"

车行驶得很好。姑娘问道："看来没有什么问题，请让我下车好吗？"

"怎么，您不想再陪一陪我了？我再问您一遍，您喜欢看电影吗？"

"我回答过了，喜欢，而且是个影迷。"

"您不认识我？"

"怎么不认识，您一来我就认出您是当代影帝阿列克斯·洛依德。"

"既然如此，您为何这样冷淡？"

"不！您错了，我没有冷淡。只是没有像别的女孩子那样狂热。您有您的成就，我有我的工作。您来修车是我的顾客，如果您不再是明星了，再来修车，我也会一样地接待您。人与人之间不应该是这样吗？"

他沉默了。在这个普通女工面前他感到自己的浅薄与虚妄。

"小姐，谢谢！您使我想到应该认真反省一下自己的价值。好，现在让我送您回去。"

不要跪着仰视别人，要活出自我，千万不要看轻自己，因为别人并不比你高贵。不必仰慕他人头上的光环，应该去追求自己的生活和价值。

偏见的代价

外表往往与事实本身不符，世人却容易被表面装饰所欺骗。

——莎士比亚

一对衣着简陋的夫妇坐火车去了波士顿，到了目的地，他们直接进入哈佛大学。

“对不起，我们没有预约。但是，我们想见校长。”那穿着破旧的手织套装的丈夫轻声地对秘书说。

秘书的眉头微皱：“哎，校长，他整天都很忙。”

“没关系，我们可以等他。”穿着褪色方格棉布衣的妻子微笑着说。

校长的确很忙，他可能不会将太多的时间花费在那些看来无关紧要的人身上。尽管很忙，校长还是点头同意会见他的客人。

女士告诉校长：“我们的儿子进入哈佛大学一年了，他爱哈佛大学，他在这里很快乐。”

“夫人，谢谢你的儿子爱哈佛大学，您知道，哈佛大学的学生都会爱哈佛大学。”校长说。

“可是在一年前，他意外地死了。”

“噢，听到这个消息我很难过，真不幸，夫人。”

“我丈夫和我想在学校的某个地方为他建一个纪念物。”

“非常遗憾，夫人！”校长被这个想法感动了，但他说：“你知道，我们不可能为每一个进入哈佛大学后死去的人竖立纪念物。如果这样做，哈佛大学不就成公墓了吗？”

“噢，对不起，先生！”女士赶紧解释，“我们并不想要竖立一尊雕像。我们只是想说我们愿为哈佛大学建一座楼。”

校长的目光落在这对夫妇粗糙简陋的着装上，惊叫道：“一栋楼！你们知道建一栋楼实际上要花费多少钱？仅仅是哈佛大学的自然植物，价值就超过750万美元。”

校长为这远道而来的夫妇感到悲哀，他们真是太幼稚了。女士沉默了，校长松了口气，他终于可以和这夫妇俩说再见了。

女士转过身平静地对她的丈夫说：“亲爱的，这笔耗费不是可以另开一所大学吗？为什么我们不建立一所我们自己的学校呢？”

面对校长的一脸疑惑，她的丈夫坦然地点了点头。

这对夫妇离开了，他们去了加利福尼亚州。在那里，他们建立了以自己名字命名的大学——斯坦福大学。

以貌取人自古有之，往往都付出了沉重的代价。实际上贬低别人也就是在轻视自己，播下什么样的种子就会有什么样的收获。

钓鱼的学问

生活，就是面对现实微笑，就是越过障碍注视将来；……生活，就是知道自己的价值、自己所能做到的与自己所应该做到的；生活，就是理智。

——雨果

初秋时节的一天，鲍比头一回从叔叔手里接过鱼竿，跟着他穿过树林去钓鱼。多年的垂钓经历使叔叔深谙何处小狗鱼最多，他特意将鲍比安排在最有利的位置上。鲍比模仿别人钓鱼的样子，甩出钓鱼线，宛若青蛙跳动似的在水面疾速地抖动鱼钩上的诱饵，眼巴巴地等候鱼儿前来叮食。好一阵子什么动静也没有，鲍比不免有些失望。

“再试试看。”叔叔鼓励鲍比。

忽然，诱饵消失得无影无踪了。

“这回好啦，”鲍比暗忖，“总算来了一条鱼了。”鲍比赶紧猛地一拉鱼竿，岂料扯出的却是一团水草……

鲍比一次又一次地挥动发酸的手臂，把钓线扔出去，但提出水面时却总是空空如也。鲍比望着叔叔，脸上露出恳求的神色。

“再试一遍，”叔叔若无其事地说，“钓鱼人得有耐心才行。”

突然间，好像有什么东西在拽鲍比的钓线，旋即一下子将它拖入了深水之中。鲍比连忙往上一拉鱼竿，立刻看到一条逗人爱的小狗鱼在璀璨的阳光下活蹦乱跳。

“叔叔！”鲍比掉转头，欣喜若狂地喊道，“我钓了一条！”

“还没有哩。”叔叔慢条斯理地说。他的话音未落，只见那条惊恐万状的小狗鱼鳞光一闪，便箭一般地射向了河心。

钓线上的鱼钩不见了。鲍比功亏一篑，眼看快到手的捕获物又失去了。

鲍比感到分外伤心，满脸沮丧地一屁股坐在草滩上。叔叔重新替鲍比缚上鱼钩，安上诱饵，又把鱼竿塞到他手里，叫他再碰一碰运气。

“记住，小家伙，”他微笑着，意味深长地说，“在鱼儿尚未被拽上岸之前，千万别吹嘘你钓住了鱼。我曾不止一次看见大人们在很多场合下都像你这样，结果干了蠢事。事情未办成之前就自吹自擂一点用也没有，纵然办成了也毋需自夸，这不是明摆着的吗？”

“不以物喜，不以己悲”是人生所能达到的最高境界。遇到事情，沉着冷静，脚踏实地，而不是沾沾自喜、夸耀吹嘘。钓不是为了鱼，而是一种超然于物外的心境。

一辆新车的奇遇

一切的和谐与平衡、健康与健美、成功与幸福，都是由乐观与希望的向上心理产生与造成的。

——华盛顿

鲍伯·哈利斯和妻子泰瑞在12月买了一辆新车，他们决定开新车到德州去和她的家人过圣诞节。

他们过得很愉快，在祖母家留到最后一刻钟才肯走。回程时他们必须赶路回家，所以他们日夜兼程——一个人开车，一个人睡觉。经过一场几个小时的大雨后，他们在深夜抵达家门。他们累极了，只想洗个热水澡，睡在柔软的床上。哈利斯感觉不管再怎么累，当晚也该把东西从车上卸下来，但泰瑞只想赶快洗澡睡觉，所以他们决定早上再说。

早上7点，他们起床梳洗后决定把东西卸下车。当他们打开前门时，却发现停车道上看不到车子！泰瑞和哈利斯面面相觑，目瞪口呆。然后泰瑞问哈利斯："喂，你把车停在哪里？"

哈利斯笑着回答："就在停车道上。"他们很肯定车停的地方，但却还往外走，希望看到车子奇迹似地自己停在停车道外，在街边停下，但没有。

怅然若失的哈利斯报了警。他们保证他们有98%的概率在两个小时内找回失车。两小时内，哈利斯一直打电话问："我的车在哪里？"

"我们还没找到，哈利斯先生，但在4小时内还是有94%的机会。"

又过了两个小时，哈利斯又打电话问："我的车呢？"

他们再次回复："我们还没找到，不过8小时内还是有90%的寻获率。"

一天杳无音信使泰瑞渐渐变得更加烦恼，尤其当她不断想起车子里放了多少东西时——他们的结婚相簿、绝版的上一代家庭照片、衣服、所有的照相器材、哈利斯的皮夹和支票本，只有几张签上了名字。没有这些东西他们还是活得下去，但它们在那时似乎很重要。

但哈利斯却没事儿似的，还不断地说笑话。

充满焦虑与挫折感的泰瑞问哈利斯："我们的新车和东西都丢掉了，你怎么还能开玩笑？"

哈利斯看着她，说："亲爱的，我们可以因丢了车而烦恼，也可以因丢了车而快乐。总而言之，我们的车被偷了。我真的相信我们可以选择态度和心情，现在我选择让自己快乐。”

5天后，他们的车找回来了，不过车上的东西无影无踪，车子的损坏也超过3000美元。哈利斯把它送修，并因为听到他们会在一周内把它修好而感到高兴。

这一周结束时，哈利斯甩掉了租来的车，把自己的车开回家，感到十分兴奋，且松了口气。不幸的是这样的感觉很短暂。回家的路上，他撞上另一部车，造成了另一笔3000美元的损失。

当哈利斯站在车道上看着车，自己打自己，责怪自己撞了别人的车时，泰瑞到家了。她走向哈利斯，看了车，又看着丈夫，说："亲爱的，我们可以因有一部撞坏了的车而烦恼，也可以因有一部撞坏了的车而快乐。总之，我们有一部撞坏了的车，所以，我们选择快乐吧。”

哈利斯打心眼里笑出声来宣布双手赞成，他们一起享受了美妙的晚上。

当生活像一首歌那样轻快流畅时，笑颜常开乃易事；而在一切事都不妙时仍能微笑的人，才活得有价值。面对一个很糟糕的局面，选择让自己心情跟着糟糕，还不如选择让自己变得快乐。

第十篇

幸福一念之间

两个乞丐

索要爱情的人并非就是得到爱情的人，广义地说，得到爱情的人是给予爱情的人。

——罗素

一个男乞丐由北向南而行，一个女乞丐由南向北而行，他们相遇了。

“啊！你那么像我，你的神情，你的服饰，以及你手中端着的空碗，与我毫无二致！”他说。

“你也多么像我，尽管我是初次遇见你，但是我似乎很早以前就认识你。”她说。

两个乞丐彼此吸引，他们都感觉到对方爱上了自己。

于是，他们不再离去，他们面对面站着，手里端着空碗。

“你在乞求什么？”他问。

“还用问吗？乞求你的爱呀，我知道，你是爱我的，你应该是爱我的，除了我，谁还会像我一样像你呢？把你的爱满满地倒进我的空碗里吧，让我像饮美酒一样一饮而尽。”她说。

“哈哈！你难道没有看见么，我手里端着的也是一只空碗呀，我也乞求你把你对我的爱全部倾入我的空碗，让它填满我饥饿的情感之腹。”他说。

“然而，既然你爱我，为何不给予我？”她问。

“是呀，既然你也爱我，就应该把相同的爱给予我呀。”他说。

“我的碗是空的，如何能给予呢？”她问。

“我的碗难道是满的吗？”他反问。

两个乞丐彼此乞求着，彼此向对方伸着空空如也的碗，乞求着对方的情感。

这样相持了很久，他们彼此什么也没有乞求到，他们已筋疲力尽，各自叹息着，走自己的路去了。他们去向另外的人乞讨。

爱是什么？恐怕是最难回答的问题。但有一点可以肯定，爱首先是给予，是让对方幸福快乐，而不是索取和占有；如果有一方不如此，爱就会成为一个有瑕疵的花瓶，一碰就碎。

拒绝与乞求

当你拒绝我时，我乞求你接受我；当你乞求我时，我拒绝接受你。

——罗素

一个衣衫单薄，形容枯槁的流浪汉，从玛丽的门前蹒跚走过，玛丽看得出来，他忍受着寒冷，忍受着饥饿，他需要一件挡寒的棉衣，一个热腾腾的面包。

然而，他只是从玛丽的门前走过，他没有乞求玛丽。尽管玛丽的门楼里飘出阵阵面包的香味，尽管玛丽的衣柜里，有着穿不完的衣服。

然而，他没有乞求玛丽，只是从玛丽的门前走过。

玛丽的心痛了。

玛丽追上去问他：

“你不冷吗？”

“冷”。

“你不饿吗？”

“饿。”

“那么，你为什么不来找我？”

“……”流浪汉苦笑了一下，迈着坚定而蹒跚的脚步，继续向前赶路，根本不回头看玛丽一下。

“你等一等！”玛丽拿着一件厚厚的棉衣和一个大大的面包一定要他收下。

他穿上厚厚的棉衣，吃完面包向玛丽笑了笑，走了。

玛丽的心里充满了甜蜜。

第二天，流浪汉又来了，穿着玛丽送给他的棉衣。他对玛丽说：“再给我一条棉裤吧，最好再给点吃的。”

玛丽虽然不太情愿，但玛丽还是给了他所需要的东西。

他满意地走了。

第三天，他又来了。“我还缺一顶帽子和一双鞋，”他说，“再给点好吃的。”

“请你走开吧！”玛丽说，心里充满了厌恶。

流浪汉狂笑着走了，从此永不再来。一直到现在，玛丽不知道他笑些什么。而玛丽的心里一直充满着疑惑：他为什么再不来求我了呢？

给予一些是令自己和他人幸福的，但若不停地被人索取，人们不会快乐，因为他们觉得自己被侵略了，没有回报。

丢失了自己的人

当爱产生时，我们就消失在彼此的情感中，不再存在一个独立的自己。

——乔治桑

在一片鲜花盛开的草地上，一个年轻的男人遇见了一个年轻的女人。

“现在我才发现，我来到这个世界上，就是为了今天与你相遇。”年轻男人含情脉脉地注视着女人。

“我也一样，所以我们相遇了。”

男人和女人相拥而去。

之后的某一天，还是那个年轻女人，独自在那片草地上寻找着，双眸流露出惶惑和不安。

哲学家梭罗走了过来：

“孩子，你已经在此寻找许久了，你究竟丢失了什么东西呢？”

年轻女人一边搜寻着，一边不安地回答着梭罗的问话：

“我在寻找我自己。自从那天在这里与他相遇，我就发现我丢失了自己。我的欢笑因他而产生，我的眼泪因他而流淌；他的一句话可将我托上高耸的峰巅，他的一声叹息可将我抛到黑暗的地狱；我睁着双眼，看到的只有他的身影，我闭上双眸，听到的只是他的声音；我似乎是因他而生，我更会因他而死。然而，我呢？我到哪里去了？偷一个空闲，我来寻找我自己。”

梭罗笑道：

“孩子，不必寻找了。当爱产生时，‘我’就消失了。你们相爱着，你们已经彼此消失自我，融为一个整体，你的自我只能在他那里寻找，而他的自我也只能在你这里寻找。遗憾的是，他和你都不见了，因而你们不必寻找，你们已经变成了一个新的整体。”

正说着，那年轻男人也来了，他也来寻找自我，梭罗把上述的话又重复了一遍。

“可是，‘我’还能够返回吗？即使返回，‘我’还会是从前的‘我’吗？‘我’在新的整体那儿，会有幸福和快乐吗？”男人和女人同时问。

“唉！谁能预知明天发生的事呢？你们拥有今天灿烂的阳光，何必为明天天空的阴晴发愁呢？”梭罗说。

当爱情的化学反应发生时，相爱的人又获得了一个新的自我。爱情是灵魂的结合，总要有一个磨合期，只有真诚相爱和帮助，相爱的个体才能更好地成长。

冰雪中激发的热力

不要去报复自己所受到的屈辱，而应当把它看成自己前进的动力，激励自己。

——乔治桑

相信每个人都听过“希尔顿大饭店”，在这里要与你分享的，是希尔顿大饭店集团的创始人，希尔顿先生赖以成功的秘诀。

希尔顿年幼时，正好遇到美国历史上最严重的经济大恐慌，而希尔顿又是一个孤儿，在那样不景气的时代，他只好四处流浪，靠着乞讨维生，到了夜晚，则找一个勉强可以遮风避雨的地方栖身。

有一次，希尔顿流浪到城市里，连着几个晚上，都躲在一间大饭店门廊的阴暗角落避寒与睡觉。

这天半夜，希尔顿在睡梦中被饭店的门童合力抬了起来，丢到距离饭店10米外的雪地上。

睡梦中惊醒的希尔顿，大怒地质问门童：“我睡我的觉，哪里碍着你们，为什么把我丢到雪堆里？”

几个门童答道：“明天一大早，我们饭店的集团老板莅临，经理认为如果让你们这些流浪汉躺在门廊边，不仅有碍观瞻，还可能会引起大老板的不悦与指责，所以要请你们离开！”

希尔顿十分愤怒地大声道：“你们集团老板也是人，我也是人，在这么寒冷的天气里，让我在门廊下睡一晚，明天再赶我走，也还不迟。为什么要在半夜里，偷偷地把我丢在雪地上？”

门童趾高气扬地说：“这是饭店经理交代的，我们也只是依命行事。”

希尔顿咬着牙，握紧拳头，道：“你们给我听着，终有一天，我一定要开一家比你们饭店更大、更豪华的酒店，记住我现在所说的话！”

凭着在雪地中所受的屈辱，希尔顿立下宏愿，从此之后，他不断地努力工作，存下他所赚得的每一分钱，终于创立了第一家“希尔顿大饭店”，并进而扩充成为全世界最大的饭店集团之一——“希尔顿饭店集团”。

面对他人对我们的侮辱，你可以强忍下来、可以反击回去，或者，也可以像小希尔顿一样，用屈辱来激励自己，带着具有潜力的愤怒，来开创自己伟大的事业。将挫折化为伟大的志向，并进而完成自己的梦想，是希尔顿的成功秘诀！

终点即是新生

谁也说不清不幸和有幸的区别，有时不幸就是有幸，有幸就是不幸。

——拿破仑・希尔

在英法战争中，一艘英军的战舰被击沉，舰上所有官兵，除了一名侥幸攀住浮木的小兵之外，其余人员皆罹难。

这名幸存的小兵漂流到一个无人荒岛，为了求生，他也只得学习鲁滨逊，自己采摘水果、狩猎，过着蛮荒的生活。日子一久，小兵自己也搭建了一座遮风避雨的茅草屋。

在荒岛上的小兵，常常能见到船只经过荒岛的外海，他将自己的白色汗衫制成一面白旗，只要一有船只经过，他便使劲摇着白旗，大声呐喊，但总是因为距离太过遥远，根本没有船只注意到这个岛上的法国小兵。

有一次，小兵在自己的茅屋中烹煮食物，一个不小心，引燃了茅屋的草料。火势一发不可收拾，他急忙逃出屋外，眼睁睁地看着辛苦搭成、唯一能够栖身的茅屋付之一炬。

小兵心中不禁咒骂老天，他已经倒霉地流落到荒岛上，竟然还让他遇上茅屋失火这般的灾难，眼看雨季将至，可怜的小兵真不知自己的命运将会如何？

谁知人算不如天算，正当茅屋失火之际，一艘英军的补给舰正好航行经过，舰上人员注意到荒岛上冒出的浓烟，立即派了登陆橡皮艇到小岛上查看。正在怨天尤人的小兵，见到自己的同僚登陆，霎时满腔的怨恨化为狂喜，在荒岛上苦撑多时的他，终于知道上天降临福祉的巧妙。

生命历程的无比神奇，有时真不是我们这般庸俗的凡人能够轻易窥其奥妙的。我们喜欢用自己聪明的脑袋去做事，认为使用最有效的方法一定能够达成目的，这正像是小兵在岛上拼命摇旗呐喊一般。而上天的计划却不一定要与我们商量，在我们最难意料之外，时常就会见到上天的奇妙安排。

光辉的人性

对待他人要抱以信任，对待他人的不幸更要抱以同情，这是一个高尚者的美德。

——杰克·伦敦

在佛罗里达，曾经有一位叫法兰克的年轻人，在大学时期和一位叫保罗的贫穷室友住在一起。贫穷的保罗时常四处向同学借钱，以维持大学的生活费及学业。眼看保罗的负债越来越多，在某一个夜晚，保罗竟然不辞而别，从此消踪匿迹。

许多上门要债的同学，向法兰克投诉，法兰克估算了一下，保罗所欠的债款，总额竟然高达1200美元，这在当时，着实是一笔很大的数目。同学们吵着要对保罗提出诉讼，但法兰克费尽唇舌地向他们解释，他相信保罗一定会设法还清这些钱的，凭着法兰克独特的领导魅力，终于使这场风波平息下来。

十几年之后，在一次由法兰克主持的同学会中，一个陌生人要求法兰克给他5分钟的时间说话。法兰克好不容易才认出来，那名陌生人正是当年负债潜逃的保罗。

保罗对着所有的同学说，当年他欠下庞大的债务、怯懦地逃离校园之后，也不敢回家，随便在一艘货轮上找到一个杂工的差事，随着货轮跑遍了大半个地球。

后来货轮遇上海盗，海盗们将保罗洗劫一空，连衣服都拿走了，保罗唯一能留下的，只是一张纸片，随后保罗辗转到了瑞士，勉强继续求学，成为一位教师，也结了婚，凭着穷教员的微薄薪水过着日子。

但保罗从未忘记他在大学里欠下的债，他从少得可怜的薪水里，每次省下一点点，存了十几年，终于能够回到美国。

保罗说到这里，举起他的双手：“各位，请看看，我手中的这张纸片，就是记录当年我欠债的明细记录，还有足够偿还的钱。今天我来这里，就是要还给你们我所欠下的债——”

在全场愕然的寂静中，法兰克走上前拥抱保罗：“我没看错你，你真的是好人！”所有同学也随着法兰克的动作，一一向前热情地拥抱保罗。

人性的伟大之处在于互相信任，相信自己，同时也相信他人。正是因为此，才推动着人们建立起更加和谐、更加发展的社会。

使自己变得更好

挫折是给人经验的最好导师，但挫折也是给人失望的最大敌人，关键在于你自己。

——休厄尔

在贫穷的墨西哥，养猪人迪迈·特尔靠他所养的猪勉强维持一家大小的温饱。

有一天，一位政府官员前来视察，见了他养的猪群，十分好奇，便问他："你通常都给猪吃什么？"

迪迈·特尔说："当然是喂它们吃剩菜剩饭啦！"

结果，那位前来视察的官员，是卫生部长，认为猪肉是要给国民食用的，迪迈·特尔如此喂猪，太不卫生、也不尊重国家公民，于是开了张罚单给他。

没过多久，又有一位政府官员前来视察农村，见了迪迈·特尔的猪群，也十分好奇，又问他："你通常都给猪吃什么？"

迪迈·特尔有了上次被开罚单的经验，连忙说："我都喂它们吃山珍海味，我们全家人还没吃之前，让猪先吃；等猪吃完了，我们才吃！"

结果，这次前来视察的官员，是经济部长，听了之后，暴跳如雷。

他认为，国家正在闹饥荒，而迪迈·特尔居然给猪吃得这么好，简直是浪费国家财产，于是，又开了张罚单给他。

迪迈·特尔连续接到两张罚单，十分生气，最后终于想出了一个好法子。

没过多久，果然又有一位官位更大的政府官员——总理大臣，前来视察农村，见了迪迈·特尔的猪群，同样十分好奇，便问他："你通常都给猪吃什么？"

迪迈·特尔这次学乖了，说："吃这个也不对，吃那个也不对。现在只要用餐时间一到，我发给每只猪100美元，看它们喜欢吃什么，就自己去买什么东西吃！"

从一次又一次的挫败中，我们不仅得到宝贵的经验，同时更学习到金钱所无法换得的应变能力，加强自己的智慧，以面对下一次更大的逆境来袭。在让事情变得更好之前，必须让自己变得更好。

复制传承的伟业

不幸与幸福如此紧密，凡是有过不幸的地方，也就积累起了幸福的经验。

——契诃夫

在1936年的10月，闻名全球、被称为20世纪最伟大女性的海伦·凯勒，惊闻她的老师安妮因病过世的噩耗，素来坚强刚毅的她几乎接近崩溃的边缘。

海伦·凯勒从小即因眼盲、耳聋，无法像一般正常小孩子一样学习说话，而被认定是一个集盲、聋、哑于一身，无法接受教育的孩子。

幸亏她遇上安妮老师，细心的安妮发现海伦·凯勒发声的能力并未丧失，便竭尽心力设法教导海伦·凯勒开始学习如何说话。

安妮牵着海伦·凯勒的手，在寒冷的冬天里，接触冰冷的水；在海伦·凯勒小小心灵被触动时，安妮在海伦·凯勒的手心中，用指尖轻轻划着："W、A、T、E、R……（水）"同时，安妮拉着海伦·凯勒的另一只手，触摸安妮的颈部声带处，口中不断发出："Water!"的读音，让海伦·凯勒感受到发音的奇妙。

就这样一个字、一个字慢慢地练习，安妮老师用无比的耐心、经历最大的艰难，终于教会了海伦·凯勒说话及阅读点字书，并进而使海伦·凯勒成为一位杰出卓越的演说家及教育家。在经过与安妮半个世纪的朝夕相处之后，海伦·凯勒早已将安妮老师视为完整自我的一部分。故而乍闻老师过世噩耗的海伦·凯勒，其伤痛之深刻，的确是任何言语都无法形容的。悲痛欲绝的海伦·凯勒，根本不知该如何面对这一切。最后，在好友的建议下，她只能放下手边所有繁重的工作，随着朋友一起四处旅行，希望能借以解除内心深沉的哀思。

海伦·凯勒丧师的悲痛，持续了极为漫长的一段时间。直到将近一年之后，海伦·凯勒方才猛然醒悟。原来安妮老师用最大的爱心与耐心，艰难地来教育海伦·凯勒，是希望海伦·凯勒也能像安妮一样，来为这世上更多不幸的人们服务，帮助他们找到属于自己的灿烂人生。海伦·凯勒领悟安妮老师的遗志，下定决心，为世上所有的残障人士，奉献自己最大的心力！

海伦·凯勒的伟大只能证明安妮更为伟大，两个伟大的人物结合在一起，创造出了最为辉煌的事业。所有不幸的人，都不要放弃自己的努力，都要学习她们的这种精神。

最佳的全时防护罩

我们必须承认，幸运喜欢照顾勇敢的人，她从不会光顾怯懦的人。

——达尔文

在一家以推销为主业的公司里，一个新来的推销员罗恩两肩垂着、双手抱头，沮丧无助地坐在椅子上。

公司里推销业绩最好的一位老推销员雷纳，看到这个颓丧的年轻人，不由得笑了笑，走到罗恩身边，问道："你怎么了？"

罗恩缓缓地摇了摇头："我想，我不适合这份工作。"

雷纳继续问："怎么，业绩不好吗？"

罗恩："业绩不好是另一回事，我受不了那些客户对我的无情侮辱。"

雷纳笑着问："哦！他们是怎样侮辱你的呢？"

罗恩："他们拒绝我、批评我、也批评我推销的产品，更要命的是，他们根本不听我说话。"

雷纳："你认为这些是对你的侮辱吗？"

罗恩："当然是呀！这样子还不算侮辱吗？"

雷纳正色道："从我踏入推销这一行的那一天开始，我的客户就不断地拒绝我、批评我，也批评我推销的产品，他们同样也不肯听我说话。"

罗恩抬起头，诧异地问道："喔，你也遇到过同样的问题？"

雷纳笑了笑："不仅仅是这些，我还曾经被客户声色俱厉地赶了出来；也有客户在拒绝时，将我的产品以及提包，扔到马路上；也有客人不只拒绝，甚至还动手打掉了我的眼镜；最过分的是，有一次，一个恶劣的客户，还放出他家凶恶的大狼狗，追了我几条街。"

罗恩张大了嘴："那你是怎么熬过来的？"

雷纳严肃地望着他："我经历过的拒绝，三天三夜也讲不完；我唯一能告诉你的是，客户可以赶我出来、扔我东西、动手打我、甚至放狗追我，但是，他们绝对无法'侮辱'我！"

罗恩看着眼前这位老前辈，饱含泪水的眼眶中，出现一丝坚毅的神色。

不管外在环境如何恶劣，真正重要的关键点，还是在于我们自己的“心”。的确，正如老推销员所说，除非您自己同意，否则没有任何人可以侮辱您。

再多给自己一次机会

卓越的人一大优点是：在不利与艰难的遭遇里百折不挠，永远不向困难屈服。

——贝多芬

垂头丧气的阿齐姆，走进心理医师的诊疗室，向心理医师倾诉他一生不幸的遭遇。说：“我经历无数的失败，早年求学过程，没有一次考试能够过关；踏入社会，经营许多生意，皆是负债收场；然后四处求职碰壁，就算有一份工作，也是没能做多久，就被老板开除；现在连自己的老婆也忍受不了我，要求跟我离婚……”

心理医师问他：“那么，你现在想怎么样呢？”

阿齐姆万念俱灰地回答：“我此刻只想一死了之。”

心理医师：“你有没有小孩？”

阿齐姆：“有呀，有又怎么样？”

心理医师笑了笑：“还记得你是怎么教你的小孩走路的吗？从他第一次双手离开地面，颤颤巍巍地站起身来，是不是所有家人都会为他喝彩，为他鼓掌？”

阿齐姆似有所悟："嗯……是的……"

心理医师继续道："然后孩子很快地又跌倒了，你是不是轻轻扶起他，告诉他，没关系，再试试看，你会走得很好的！"

阿齐姆的语气坚定了些："对，我会帮他。"

心理医师："孩子走路跌跌撞撞地，经过无数次的练习，还是走得不稳。你会不会失去耐性，告诉他，最后再给你三次机会，如果再学不会走路，以后终生都不准再给我走路，干脆我买个电动轮椅给你。"

阿齐姆："不会，我会再帮助他、鼓励他，因为我相信，孩子他一定能学会走路的！"

心理医师："那就对了，你才跌倒过几次，就想坐轮椅了？"

阿齐姆抗议道："可是，小孩子有人协助他、提携他，而我……"

心理医师："真正能帮助你、鼓励你的人是谁，此刻你还不知道吗？"

阿齐姆想了想，朝心理医师重重地点了点头，昂首阔步地走出诊疗室。

稚嫩的孩子，他们只是知识不及成人，但对于克服挫折的智慧，孩子们可要远超过你我许多。拥有智慧的孩子们，也可以是我们的良师！

克制冲动

人要是发脾气就等于在人类进步的阶梯上倒退了一步。

——达尔文

斯坦德是一位经理，一大早起床，发现上班时间快要来不及了，便急急忙忙地开了车往公司急奔。

一路上，为了赶时间，斯坦德连闯了几个红灯，终于在一个路口被警察拦了下来，给他开了罚单。

这样一来，上班更是笃定迟到。到了办公室之后，斯坦德有如吃了火药一般，看到桌上放着几封昨天下班前便已交代秘书寄出的信件，斯坦德更是生气，把秘书叫了进来，劈头就是一阵痛骂。

秘书被骂得颇有莫名其妙的感觉，拿着未寄出的信件，走到总机小姐的座位，又是一阵狠批。秘书责怪总机小姐，昨天没有提醒她寄信。

总机小姐被骂得心情恶劣之至，便找来公司内职位最低的清洁工，借题发挥，对清洁工的工作，没头没脑地，又是一连串声色俱厉的指责。

清洁工底下，没有人可以再骂下去，她只得憋着一肚子闷气。

下班回到家，清洁工见到读小学的儿子趴在地上看电视，衣服、书包、零食，丢得满地都是，当下逮住机会，便把儿子好好地修理了一顿。

儿子电视也看不成了，愤愤地回到自己的卧房，见到家里那只大懒猫正盘踞在房门口，儿子一时怒由心中起、恶向胆边生，立即狠狠地一脚，把猫给踢得远远的。

无故遭殃的猫，心中百思不解：“我这又是招谁惹谁啦？”

这时，斯坦德正好从猫身边走过，谨慎的猫为防止再被人踢，迅速抓了一下斯坦德就溜，可怜的斯坦德被猫抓破了腿。

处于情绪低潮当中的人们，容易迁怒周遭所有的人、事、物，这是自然而然的。情绪的控制，有待智慧的提升。很简单的三个字：“不迁怒！”几千年来，能做到的，又有几人？

困境中拯救世界

在幸运时不与他人同享的人，在灾难中绝对不会是个忠实的友人。

——伊索

在19世纪末英国的乡下，有个绅士带着他的孩子到溪边野餐。一不留神，孩子竟然掉到水流湍急的溪里，众人一时张皇失措，不知该如何是好。

这时，有个叫弗莱明的乡下小孩子，奋不顾身地跳进溪水中，三两下便将小孩子救了上来。

绅士十分感激弗莱明的英勇行为，当下便给弗莱明一个承诺，愿意负担他一生所有的学费。

30年后，弗莱明借着绅士供应的学费完成学业，在一所知名的大学中担任研究工作，负责进行有关细菌培养的医学实验。

当时一切科技都还在萌芽阶段，弗莱明负责的细菌培养工作，可说是十分的艰苦，时常因为细菌保存温度的控制不当，而让培养皿中的培养液发霉，培养液一旦发霉，就只有全部丢弃，实验需要重新再来一次。

每逢遇到这种情况，弗莱明的同事们总是满腹牢骚、怨天尤人。但弗莱明的态度则不一样，他不是将发霉的培养液一丢了事，而是不断地透过显微镜，观察已经发霉的培养液，想了解为什么发霉的培养液就不能再使用。

经过不断地研究，终于，弗莱明在显微镜下，清楚地看到，侵入培养皿的霉菌，正在不停地吞噬培养液中的细菌。弗莱明从中得到灵感，成功地在公元1929年，由一个个被实验室同事舍弃不要的培养皿中，提炼出可以对抗致命病菌的“青霉素”，也就是今天医学界倚赖颇深的“盘尼西林”。

不久，英国的首相丘吉尔不幸患上了当时足以致命的肺炎，群医束手无策。有人向他推荐，考虑用新药物“青霉素”，可能对他的致命肺炎有效。

但一向固执的丘吉尔不为所动，坚持不愿成为试验新药的白老鼠，直到丘吉尔了解，原来发明“青霉素”的学者是弗莱明，丘吉尔才同意：“如果是他，我愿意试试，毕竟，在我小时候，他曾救过我一命，我想，这一次，他应该不至于害死我才对。”

从挫折中找到拯救世人良药的弗莱明，再次救了丘吉尔一命；而丘吉尔在二次大战期间，领导欧洲盟军，成功地遏制了纳粹称霸世界的野心。弗莱明在困境中的努力，间接影响了全世界命运的转变，成果着实非凡。

生活就是这么有意思，人们在彼此的善良中得到好处，在互相的帮助中不断前进，在互相的支持中共同走向美好的明天。

迎接新生命

过于把幸运之事归功于自己的聪明和智谋的人，多数人的结局是不幸的。

——培根

在某个小村落，下了一场非常大的雨，洪水开始淹没全村，一位神父在教堂里祈祷，眼看洪水已经淹到他跪着的膝盖了。

突然，一个救生员驾着舢板来到教堂，对神父说：“神父，快！赶快上来！不然洪水会把你淹没的！”

神父说：“不！我要守着我的教堂，我深信上帝会救我的。你先去救别人好了，我有上帝与我同在！”

过了不久，洪水已经淹过神父的胸口了，神父只好勉强站在祭坛上。

这时，又一个警察开着快艇过来，跟神父说：“神父，快上来！不然你真的会被洪水淹死的！”

神父说：“不！我要守着我的教堂，我相信我的上帝一定会来救我。你还是先去救别人好了！”

又过了一会儿，洪水已经把教堂整个淹没了，神父只好紧紧抓着教堂顶端的十字架。

一架直升机缓缓飞过来，丢下绳梯之后，飞行员大叫：“神父，快！快上来！这是最后的机会了，我们不想看到洪水把你淹死！”

神父还是意志坚定地说：“不！我要守着我的教堂！上帝会来救我的！你赶快去救别人，上帝会与我同在的！”

洪水滚滚而来，固执的神父终于被淹死了……

神父上了天堂后，见到上帝，便很生气地质问：“主啊，我终生奉献自己，战战兢兢地侍奉您，为什么您不肯救我？”

上帝说：“我怎么不肯救你？第一次，我派了舢板去找你，你不要，我以为你担心舢板危险；第二次，又派了一艘快艇去，你还是不上船；第三次，我以国宾的礼仪待你，再派一架直升机去救你，结果你还是不愿意接受。所以，我以为，你是急着想要回到我的身边来，可以好好陪我。”

生命中太多的障碍及低潮，皆是由于过度的固执与愚昧的无知所造成。在别人伸出援手之际，别忘了，唯有我们自己也愿意伸出手来，人家才能够帮得上忙！放弃无谓的执著，伸出接受援助的手，是避免陷入困境的智慧选择！

突破恐惧的力量

许多成功的辉煌成就不是源自于他的自信，而是机遇和无奈，有时成功很偶然。

——洛克菲勒

在一个遥远的国度里，老国王眼看着小公主一天天地长大，寻思如何方能为公主挑选一位德才兼备的理想驸马。

终于，国王对全国发出公告，发布将为公主选婿的消息，要求国内符合年龄资格的精英才俊，在预定的日期、到达指定的地点，进行挑选驸马的活动。

所有自信的年轻人来到指定的地点，顿时就怔在当场。原来挑选驸马的场地，设在一个大水潭的潭边，水潭的中央，矗立着一个小岛，而老国王与公主，正端坐在小岛上。

吉时已到，老国王挥了挥手，立刻有一位皇家侍卫，大声宣布此次挑选驸马的方式。原来，老国王为了能为公主挑选一位集勇气与智慧于一身的理想夫婿，绞尽脑汁，想出了一个别开生面的选婿方法。

游戏规则十分简单，只要在场的驸马候选人当中，有谁能跳入潭中，率先游过潭水，到达小岛上公主的身边，第一位登上潭中小岛的年轻人，即可以娶貌似天仙的公主。

条件乍听之下，似乎非常简单。可是，当所有年轻人涌向潭边，正欲下手之际，突然有人惊叫出声，潭中竟然布满了一只只露出森森白牙的鳄鱼。

正当众人面面相觑，不知该如何是好之际，蓦然潭边传出“噗通！”的一声，居然有一位勇士跳入潭中。而饥饿的鳄鱼群，似乎从未遇过这么快速的游泳者，竟也被这位跃入水中的年轻人吓呆了，迟疑地不敢靠近他。

紧张的时间似乎过得飞快，才一眨眼，在鳄鱼们还没回过神来之前，这位年轻的勇士已登上了潭中的小岛。老国王欣喜若狂地站起身来迎接他，道：“太好了，我想问你，什么时候可以和公主成亲呢？”

这时，只见这位年轻人气急败坏地对老国王说道：“这些都不急着办，我要先搞清楚，到底是哪一个家伙把我踹进潭里的……”

生命中仇人与贵人的界定，似乎在这个故事中变得模糊；能将陷害我们的力量，转化成为协助自己成功的潜能。

鹅卵石

生活的意义寓于美和追求生活目标的力量，而且应当使生活的每一时辰都有崇高的目的。

——高尔基

在一次哲学课上，皮特教授在桌子上放了一个罐子，然后又从桌子下面拿出一些正好可以从罐口放进罐子里的鹅卵石。当皮特把石块放完后问他的学生道：“你们说这罐子是不是满的？”

“是！”所有的学生异口同声地回答。

“真的吗？”皮特又问。然后再从桌子下面拿出一袋碎石子，把碎石子从罐口倒下去，摇一摇，再加一些，再次问学生：“你们说，这罐子现在是不是满的？”

这回他的学生不敢回答得太快。最后有位学生怯生生地回答道：“也许没满。”

“很好！”皮特说完后，又从桌子下拿出一袋沙子，慢慢地倒进罐子里。倒完后，他又问班上的学生：“现在请你们告诉我，这个罐子是满的呢，还是没满？”

“没有满。”全班的学生这下学乖了，大家很有信心地回答。

“好极了！”皮特再一次称赞他的这些学生们，然后，又从桌子下拿出一大瓶水，把水倒在看起来已经被鹅卵石、小碎石、沙子填满了的罐子里。

学生们看到皮特这一系列的奇怪的举动，都感到有点莫名其妙，不知道他在干什么。

当把这些事都做完之后，皮特问他的学生：“你们从这件事中得到什么启示？”一阵沉默后，一个学生回答说：“无论我们的工作多忙，行程排得多满，如果挤一下的话，还是可以多做些事的。”

皮特听后点了点头，微笑着说：“不错，但这还不完全正确，另外，这不是我要告诉你们的信息。”

皮特停了一下，继续说道，“我想告诉大家最重要的信息是，如果你不先将大的‘鹅卵石’放进罐子里去，也许以后你就没机会把它们再放进去了。”

在你的生活中一定要找到主次、轻重，只一心想着把你的罐子塞满，结果却落下了生命中最重要的鹅卵石，等你发现的时候，一切已无法改变。

挨家走一走

在这个世界上，取得成功的人是那些努力寻找他们想要机会的人。

——肖伯纳

丹尼退伍后第一次涉及营销工作时，办公室里就有一个谁都讨厌的家伙。令丹尼感到奇怪的是，这个令人讨厌的家伙，居然因为销售业绩突出，受到的奖励最多。一些事情的本质并非表面所看到的那样，所以丹尼决定要了解他，解开这个谜。丹尼发现尽管同行忌妒，他在办公室里不受欢迎，但他的客户却很喜欢他。

后来，丹尼从他身上学到的东西，比从公司其他任何人身上学到的东西都要多。

一天，他说："丹尼，让我们出去，挨家走一走。"

丹尼回答说："办公室里有很多的事要做，没法出去开展新的业务。"

他问了丹尼一个问题："你在办公室里所做的一切，同开展新业务相比，哪个更重要？"丹尼不知该如何回答他，但自己就是不想出去，挨家挨户敲门。

他有些不耐烦了："你出去就会发现，有人需要我们的帮助，也愿意为此提供不错的报酬。你在办公室的工作，难道比这更重要吗？"

丹尼不得不承认，没有什么比发展新客户更为重要。

"那么我们出发！"随后，他们出了门。

丹尼无精打采地坐在前排右座上，活脱脱一个不情愿的乘客。他感觉自己像是一个人质，被强行带出了办公室。长期以来，丹尼一直喜欢制订计划，却不愿实施计划。

那个人让丹尼明白了一生中最重要的道理之一。

在行车途中，他给丹尼上了一课："丹尼，如果我给你1000美元，你会用它干什么？"

丹尼说："我会用来支付一些账单。"

"错。"他很快否定。

丹尼被刺伤了，说："好吧，如果你给我1000美元，我会用它去酒吧喝酒。"

他却不依不饶，还想知道得更多。

"说具体点，你会用它干什么？"他坚持要丹尼回答，丹尼一直回避着。

最后丹尼告诉他："雷诺飞行大赛几个月后就要举行了，我一直梦想着要去参加比赛。我以前去过雷诺这个地方，我很喜欢它，但我从未参加过那儿的飞行比赛。"

他觉得，这个想法听上去不错，并追问了丹尼一些周末赛事的细节。因为他一直对飞行比赛很感兴趣。

当他们到达那个街区时，车还没停稳，丹尼就跳下了车。

丹尼大步跑开来，挨家挨户地敲门。1个小时后，他带着灿烂的笑容跳回车上，手里拿着当晚约见客户的名单。11年以来，丹尼第一次参加了雷诺飞行比赛。他那天学到的东西，是他今后事业成功的关键，它超过了丹尼从公司培训课上学到的所有知识。

制定目标最后是为了实施，否则毫无价值可言。如果你有一个梦想，不妨问问自己我为什么不去做呢？

第十一篇

灿烂的阳光

化愤怒为动力

每一件不幸事件的背后，都相对隐藏着更大利益的种子，我们要领会上帝的安排。

——拿破仑·希尔

汽车大王亨利·福特曾提到，自己之所以能有如此成就，是缘于在一家餐厅发生的一件小事。

根据亨利·福特的描述，在他还是一个修车工人的时候，有一次刚领了薪水，兴致勃勃地到一家他一直十分向往的高级餐厅吃饭。却不料，年轻的亨利·福特在餐厅里呆坐了差不多十五分钟，居然没有半个服务生过来招呼他。

最后，还是餐厅中的一个服务生看到亨利·福特独自一人坐了那么久，才勉强走到桌边，问他是不是要点菜。

亨利·福特连忙点头说是，只见服务生不耐烦地将菜单粗鲁地丢到他的桌上。亨利·福特刚打开菜单，看了几行，耳边传来服务生用轻蔑的语气说道："菜单不用看得太详细，你只适合看右边的部分（意指价格），左边的部分（意指菜色），你就不必费神去看了！"

亨利·福特惊愕地抬起头来，目光正好迎接到服务生满是不屑的表情，当下使得亨利·福特非常生气。恼怒之余，不由自主地便想点最贵的大餐。但一转念之间，又想起口袋中那一点点可怜微薄的薪水，不得已，咬了咬牙，亨利·福特只点了一个汉堡。

服务生从鼻孔中“哼”了一声，傲慢地收回亨利·福特手中的菜单。口中虽然没有再说话，但脸上的表情却很清楚地让亨利·福特明白：“我就知道，你这穷小子，也只不过吃得起汉堡罢了！”

在服务生离去之后，亨利·福特并没有因为花钱受气而继续恼恨不休。他反倒冷静下来，仔细思考，为什么自己总是只能点自己吃得起的食物，而不能点自己真正想吃的大餐。

亨利·福特当下立志，要成为社会中顶尖的人物。从此之后，他开始朝梦想前进，由一个平凡的修车工人，逐步成为叱咤风云的汽车大王。

亨利·福特正是因为抓住激励自己的种子，来激励自己迈向成功！将每一次我们遭遇的不如意，当成更大利益的种子，埋入充满潜能的沃土中，成功将会指日可待！

凡事必有好处

生活中的所有事物都有其好的一面，也有其不利的一面，需要我们正确看待。

——拉塞尔

在很久很久以前，有一位国王非常信任他属下的一位充满智慧的大臣。这位智慧大臣的口头禅是：“很好，这件事会有帮助的！”

有一天，国王在擦拭宝剑时，不小心将自己左手的小指头割断了，智慧大臣闻讯赶到皇宫，见到国王正在包扎鲜血淋漓的左手。

智慧大臣的口头禅，这时又来了："很好，这件事会有帮助的！"国王的伤口正痛得厉害，闻言不由怒从心中起，登时下令，将智慧大臣关到牢里去。

几个月后，国王带着心腹大臣到森林里狩猎，国王着迷于追踪一只羚羊，无意间竟然穿越了国界，进入森林中食人族的地盘。

食人族将国王及随侍的心腹大臣全都抓了起来，见到国王服饰华丽，巫师便决定用国王来献祭。却不料，在祭坛上，巫师一声惊叫，发现国王左手少了一根小指头。

根据食人族的规矩，肢体不健全的人是不能用来献祭给祖先的。当下酋长大怒，将国王松绑，赶了出去，换国王身边的一位大臣献祭。

经历九死一生回到宫中的国王，想起了智慧大臣的话，连忙交代左右将他从牢里释放出来。国王深觉在他割断小指时，智慧大臣所说的话颇有道理，并为了这几个月的冤狱向智慧大臣道歉。

智慧大臣还是那句口头禅："很好，这件事会有帮助的！"

此时国王不以为然，辩称："你说我少了小指头会有帮助，到今天印证了，我当然愿意相信。但是我关了你这么久，让你受了这么多苦，难道对你也有帮助吗？"

智慧大臣笑着点点头："当然会有帮助！国王，您不妨想想看，今天若不是我在牢里，我一定会陪你去打猎，而此刻你回来了，会不会正好是我被留在食人族那里呢？"

《圣经》上面有句话说："凡事互相效力！"所有遇到的祸福之别，全在于您的一念之间。国王与智慧大臣，都可以是我们学习跨越生命低潮的对象。

积极的无限力量

正确的信念导致正确的行动，正确的行动导致成功，生活就是这么简单。

——奥里森·马登

拿破仑·希尔的小儿子在出生时，即没有双耳，也就是说，这个小孩子，终生将无法听到声音，因而也无法学习说话。而在70年前的美国社会，这样的小孩长大后，唯一的出路，就是成为乞丐，在路边仰赖别人的施舍。

拿破仑·希尔的太太为了这个孩子，终日泪流不停。但钻研成功学的拿破仑·希尔却不愿放弃，从婴儿在襁褓中开始，拿破仑·希尔夜以继日地在儿子的双耳位置（因为他没有耳朵）不断地激励他，告诉这个孩子，他是最棒的、是宇宙当中独一无二的，也不管这个孩子是否能够听得见，拿破仑·希尔不断地对这孩子输入正面积极的信念与讯息。

到了孩子3岁时，有一次，拿破仑·希尔无意间发现，孩子喜欢用牙齿轻轻咬着留声机的边缘，同时脸上露出极为陶醉投入的表情。拿破仑·希尔终于获得证据，这孩子可以借由耳骨传递声音的方式，来听到外界的声音。也就是说，拿破仑·希尔不断在他耳骨旁输入的那些正面的讯息，能够有效地让他听到。

从此以后，拿破仑·希尔要求全家人，不要再将这个孩子当作残障者看待，而用一切对待正常人的态度来与他相处。连这个孩子上小学时，拿破仑·希尔也独排众议，不让他进入特殊教育班级，坚持让他与一般的小朋友共同学习。

虽然拿破仑·希尔的一意孤行，的确造成这个孩子在学习上的极大困难。但拿破仑·希尔用他的耐心克服了孩子学习上的障碍，他每天用加倍的时间，来帮助孩子复习功课，终于使得孩子顺利地升上大学。

在大学中的岁月，是孩子一生中的最大转折点。由于一次试戴新型助听器的经验，这个孩子第一次听到清楚的声音。再加上父亲拿破仑·希尔从小到大不断地鼓励，这个孩子勇敢地去找生产助听器的厂商，要求合作及改良助听器的品质，并成为那家助听器厂商的代理人，从而帮助无数失聪的人们得以重新获得聆听的能力。

不断地输入正面积极讯息的力量，可以改变所有人们认为“不可能”的事物，伟大的拿破仑·希尔，证明了这一点。你，是否也相信呢？

从小事改变自我

要赢得光荣名誉，须经过崎岖小径，爬上那座通向不朽声名的峭壁上去！

——维加

一大群人聚在一起闲聊，其中一名中年人无意间提到，一双劣质的袜子改变了他的一生，众人皆不相信，于是这个中年人便娓娓道来。

在中年人还年轻的时候，有一次和朋友相约，打算去远地旅行。出发前几天，他却因为伐木时不小心，弄伤了脚。

当时脚上的伤口很小，他也不以为意，随便敷了药，便不去管它。没想到，他所穿的那双劣质袜子上，深色的染料具有某种毒性，污染了他脚上的小伤口，造成严重的发炎。

眼看脚上的伤口令他的脚肿得有两倍大，不得已，只好取消和朋友一起去进行的计划。正好当时有一位著名的演说家，来到他所居住的镇上，闲在家中无聊的他，也就撑着拐杖，去听听那位演说家的演讲。

一场演讲下来，演说家所说的内容，深深地打动了他的心，让他觉得必须改变自己的生活，甚至决定继续求学，为将来做好准备。

从那一天开始，因为袜子引起脚伤发炎的这个男子，在一切事情上都加倍努力，不再虚度时日，他的人生也因此有了极大的转变。

他的名字叫做詹姆斯·加菲尔德，最后成为法国总统。

用我们凡人的智慧，去看待上天的计划，的确有着以管窥天之憾。一次机会的错失，往往正是一个更大成就的开始。我们永远无法知道上天在我们身上的计划是什么，除非我们自己先准备好。唯有你真正愿意调整自己的步调，改变自己的人生，新的机会才会在你的面前展开；也唯有当你一切准备就绪，方能适时抓住机会，协助自己脱离低潮的困扰。

寻找这里的习惯

帮助他人也就是帮助自己，世间的一切都是相辅相成的。

——爱默生

那时，利特挺年轻，有一回利特停车在佛蒙特州南部的森林里，一位附近的农夫倒车时不小心将利特的汽车撞瘪了一块，而利特并不在场。当利特前往取车时，发现车窗上贴着一张纸条，上面工工整整地写着一行字："我们等着您。"下面是一个电话号码。

后来利特是如何在农夫家的饭厅里同他相见，并交换各自汽车投保情况的情节，利特已想不起来了，但利特清楚地记得，当利特就农夫主动承担责任的精神表示感谢时，他平淡地回答说："这是我们做事的习惯。"他的妻子则微笑着在旁用围裙擦干手，附和着丈夫的话。

许多年过去了，可利特始终记得这场面、这句话。这对正直、体贴人的农家夫妇生活得好吗？利特决定再次拜访他们的农舍。

带着自家烘制的馅饼，驾驶着汽车朝佛蒙特州的南部驶去。一路上利特使劲地搜索着记忆中的小屋。停下车，利特向路人描绘着记忆中的农场——低矮的苹果林边有一个石头砌成的谷仓，大片的向日葵地，屋前的花坛里种着太阳花、瓜叶菊和毛地黄。路人笑着对利特说："我们这个州有三分之一的地方类似这样，先生，除非你能说出姓名。”可利特说不出。

“许多人都会这样干的。真是，这是我们做事的习惯。”一个老妇人听利特复述往事后这样说。

几个小时后，利特把车开进了野餐区，这是一个有清澈小溪、种植着大片菠萝的美丽地方。可利特正为此次重返旧地一无所获而心情不佳。

“对不起，先生，我打搅你一下。”一对陌生人过来，他们正为自己的车钥匙被锁进了汽车而不知所措。

“我可以替他们打电话请来锁匠？或许让他们搭我的车回城……”利特想。

于是利特请他们上了利特的车向城里开去。一路上，那位夫人向利特介绍说，她丈夫是个植物学家，他们正一路旅行去北方收集蕨类植物。

他们终于把锁匠从城里带回了野餐营地。锁匠工作时，他们夫妇和利特则在露天餐桌边坐下共同分享利特带的馅饼。植物学家兴奋地说：“你真好，您真肯帮忙。”利特笑着回答：“这是我们做事的习惯。”接着就把当年的故事告诉了他们，并倾诉了寻找无着的懊恼。

此刻，他的夫人甜甜地插上一句：“寻找？您已经寻找到了这里的‘习惯’。”

利特寻找的人不见了，但他却已寻找到了他要找的东西。农夫互相友爱的精神不是已传播到了他身上了吗？因为利特失去的，竟已是利特的所有。

让孩子自己走

把每一项挑战都看成机会，把每一种成就都看成是人类不屈服的创造性的象征。

——梭罗

安丽斯在芬兰的住所前后都是树林，却有不同的风景。

前面，一片平地，上有两架秋千，一间小屋，几条凳子和一个大棚，棚内地上铺满沙子。

一天，两个4岁模样的孩子拖着船形的滑雪板，上面放有小书包、靠垫、小铁铲和小畚箕等，踩着齐胯深的厚雪，连跌带爬地推开小屋的门，进去了，门关上了。好半天好半天，不见出来，她好奇，又着急，室外是－10℃啊！维德说："不用急，他们肯定玩得正欢呢。"时间一长，她发现凡有民居的地方，都有这些器具，专为孩子们准备的。凳子是休息的，秋千是练胆量的，木棚是供孩子们在大雪覆盖时照样有一块沙地可以活动。小屋内有小桌子、小凳子，板壁上有各式各样的儿童画，是孩子们活动的小天地。活动的内容，全由孩子们自己决定。活动结束，他们也许讲给大人听；如若不讲，大人绝不去问；如果父母陪同来，只能在门外等候，也不许偷看，不然就是不尊重人，也算侵犯隐私权。

后面，一个土丘，满是松柏，覆盖着厚厚的雪。下了土丘不远，是一所九年制的学校。学生们往返于学校、家庭，宁可"翻山越岭"，也不愿走平地绕圈子。这对大孩子来说，困难不大，况且他们中有人还带着滑雪工具，伺机便滑一程；而对那些低年级的孩子们来说，困难就大得多了。这些孩子们背着那大而沉的双肩包，足以遮挡住他们的上身。没有大人接送，全凭他们那穿着连衣皮靴的小脚，插进齐股深的厚雪，又拔出来，再插再拔，慢慢地向前挪动。有的脚拔不出来，想用手撑一下帮忙，结果手也插进去了，人便趴在雪被上。这时他们不叫不哭，不企求别人帮一把，安丽斯见过多次，孩子走路跌倒了，或者陷在雪地里了，大人就站在旁边看，不吭声，不指点，硬等孩子爬起来。一次去滑雪场，见一男子后面跟着一个小孩，最多5岁。不一会儿，孩子就陷进雪里动弹不得了。那男子只管向前走。安丽斯大步上前，想抱起孩子。男子觉察了，摇手阻止安丽斯，咕噜了几句，继续向前走去。孩子不哭，不急，只是努力地拔出小脚，但没站稳，便顺着坡势滑向人行道；爬起后，又走上雪坡，追赶那位男子。

挪威一个小儿科研究中心的医生说，北欧四国对孩子跌倒的态度是：丹麦，父母立刻哄而安慰；瑞典，父母马上研究如何预防此类事件再发生；挪威，父母叫孩子站起来，不要哭；芬兰，父母不骂，不安慰，由孩子自己爬起来。陪安丽斯去滑雪场的凯昂告诉她：那男子的“咕噜”，是说“孩子的路由孩子自己走。”

教育是对父母心智的锻炼，孩子的每一步成长都需要父母智慧的参与。溺爱的双亲应该记住：孩子通常不需要娇美，他们要能尽职负责，过度的溺爱与娇美等结果是侮辱。

一言既出

贪婪使最美丽的颜色失去光彩，使最善良的人迷失方向。

——爱默生

到纽约，不去看看闻名世界的自然历史博物馆，将会是件憾事。这间由100多个基金会，200多家大公司及50多万会员鼎力支持的民营机构，收藏了数十万件价值连城的物品，实在值得一看再看。

摩根第一次去参观时，刚好在一楼的摩根纪念馆欣赏闪光晶亮的各种宝石：忽然，一位男导游迅速脱下夹克，盖在一块数百公斤重的大石头的一个缺口上，再将带来的游客叫到跟前："你们看着，这只是一块普通石头吧！这位女士请你过来一下！"这位游客走到前面，导游员将夹克像变魔术似地拿开，那女士伸头望了一下不禁大声叫了起来。

随着这一声惊叫，摩根和其他游客涌上前去，看个究竟。原来里面竟然是耀眼闪光的紫水晶。导游说话了："这块石头有个动人的故事。它原本是弃置在一个佛罗里达人家的后院里。有一天，主人因石头有碍观瞻，就叫人来把它搬走。谁知就在搬上卡车时，工人一时失手，石头掉在地上，碰裂了一个口，大家就像你们刚才一样，都叫了起来，因为这并不是一块普通石头，而是一块紫水晶。主人知道真相后，平静地说："这块石头，我本来就是要丢掉的。现在虽然发现它是宝物，想必是上帝的旨意，我一言既出，绝不反悔。我决定不占为已有，而将它送给博物馆，让更多的人来欣赏。”

导游员讲完故事后，全场肃静无声。

人如果陷入野心与贪婪的沟壑，深不见底，就难以再爬出来，就会沦为物欲的囚徒，失去快乐、自由、平和的心境即使拥有很多财富，也一样不快乐，快乐与财富不是成正比的。

兄弟的帮助

一个人的力量总是有限的，外力作为一种辅助力不可或缺。

——吕西蒙

早在15世纪，纽伦堡附近的一个小村子里住着一户人家，家里有18个孩子。18个孩子！光是为了糊口，一家之主、当金匠的父亲几乎每天都要干上18个小时——或者在他的作坊，或者替他的邻居打零工。

尽管家境如此困苦，但家中年长的俩兄弟都梦想当艺术家。不过他们很清楚，父亲在经济上绝无能力把他们中的任何一人送到纽伦堡的学院去学习。

经过夜间床头无数次的私议之后，他们最后议定掷硬币——失败者要到附近下矿四年，用他的收入供给到纽伦堡上学的兄弟；而胜者则在纽伦堡就学四年，然后用他出卖作品的收入支持他的兄弟上学，如果必要的话，也得下矿挣钱。

在一个星期天做完礼拜后，他们掷了钱币。弟弟阿尔勃雷喜特·迪奥勒赢了，他离家到纽伦堡上学，而艾伯特则下到危险的矿井，以便在今后四年资助他的兄弟。

阿尔勃雷喜特在学院很快引起人们的关注，他的铜版画、木刻、油画远远超过了他的教授的成就。在毕业的时候，他的润笔费已经相当可观。

当年轻的画家回到他的村子时，全家人在他们的草坪上祝贺他衣锦还乡。吃完饭，阿尔勃雷喜特从桌首荣誉席上起身向他亲爱的兄弟敬酒，因为他多年来的牺牲使阿尔勃雷喜特得以实现自己的志向。

“现在，艾伯特，我受到祝福的兄弟，应该倒过来了，你可以去纽伦堡实现你的梦，而我应该照顾你。”阿尔勃雷喜特以这句话结束他的祝酒词。

大家都把期盼的目光转向餐桌的远端，艾伯特坐在那里，泪水从他苍白的脸颊流下，他连连摇着低下去的头，呜咽着再三重复：“不……不……不……”

最后，艾伯特起身擦干脸上的泪水，低头瞥了瞥长桌前那些他挚爱的面孔，把手举到额前，柔声地说：“不，兄弟，我不能去纽伦堡了。这对我来说已经太迟了。看……看一看四年来的矿工生活使的手发生了多大变化！每根指骨都至少遭到一次骨折，而且近来我的右手被关节炎折磨得甚至不能握住酒杯来回敬你的祝词，更不要说用笔、用画刷在羊皮纸或者画布上画出精致的线条。不，兄弟……对我来讲这太迟了。”

当你工作取得佳绩时，不要自认为那是一己的功劳，想想当初有谁为你做过什么，那才是明智之举。没有人——永远也不会有人能独自取得成功。

捕鼠记

生活中，我们时常需要对一些小事装糊涂，不要太认真。

——马克·吐温

因为油漆房屋，布莱克到附近一家很清静的小旅馆去避居几日。布莱克带的行李只是一个装着两双袜子的雪茄烟盒，另有一份旧报纸包着一瓶酒，以备不时之需。

午夜左右，忽然听到浴室中有一种奇怪的声音。过了一会儿，出来了一只小老鼠，它跳上镜台，嗅嗅布莱克带来的那些东西。然后又跳下地，在地板上做了些怪异的两手体操。后来它又跑回浴室，不知忙些什么，终夜不停。

第二天早晨，布莱克对打扫房间的女侍说：“我房间里有老鼠，胆子很大，吵了我一夜。

女侍说：“这旅馆里没有老鼠。这是头等旅馆，而且所有的房间都刚刚油漆过。”

布莱克下楼时对电梯司机说：“你们的女侍倒真会狡辩。我告诉她说昨天晚上有只老鼠吵我一夜。她说那是我的幻觉。”

电梯司机说：“她说得对。这里绝对没有老鼠！”

布莱克的话一定被他们传开了。服务员和门口看门的在他走过时都用怪异的眼光看他：此人只带两双袜子和一瓶酒来住旅馆，偏又在绝对不会有老鼠的旅馆里看见了老鼠！无疑，布莱克的行为替他博得了近乎荒诞的评语，那种习惯任性的孩子或是孤傲固执的老人所常得到的评语。

第二天晚上，那只小老鼠又出来了，照旧跳来跳去，活动一番。

布莱克决定采取行动。

第三天早晨，布莱克到店里买了只老鼠笼和一小包咸肉，布莱克把这两件东西包好，偷偷带进旅馆，不让值班的员工看见。

翌日布莱克起床时，看到老鼠在笼里，既是活的，又没有受罪。布莱克不准备对任何人说什么。只打算把它连笼子提到楼下：放在柜台上，证明他不是无中生有地瞎说。

但在布莱克准备走出房间时，忽然想到：我这样做，岂不是太无聊，而且很讨厌？

是的，布莱克所要做的是爽爽快快地证明这个所谓绝对没有老鼠的旅馆里确实有只老鼠，从而一举消灭他以雪茄烟盒装两双袜子、外带一瓶酒（现在只剩空瓶了）来住旅馆而博得怪人行径的不光彩。但布莱克又觉得这样做，是自贬身价，使他成为一个不惜以任何手段证明他不是一个器量窄狭、迂腐无聊的人。

布莱克赶快轻轻走回房间，把老鼠放出，让它从窗外宽阔的窗台跑到邻屋的屋顶上去。

半小时后，布莱克下楼退掉房间，离开旅馆，出门时把空老鼠笼递给侍者。厅中的人都对布莱克点了点头，看着他推门而去。

对于自己明显的胜利，我们不必再对失败者予以羞辱和惩罚，为什么我们不能多一些宽容，给他们留一个有尊严的结局？你会在赢得尊敬的同时，也赢得感激。

快乐的酬劳

我们该把我们的工作视为我们主要赚来的自由自在，而不是那些金钱。

——罗斯福

退休了的拉奇奥在乡间买下一座宅院，打算安度晚年。不幸的是，在这宅院的庭院里，有一株果实累累的大苹果树。邻近的顽童，几乎是日以继夜地来拜访这株苹果树，顺手带来的礼物则不外乎是石头或棍棒。

想安静的拉奇奥，常在玻璃被击破，或不堪喧闹之扰时，走到庭院中驱赶树上或园中的顽童，而顽童回报拉奇奥的，则是无数的嘲弄及辱骂。

拉奇奥在不堪其扰之余，想出一着妙计。

有一天，当他如往常一样，面对满园的顽童时，他告诉孩子们，从明天起，他欢迎顽童们来玩，同时在他们要离去前，还可以到屋子里向拉奇奥领取1美元的零用钱。

孩子们大乐，如往常一样地砸苹果，戏弄拉奇奥，又多了一笔小小的零用钱收入，天天来园中玩得乐不思蜀。

一个星期过去后，拉奇奥告诉孩子们，以后每天只有0.5美元的零用钱，顽童们虽然有些不悦，但仍能接受，还是每天都来玩耍。

又过了一个星期，拉奇奥将零用钱改成每天只有0.1美元钱。

孩子们愤愤不平，群起抗议：“哪有这种工作，钱越领越少，我们不干了，以后再也不来了。”

从此拉奇奥的庭院恢复了往日的幽静，苹果树依然果实累累，不再遭受摧残。

或许不只小孩子是这样，在我们的工作中也常常发生这种事，因为金钱的缘故，而使我们原来热爱的工作失去了魅力。

恐怖实验

记住，最具深远意义的是：你唯一能完全控制的是你自己的心态。

——希尔

弗洛姆是美国一位著名的心理学家。有一天，几个学生来向他请教：心态对一个人会产生什么样的影响。他微微一笑，什么也没说，就把他们带到一间黑暗的房子里。

在他的引导下，几个学生很快就穿过了这间伸手不见五指的神秘房间。接着，弗洛姆打开房间里的一盏灯，在这昏黄的灯光下，学生们才看清楚房间的所有布置，这一看全都睁大了眼睛，出了一身冷汗，个个目瞪口呆。

原来，这间房子的地面就是一个很深很大的水池，池子里蠕动着各种毒蛇，包括一条大蟒蛇和三条眼镜蛇，有好几只毒蛇正高高地昂着头，朝他们“滋滋”地吐着芯子。

弗洛姆看着他们，问：“现在，你们还愿意再次走过这座桥吗？”大家你看看我，我看看你，都不作声。

过了片刻，终于有3个学生犹犹豫豫地站了出来。一踏上去就战战兢兢，如临大敌。

“啪”弗洛姆又打开了房内另外几盏灯，学生们揉揉眼睛再仔细看，才发现在小木桥的下方装着一道安全网。

弗洛姆大声地问：“你们当中还有谁愿意现在就通过这座小桥？”

学生们没有作声。

“你们为什么不愿意呢？”弗洛姆问道。

“这张安全网的质量可靠吗？”学生心有余悸地反问。

弗洛姆笑了：“我可以解答你们的疑问了，这座桥本来不难走，可是桥下的毒蛇对你们造成了心理威慑，于是，你们就失去了平静的心态，乱了方寸，慌了手脚，表现出各种程度的胆怯。”

拥有良好的心态是成功的基础。最大的敌人是你自己，不要为自己增添人为的困难。只有放松心态，一如既往，才能到达成功的彼岸。

不及格的背后

世界上使社会变得伟大的人，正是那些有勇气在生活中尝试和解决人生新问题的人！

——泰戈尔

坎贝尔教授曾把毕业班的一个学生的成绩打了个不及格，这个打击实在很大。因为那个学生早已做好毕业后的各种计划，现在不得不取消，真的很难堪。他只有两条路可走：第一是重修，下年度毕业时才拿到学位。第二是不要学位，一走了之。

在知道自己不及格时，他一定很失望，甚至对坎贝尔教授不满。

正如坎贝尔教授所料，这位学生真的理论来了。坎贝尔说他的成绩太差以后，这位学生自己也承认对这一科下的功夫不够。

“但是，”他继续说，“我过去的成绩都在中等水平以上，你能不能通融一下，重新考虑呢？”坎贝尔明确表示办不到，因为这个成绩是经过多次评估才决定出来的。坎贝尔又提醒他，学籍法禁止教授以任何理由更改已经送交教务处的成绩单，除非这个错误确实是由教授造成的。

知道真的不能改以后，这位学生显然很生气。

“教授，”他说，“我可以随便举出本市50个没有修过这门课照样成功的人。你这科有什么了不起？干吗让我因为这一科就拿不到学位？”

他发泄完了以后，坎贝尔静默了大约45秒钟。他知道避免吵架的好方法就是暂停一下。

然后，坎贝尔才对这位学生说："你说的大部分都很对，确实有许多知名人物几乎不知道这一科的内容。你将来很可能不用这门知识就获得成功，你也可能一辈子都用不到这门课的知识，但是你对这门课的态度却对你大有影响。"

"你是什么意思？"他反问道。

坎贝尔回答他说："我能不能给你一个建议呢？我知道你相当失望，我了解你的感觉，我也不会怪你。但是请你用积极的态度来面对这件事吧。这一课非常非常重要，如果不由衷培养积极的心态，根本做不成任何事。请你记住这个教训，5年以后就会知道，它是使你收获最大的一个教训。"

几天以后，坎贝尔知道这位学生又去重修时，真的非常高兴。这一次他的成绩非常优异。过了不久，他特地向坎贝尔致谢，让坎贝尔知道他非常感激以前那场争论。

"这次不及格真的使我受益无穷。"他说，"看起来可能有点奇怪，我甚至庆幸那次没有通过。"

考试不及格可以重修，可是我们有遗憾的人生却不能弥补重来，你该做的只能是微笑面对，坦然接受，一直往前看，不要和自己作对。

暴牙并不是罪过

我们必须有恒心，尤其要有自信力！我们必须相信我们的天赋是要用来做某种事情的，无论代价多么大，这种事情必须做到。

——居里夫人

著名歌星凯斯·黛莉从小时候起就有一个不为人知的梦想：她想成为像芭芭拉·史翠珊那样有名的歌手。

黛莉从未向人透露过这个梦想。她只是在没有人的时候放开嗓子歌唱。原因其实很简单：她长着一张难看的阔嘴和一口奇怪的暴牙。

黛莉一直对自己的暴牙耿耿于怀。到高中毕业聚会时，因为每个人都得表演节目，她便选择了唱歌。她穿着母亲的白色小礼裙，紧张地站在舞台中央。音乐响起，她开始和着唱。她一直很在意自己的牙齿，为了使它不影响自己的魅力，她一直想办法把上唇向下撤，以此来掩饰她暴出的门牙。像这样唱歌当然十分别扭，她唱得心不在焉，声音变得扭扭捏捏，甚至连好几段歌词都给忘到了脑后。

同学们看到她奇怪的样子，忍不住哄堂大笑。这是黛莉第一次公开演唱，却得到这种结果，她沮丧万分。

这时，音乐老师史密斯夫人来到她身旁，很诚恳地说："凯斯，其实你的嗓子很棒，完全可以唱得更好。但你唱歌时，好像在试图掩饰什么，你不太喜欢自己那口牙齿吧？"

黛莉被说中了心事，羞得满脸通红。

史密斯夫人又直率地说："这又有什么关系呢？暴牙并不是什么罪过，你为什么要拼命地掩饰呢？张开你的嘴巴吧！只要你自己不引以为耻，观众也一定会喜欢你的。说不定，这口牙齿还能给你带来好运气呢！"

黛莉接受了老师的建议。她开始大胆地在各种公共场合演唱。她不再去想自己的暴牙，只是张开嘴，尽情地放声歌唱。几年后，黛莉成了顶尖的歌星，有很多人还想刻意模仿她呢！

金无足赤，人无完人，每个人都有这样或那样的不完美。既然如此，掩饰这本该正常的缺陷是最愚蠢的行为！而最聪明的做法则是宽容地对待自己的缺陷，自信地发挥自己的优点。

请闭上你的嘴

真正的雄辩在于说应当说的，且只说应当说的。

——拉罗什富科

圣菲利普是16世纪深受爱戴的罗马牧师，富人和穷人追随着他，贵族和平民也都喜欢他，这一切都是因为他的善解人意。

有一次，一位年轻的女孩来到圣菲利普面前倾诉自己的苦恼。圣菲利普明白了女孩的缺点，其实她心地倒不坏，只是她常常说三道四，喜欢说些无聊的闲话。这些闲话传出去后就会给别人造成许多伤害。

圣菲利普说："你不应该谈论他人的缺点，我知道你也为此苦恼，现在我命令你要为此赎罪。你到市场上买一只母鸡，走出城镇后，沿路拔下鸡毛并四处散布。你要一刻不停地拔，直到拔完为止。你做完之后就回到这里告诉我。"

女孩觉得这是非常奇怪的赎罪方式，但为了消除自己的烦恼，她没有任何异议。她买了鸡，走出城镇，并遵照吩咐拔下鸡毛。然后她回去找圣菲利普，告诉他自己按照他说的做了一切。

圣菲利普说："你已完成了赎罪的第一部分，现在要进行第二部分。你必须回到你来的路上，捡起所有的鸡毛。"

女孩为难地说："这怎么可能呢？在这个时候，风已经把它们吹得到处都是了。也许我可以捡回一些，但是我不可能捡回所有的鸡毛。"

"没错，我的孩子。那些你脱口而出的愚蠢话语不也是如此吗？你不也常常从口中吐出一些愚蠢的谣言吗？然后它们不也是散落路途，口耳相传到各处吗？你有可能跟在它们后面，在你想收回的时候就收回吗？"

女孩说："不能，神父。"

"那么，当你想说些别人的闲话时，请闭上你的嘴，不要让这些邪恶的羽毛散落路旁。"

覆水难收就是这个道理。在生活中不要随便评论别人的长短，在工作中更应该多做事少说话，说出去的话如同洒出去的水是收不回来的，伤害了别人痛苦了自己，何苦而为之？

不同价格的忠告

智慧有三果：一是思考周到，二是语言得当，三是行为公正。

——德谟克利特

很久很久以前，在西班牙的某城有一个叫约翰的人，他以卖忠告为职业。有一天，一个商人知道后，就专程到他那里去买忠告。约翰问商人，要什么价格的忠告，因为忠告是按价格的不同而定的。商人说：“就买一个1美元的忠告吧！”他收起钱，说道：“朋友，如果有人宴请你，你又不知道有几道菜，那么，第一道菜一上，你就吃个饱。”

商人觉得这个忠告不怎么样，于是又付了两倍钱，说要一个值2美元的忠告。约翰就说了这么一个忠告：“当你生气的时候，事情没有考虑成熟，就不要蛮干。不了解事实的真相，千万不要动怒。”

像上次一样，商人觉得这个忠告也不值那么多钱。于是又要一个值100美元的忠告。

约翰对他说：“如果你要想坐下，一定得找一个谁也撵不走你的地方。”

商人还是觉得这个忠告不理想，又要一个价值110美元的忠告。约翰就对他说：“当人家没有征求你的意见时，你千万不要发表议论。”

商人感到，这样下去会弄得身无分文。于是决定不买任何忠告了。他把已买来的这些忠告一一铭刻在心头，就走了。

有一次，商人让怀孕的妻子留在家中，自己到外地经商去了。一连20年都没有回家乡。妻子一直没有得到丈夫的消息，以为他亡命他乡了，感到万分悲痛。她在儿子身上倾注了自己全部的爱。

终于有一天，已经发了财的商人，拍卖了他的全部商品，回家来了。他没有对任何人吭一声，就直接来到自己的家并闪身躲进一个难以被人察觉的地方，窥视着屋里的动静。

黄昏时候，儿子来了，妈妈亲切地问道："亲爱的，告诉我，你从哪儿来？"

商人听到自己的妻子这么亲昵地对那个年轻人说话，不由心里产生了一种恶念，恨不得当场杀了他俩。但是突然想起那个用2美元买的忠告，没有动火。

天黑了，屋里两人在桌旁坐下用餐。商人看到这一情景，又想杀他们。但那个忠告又在耳边响起，使他克制了自己。

夜深了，母子俩准备入寝。商人恶念又起，幸亏约翰的意见使他没有下手。

熄灯之前，母亲哭泣着对儿子说："唉！儿呀。听说，有一条船刚刚从你爸爸那里来。明儿一早，你就去打听一下，或许还能打听到他的消息。"

听到这番话，商人不由想起，他离家的时候，妻子已经怀孕了，原来那个年轻人，就是他的儿子。他高兴地不知怎么是好，更觉得买的忠告实在有用，因为有了它，才没有动火。仅仅2美元的忠告，就这样可贵！

当局者迷，旁观者清。不要拒绝他人的意见，虽然未必全盘接受，未必行之有效，但至少能让我们多一双眼睛看事物，三思而后行，会少很多遗憾和悔意。

绝妙的合作

如果说只有以爱情为基础的婚姻才是合乎道德的，那么也只有继续保持爱情的婚姻才是合乎道德的。

——恩格斯

凯米特和妻子结婚已经20多年了，显得很幸福。他们都学会了在生活中彼此做一些必要的让步，并且两人的性格都很腼腆。从事写作的凯米特一直保持着有限的知名度。但对他来说，这已经足够了。如果想沾点“畅销作家”的光彩，他就得在各种仪式上抛头露面。对于这些，他总是一概谢绝。朋友们爱说他过分谦虚，究其实，是缺少勇气。

对凯米特来说，回家的第一件事是拥抱一下妻子，亲亲她的前额，说一句几乎总是一成不变的话：“亲爱的，我希望我不在家时你没有过于烦闷，是吧？……”

得到的差不多总是同样的回答：“没有。家里有这么多事情要做呐。但看到你回来，我还是很高兴的……”

凯米特太太负责在打字机上打印丈夫定期在《里昂晚报》上发表的短篇小说。然后用稿纸誊清，封装好，寄出去。这份微不足道的工作足以使她想到自己是丈夫的一个合作者。

可是，凯米特太太万万没有想到，一个刚刚离婚的女人最近居然把凯米特弄得昏头昏脑。她叫奥尔嘉，人长得漂亮，有着一般“女光棍”的“不知廉耻”的劲头，把凯米特降服了。有一天，就像跟他要一件新奇首饰一样，她要求跟他结婚。

凯米特必须先离婚。“噢，这件事应该容易办到。结婚已经整整23年，大概妻子不再爱我了，分开可能不会痛苦。”想法不错。可是一个性格腼腆的丈夫该怎样摊牌呢？

凯米特想出了一个新鲜法子。他编了一个故事，把自己与太太的现实处境转托成两个虚构人物的历史。为了能被妻子领悟，他还着意引用了他们夫妇间以往生活中若干特有的细节。在故事结尾，他让那对夫妻离了婚，并特意说明，既然妻子对丈夫已经没有了爱情，就一滴眼泪也没有流地走开了，以后隐居南方的森林小屋，有足够的收入，悠闲自得地消磨幸福的时光……

他把这份手稿交给妻子打印时，心里不免有些不安。晚上回到家里时，心里嘀咕妻子会怎样接待他。“亲爱的，我希望我不在家时你没有过于烦闷，是吧？”话里带着几分犹豫。

她却像平常一样安详：“没有。家里有这么多事情要做呐。但看到你回来，我还是很高兴的……”

难道她没有看懂？凯米特猜测，兴许她把打印的事安排到了明天。然而，一询问，故事已经打印好，并经仔细校对后寄往《里昂晚报》编辑部了。

她为什么不吭声？她的沉默不可理解！“显然，她是个性格内向的人，可是她该看得懂的……”

故事在报上发表后，凯米特才算打开了闷葫芦。原来，妻子把故事的结局改了：既然丈夫提出了这个要求，夫妻俩还是离了婚。可是，那位在结婚23年之后依然保持着自己纯真的爱情的妻子，却在前往南方的森林小屋途中抑郁而死了。

这就是回答！

凯米特震惊了，忏悔了。当天就和那个不知底细的女人来了个一刀两断。但是，如同妻子不向他说明曾经同他进行过一次未经相商的合作一样，他永远没有向她承认自己看过她的新结论。

“亲爱的，我希望我不在家时你没有过于烦闷，是吧？”凯米特回到家里时问道，不过比往常更加温柔。

“没有。家里有这么多事情要做呐。但看到你回来，我还是很高兴的。”妻子一面回答，一面向他伸出手臂。

无论做什么事情，不到最后时刻，不要轻易放弃应做的努力。这不是我们不愿意接受残酷的现实，而是我们不甘命运的安排。对待婚姻如此，其它事亦如此。

第十二篇

追随梦想

购买时光

时间是一切财富中最宝贵的财富，没有一种宝物可与时间相比。

——德奥弗拉斯多

在富兰克林报社前面的商店里，一位犹豫了将近一个小时的男子终于向店员开口问道："这本书多少钱？"

"1美元。"店员回答。

"1美元！"这人又问，"你能不能少要点？"

"它的价格就是1美元。"没有别的回答。

这位男子又看了一会儿，然后问："富兰克林先生在吗？"

"在，"店员回答，"他在印刷室忙着呢。"

"那好，我要见见他。"这个人坚持一定要见富兰克林。

于是富兰克林就被找了出来。

这个人问道："富兰克林先生，这本书你能出的最低价格是多少？"

"1美元25分。"富兰克林不假思索地回答。

"1美元25分？你的店员刚才还说1美元呢！"

"这没错，"富兰克林说，"但是，我情愿倒给你1美元也不愿意离开我的工作。"

这位男子惊异了。他心想，算了，结束这场由自己引起的争论吧。他说："好，这样，你说这本书最少要多少钱吧？""1美元50分。"

"怎么又变成1美元50分？你刚才还说1美元25分吗？"

"对。"富兰克林平静地说，"我现在能出的最好价钱就是1美元50分。"

这位男子默默地把钱放到柜台上，拿起书出去了。这位著名的发明家和外交家给他上了终身难忘的一课：时间就是金钱。

我们唯一的财富，就是我们拥有一生的时光，生命是一个渐渐消失的量化指标，每一次报晓的雄鸡长鸣，我们的财富就又减少了一点。许多人不成功，是因为他本身就是一个"浪费时间因素"。

中学的作业

无论再小的事都能看出一个人的品质，成功者永远不放弃做好身边的小事。

——韦提尔

毕业20年了，杰夫和他以前的高中同学组织了一场联谊会。

在联谊会上，大家把一直还住在德斯小镇的原班主任用专车接了来。老人已年过古稀，头发全白了，手脚都已不便。同学们依照原来教室的模样布置了聚会的场合，要求各位同学按20年前的座次坐好，并给老师布置了讲台，将老师请到讲台前。

轮到同学座谈了。杰夫和同学在讲话中都先感谢老师的栽培。

班主任听了也不说话，直到临结束，站了起来，说："今天我来收作业了。有谁还记得毕业前的最后一课吗？"

杰夫还记得那天是个晴天，班主任把大家带到操场上，说："这是最后一课了。我布置一个作业，说易不易，说难不难。请大家绕这500米操场跑两圈，并记下跑的时间、速度以及感受。"说完便走了。

20年后老师说话了："我离开操场后，在教室走廊上观看了同学们的完成情况。现在，20年后的今天，我对作业讲评一下。跑完两圈的有4人，时间在15分20秒之内。1人扭伤了脚，1人因为跑得太快摔了跤，有15人跑过1圈后觉得无趣，退出后在跑道外聊天儿。其余的嫌事小，没有起步。"

大家惊异于老师记得如此清楚，一下子看到了老师昔日的风采，纷纷鼓掌。

掌声落下来，老师继续说："我就这次作业，并结合本人70余年的人生体验，送各位四句话：其一，成功只垂青有准备的人；其二，身边的小蘑菇不捡的人，捡不到大蘑菇；其三，跑得快，还需跑得稳；其四，有了起点并不意味着就有了终点。你们现在都是36岁左右年纪，正处在黄金阶段，此刻尚不是对老师说感谢的时候，请你们多说说自己人生的作业。"

教室里顿时鸦雀无声。

对于成功者，人们只关心他们的成功，却忽视成功背后的平凡，只要我们努力，从小事做起，任何人都可能成功。

两克镭启示

伟大人物的精神永远是人类最宝贵的财富，也是人类共同享有的宝藏。

——艾尔

1920年5月的一个早晨，一位叫麦隆内的美国女记者，几经周折终于在巴黎实验室里见到了镭的发现者——居里夫人。端庄典雅的居里夫人与异常简陋的实验室，给麦隆内留下了深刻的印象。此时，镭问世已经18年了，它当初的身价曾高达75万金法郎。麦隆内由此推断，仅凭专利技术，应该早使眼前这位夫人富甲一方了。

但事实上，居里夫妇也正是在18年前就放弃了他们的权利，并毫无保留地公布镭的提纯方法。居里夫人的解释异常平淡："没有人应该因镭致富，它是属于全人类的。"

麦隆内困惑不解地问："难道这个世界上就没有你最想要的东西吗？"

"有，一克镭，以便继续我的研究。可18年后的今天我买不起，它的价格太贵了。"

这出乎意料的回答，使麦隆内既感惊讶又非常不平静。镭的提纯技术已使世界各地的商人腰缠万贯，而镭的发现者却困顿至此！

她立即飞回美国，打听出一克镭在美国当时的市价是10万美元。她先找了10个女百万富翁，以为同是女人又有钱，她们肯定会解囊相助，万万没想到却碰了壁。这使麦隆内意识到，这不仅仅是一次金钱的需求，更是一场呼唤公众理解科学、弘扬科学家品格的社会教育。于是，她在全美妇女中奔走宣传，最终获得成功。1921年5月20日，美国总统将公众捐献的一克镭赠与居里夫人。

数年之后，当居里夫人想在自己的祖国波兰华沙创设一个镭研究院治疗癌症的时候，美国公众再次为她捐赠了第二克镭。

一些人认为，居里夫人在对待镭的问题上固执得让人难以理解，在专利书上签个字，所有的困难不就可以解决了吗？居里夫人在后来的自传中回答了这个问题：

“他们所说的并非没有道理，但我仍相信我们夫妇是对的。人类需要善于实践的人，他们能从工作中取得极大的收获，既不忘记大众的福利，又能保障自己的利益。但人类也需要梦想者，需要醉心于事业的大公无私。”

对于精神上的高尚者永远是我们学习的榜样。居里夫人不仅是一位伟大的科学家，更是一位人格高尚者。

深远的眼光

具有深刻反省精神的人，才是一个真正意义上的成功者。

——卡耐基

有一个年轻人谢诺阿在路上与他在大学时期的教授德里巧遇，老教授关心地询问谢诺阿的近况。

经昔日的恩师这么一问，谢诺阿仿佛久旱逢甘霖一般，将自己从离开学校，进入目前工作的公司之后，所有遭遇的不顺利情形，一五一十地德里教授尽情倾诉。

德里老教授耐心地听着谢诺阿的抱怨，好不容易等到谢诺阿告一段落，老教授才点点头，说："看来，你的状况似乎不是十分理想；不过，重要的是，你有没有想过要改变这种现况，让自己过得好一点呢？"

谢诺阿急忙回答："我当然想要过得更好呀！教授，有什么诀窍吗？"

老教授神秘地笑了笑："的确有诀窍，你明天晚上若是有空，到这个地址来找我！"说着，德里老教授递了张名片给谢诺阿。

第二天晚上，谢诺阿来到德里老教授的住处，那里在市郊的一处简陋平房。老教授看到谢诺阿，高兴地在屋外摆了两张摇椅，要谢诺阿坐下来陪他聊天、看星星。

德里教授言不及意地和谢诺阿聊了半晌，谢诺阿急躁了起来，急着要德里老教授告诉他，如何方能使自己过得更好。

德里老教授微笑地指着天上的星星："你可以数得清天上有多少星星吗？"

谢诺阿抓了抓头："当然数不清了，这和我有什么关系？"

德里老教授望着谢诺阿，语重心长地说道："孩子，在白天，我们所能看到的最远的东西，是太阳；但在夜里，我们却可以见到超过太阳亿万倍距离以外的星体，而且不只一个，数量是多得数不清的……"

谢诺阿若有所悟，时而抬头看看星星，时而低头沉思，想着德里教授所说的话。

德里老教授继续说道："我知道你的处境不顺利，但若是年轻时便一帆风顺，终其一生，你也只不过看到一个太阳；重要的是，当你的人生进入黑夜时，你是否看到更远、更多的星星？”

谢诺阿的思绪仿佛进入宇宙的最深邃之处；感觉自己犹如站在埃勒斯峰顶，一片大好的未来美景，正在他的眼前展开来……

我们对一些小事情，有时看得非常清楚，但我们对许多大事却看不清，生活要求我们坐下来，冷静地看一看自己，多多反省，才能取得成功。

正视自己的恐惧

当一个人用胆怯去迎接恐惧，恐惧很快就会光顾他。

——别林斯基

寒冷的冬夜，大伙儿群聚在小客栈里烤火聊天。

不知怎地，聊着、聊着，大家话题一转，谈到比较谁的胆子最大。一大群男人，再加上烈酒的催化，谁也不服谁，个个抢着说自己天不怕、地不怕、仿佛全天下就他一人的胆量最大。

这时，在客栈的角落，“刷”的一声，剑客狄慈拔出了他的长剑，对酒馆里的众人道：“单靠嘴巴说，比不出一个高低，有本事的拿我这把剑，去插在城堡外的那块坟地上。”

狄慈指着一个年轻小伙子阿尼费，说道：“喂，刚才就你的讲话声最大，怎么样，不敢去吗？”

阿尼费经此一激，再加上腹中的烈酒作怪，登时跳了起来：“怎么不敢去，就怕你不敢跟我赌，100个金币如何？”

剑客狄慈豪爽地大笑。将长剑掷了过去：“爽快，好，100个金币，我在这儿等你回来拿金币！”

阿尼费接过长剑，头也不回地走出客栈，刺骨的寒风迎面吹来，他的酒意立时醒了一半。暗忖自己怎么如此冲动，城堡外的那块坟地，一直有着传说，不是挺干净的，在这样的夜里，唉……

有了三分悔意的阿尼费加紧脚步赶向坟地，心中只想快去快回，也好交差了事。好不容易终于来到了那块坟地上，也不知是不是自己心里犯嘀咕，阿尼费只觉得坟地四周仿佛鬼影飘忽、阴气重重。

阿尼弗不敢多作逗留，闭着眼，慌忙地将手中的长剑往地上一插，转头便想急奔而去。却不料，阿尼费此时竟无法移动分毫，仿佛有一只无形的手，从背后紧紧抓着他不放，阿尼弗不敢回头，大叫一声，便昏了过去。

第二天一早，大伙儿来到坟地，只见剑客狄慈的那柄长剑，将阿尼弗的燕尾服紧紧地钉在坟地上，一旁，则是阿尼弗满脸惊骇的尸体。

通常让我们陷入低潮甚至把我们钉死的，正是愚昧无知的恐惧力量；只要能回过身来，看清楚自己所恐惧的究竟是什么，你将发现，一无所惧，原来竟是这么容易！

选择在我

忧虑是一把无形的匕首，它会刺向你的身体，伤害你的精神。

——卡耐基

年轻的杰克，正逢兵役年龄，抽签的结果，正好抽中下下签，最艰苦的兵种——海军陆战队。

杰克为此整日忧心忡忡，几乎已到了茶不思、饭不想的地步。深具智慧的祖父奥克托，见到自己的孙子这副模样，便寻思要好好地教导他。

老奥克托：“孩子啊，没什么好担心的。当了海军陆战队，到部队中，还有两个机会，一个是内勤职务，另一个是外勤职务。如果你分配到内勤单位，也就没有什么好担心的了！”

杰克问道：“那，若是被分发到外勤单位呢？”

老奥克托：“那还有两个机会，一个是留在本土，另一个是分配到外土，如果你分配在本土，也不用担心呀！”

杰克又问：“那，若是分配到外土呢？”

老奥克托：“那还是有两个机会，一个是后方，另一个是分配到最前线。如果你留在外土的后单位，也是很轻松的！”

杰克再问：“那，若是分配到最前线呢？”

老奥克托：“那还是有两个机会，一个是站岗卫兵，平安退伍；另一个是会遇上意外事故。如果你能平安退伍，又有什么好怕的！”

杰克问："那么，若是遇上意外事故呢？"

老奥克托："那还是有两个机会，一个是受轻伤，可能送回本土；另一个是受了重伤，可能不治。如果你受了轻伤，送回本土，也不用担心呀！"

杰克最恐惧的部分来了，他颤声问"那……若是遇上后者呢？"

老奥克托大笑："若是遇上那种情况，你人都死了，还有什么好担心的？倒是我要担心那种白发人送黑发人的痛苦场面，可不是好玩的喔！"

人生拥有的，是不断的抉择，看你是用什么态度，去看这些有赖你决定的无数机会，能够综观每件事情、每个问题的正反两面，你将发现，内心最深沉的恐惧，也在所有状况明朗之后，将会自行化为乌有。

勇士的诞生

你若失去了财产，你只失去了一点儿；你若失掉了勇敢，你就把一切都失掉了。

——歌德

美洲的土著居民——印第安人，向来以彪悍强壮闻名于世。印第安人的种族之所以能够彪悍强壮，与他们挑选下一代的方式有极大的关系，也就是流传于印第安人部落中的“土法优生学”。

据说，印第安人部落中，若是有婴儿出生，这个婴儿的父亲会立即将孩子携至高山上，选择一条水流湍急，而且水温冰冷的河流，将婴儿放在特制的摇篮当中，让婴儿及摇篮随着河水漂去。

而这个新生儿父亲的亲友及族人们，则在河流的下游处等候，待放着婴儿的特制摇篮漂到下游时，他们会检视篮中的婴儿，是否仍然活蹦乱跳。

如果婴儿还活着，证明他的生命力坚强，具备成为他们族人的条件，便将之带回部中妥善养育成人。

若是篮中的婴儿禁不起这般的折腾，发生不幸。他们则将婴儿及摇篮放回河流当中，任其漂流而去，形同河葬。

经过如此苛刻方式的挑选，能够幸存的印第安孩子，当然个个身强体壮，彪悍过人。

这只是印第安一般族人的筛选方式。至于印第安人部落中勇士的挑选，则要更为严厉得多。印第安人有所谓的成年礼，当一个印第安男孩成长到合适的年龄时，族人会为他举行成年礼，在狂欢舞蹈庆贺之后，这个男孩，将会被族人亲手绑在森林中的一棵大树上，独自一人度过成年礼的夜晚。

森林中多是毒蛇猛兽，这位即将成为印第安勇士的男孩，在成年礼的这个夜晚，必须面对自己最深沉的恐惧，借由这样残酷成年礼的锻炼，而成为族中公认的真正勇士。

我们并不推崇印第安人这种几近野蛮的成长教育方式，但其中确实有值得借鉴的地方。一位真正的勇士的诞生，当然必须历经非凡的考验及挑战，而此际你我面临的苦难或磨炼，亦正是上天独特的另一种恩赐。

立即行动

做事要行动，而不是无谓的想法和不切实际的讨论。

——卡夫卡

小村落里，村长拉里的家着火了，全体村民尽全力赶来救火。

可是，尽管村民们用尽一切方法试图灭火，只见火势似乎越来越嚣张，丝毫没有熄灭的意思。

正当众人束手无策之际，突然，山坡上有一辆满载壮汉的大卡车，飞驰而下，直接冲入火场。车上的壮汉们，一秒钟都没有耽搁，立即跳下车来，用他们身边所能找到的任何工具，包括扫帚、拖把、水桶，甚至身上所穿的外套，灵活地运用这些东西，拼命地扑灭身旁的熊熊烈火。

在众村民的喝彩加油声中，这一批火场生力军，竟然奇迹般地将这场大火扑灭了。

拉里村长为了感谢这些壮汉的鼎力相助，在数天后，特别举办了一次表扬大会。

在表扬会中，拉里村长颁发一笔巨额的感谢金给这些英雄们，由卡车的驾驶员，代表上台接受这笔奖金。

在颁奖仪式完成后，拉里村长兴奋地问代表领奖的驾驶员："你们将会如何运用这笔钱呢？"

驾驶员抓了抓头，回答道："我想，有了这笔钱，我要先把那个该死的刹车修理好再说。”

在我们的人生历程当中，是不是有过无数次，因为自己的刹车失灵，而错失大好良机的遗憾？积极果断的行动方针，相信永远比怯懦不前，更能创造崭新的机会。或许，您不愿意让自己置身于酷烈的火场提炼出真正的黄金来。

改变他人

你是世界上最重要的人，你要学会看重自己。

——卡耐基

学生吉尔是校足球队队员，对“爱”这个作业特别感到为难。他强烈地感到了爱，但是很难表达出来。他下了好多次决心才鼓起勇气走进卧室，把父亲从椅子上拉起来，热烈地拥抱他，对他说：“我爱你，爸爸。”然后吻了他。

父亲热泪盈眶，喃喃地说：“我知道，我也爱你呀，孩子。”

父亲第二天早晨来找吉尔，说那是他生活中最幸福的时刻之一。

爱的学习的另一次作业是与人分享自己的什么东西而不指望回报。学生们有的去帮助残疾儿童，有的去帮助贫民区的乞丐，还有许多人自愿到想自杀的人使用的热线电话上工作，希望在发生不测之前发现那些人。

吉尔和他的一个同学乔一块到离海关不远的一家小型疗养院去。在那儿，不少老人穿着旧棉袍，整天躺在床上，看着天花板。

乔向四周看了看，问吉尔："我该做些什么？"

吉尔说："看见那边那位老太太了么？过去向她问好。"

他走过去："呃，您好。"

她疑惑地看了他一会儿，才问："你是我的亲戚吗？"

"不是。"

"好！坐下吧，年轻人。"

啊，她告诉他多少事情阿！这位老妇人对爱、对痛苦懂得那么多，甚至还包括她与之取得某种契约的死亡。但是从来没人想听——乔是头一个听她讲的。从那以后，乔每周一次去看望她。这一天就渐渐被人称作"乔的日子"。乔一来，所有的老人们都会聚拢过来。

不久，这位老妇人就让她女儿给自己拿来一件时兴的晨衣。乔再来的时候，发现她坐在床上，穿着漂亮的缎子晨衣，梳着时髦的发式。她有好多年没梳过头了：如果没人真正看见你的话，有什么必要梳头呢？这几天，病房里的其他老人也开始为了乔的到来而梳妆。

吉尔开始讲爱的学习这门课程的那些时日，是吉尔生活中最激动人心的岁月。在努力为别人打开通向爱的大门的同时，吉尔发现门也为自己敞开了。

有一次，吉尔在亚利桑那餐馆用一把油污的匙子吃饭。当吉尔点猪排时，有人说："你是疯子，没人在这种地方吃猪排。"但是吉尔吃了，而且发现做得极好。

吉尔对女招待说："我想见见你们的厨师。"

他们来到后面厨房里，他就在那儿，是一个满头大汗的大块头男人。

"怎么了？"他问道。

"没什么，我刚才吃的那些猪排做得好极了。"

他盯着吉尔，就仿佛吉尔精神失常似的。显然他难得听见人们夸奖他。

停了一会儿，他热情地说："您再吃点吧！"

这不美吗？这就是爱的内容之一：与他人共乐。另一个爱的秘诀是懂得你是个特别的人，懂得全世界只有一个你。对爱的追求使我们的生活出现了奇迹。

生命的冒险

对真理的追求是永无止境的，我们可能会为自己的梦放弃一切。

——苏格拉底

亚瑟被推进手术室做肾脏切除的时候，心情不禁有些激动。亚瑟要切除自己的肾脏，不是因为他的肾脏坏了，而是因为它太好了，要用它换取一枚邮票。

亚瑟的父亲是个老集邮家，一生献给了集邮。老集邮家没有遗传给他的两个儿子——亚瑟和杰西收藏邮票的激情，兄弟俩从小就搞不懂，父亲为什么对那些陈旧得发黄的小纸片入迷。几个月前，老父亲死了，亚瑟和弟弟继承了这笔邮票遗产。兄弟俩商量后，一致同意把这些邮票拿去卖掉。

在邮票拍卖店里，老邮票商吃惊的眼神令兄弟俩惊诧：这些邮票值几十万美元，可以买几栋楼房。老邮票商告诉他们，尽管这些邮票很值钱，但物品的价值不等于金钱。生命热情的对象是无价之宝，可以让热情者倾家荡产去获取，一旦获得，就是金不换的。他们把老父亲的邮票卖掉，等于把老父亲一生的激情卖掉了。老邮票商说他不能买这些激情。

老邮票商的激情没有让兄弟俩感动，倒是被这些“价值几十万美元”的邮票搞得激动起来。兄弟俩放弃了自己喜欢做的事，给收藏室安装警报器，窗户装上铁栏，买来一条大狼狗，整天守护着这些邮票。这些他们本来根本没有感觉的邮票，激起了兄弟俩的热情，或者说邮票的价值，引发了他们的欲望。

老父亲死之前一直在寻找一套意大利的蓝、黄、红三色飞船邮票，费了十几年已经弄到蓝色和黄色的两枚，但至死都没有弄到红色飞船。兄弟俩开始模仿起父亲的集邮激情，四处搜寻那枚红色的意大利飞船邮票。

兄弟俩打听到有一位邮票商可以弄到红色飞船邮票。但那邮票商说，有这枚邮票的人不卖，因为无价之宝从来不出售，只可以交换，比如用红色飞船邮票换一枚自己更喜欢的邮票。那邮票商说自己刚好有那人想要的这张邮票，但这是他的无价之宝，没有必要非换红色飞船不可。不过，邮票商说他的女儿的肾坏了，他爱女儿胜过爱那张邮票。如果亚瑟愿意用自己的肾来换那张红邮票，他就愿意用自己的无价之宝去换红色飞船。

要自己的肾，还是要邮票？亚瑟真还有几分犹豫。弟弟杰西说，自己的肾不如亚瑟的好，邮票商要的不是他的肾，不然……言下之意，亚瑟还不够激情。亚瑟听了这话，鼓起激情躺到手术车上去了。

换肾手术被安排在一个寒冷的夜晚。弟弟守在手术室门外，好像手术刀也割开了自己的身体。手术很顺利，兄弟俩拿着那枚红色的邮票回家了。

一个人的生命只有一次，那用它来冒险的人也许没有想到会失败，可那并不代表他们就不知道恐惧。于是，我们不免追问：“生命的冒险，究竟是为了什么原因呢？也许是亲情，也许是爱情，也许是理想。”

善的回声

善良的心永远像远方的皓月一样美丽动人，最为纯洁。

——莎士比亚

1886年12月的一个黄昏，贫穷的荷兰画家文森特·梵高，因为付不起房租，被迫冒着刺骨的风雪来到一家廉价的小画铺的门前，几乎是央求着老板开了门，希望能收购下他的一幅刚刚完成的静物画。

是的，这个年轻的、尚未成名的画家太贫穷了。他一个人流落在异乡，身边既无亲人也无朋友。虽然他每天都要从事14～16个小时的绘画工作，但他的画却一张也卖不出去。他因此而受尽了世人的歧视与冷遇。

但实际上呢，他连这么一点小小的希求都达不到。

他在另一封信上诉说道：

“这几天我过得很不愉快。星期四我的钱已花光了，4天来我靠20杯咖啡加一点点面包为生，面包钱还是欠了人家的。今晚只剩一块面包皮了……然而创作却深深地吸引着我，我像苦力一样画着我的油画……”

生活是这样的不公平，梵高又是如此的贫困无助！他知道，这个冬天，如果再卖不出去一张画，那么只有被赶出旅店而露宿在风雪街头了……

还算幸运，小画铺的老板勉强买下了他的一幅静物画，给了他5个法郎。对于梵高来说，这算是最大的恩宠了。他紧紧地攥着这5个法郎，赶忙离开了小画铺。

可是，就在这风雪交加的归途上，他忽然看见一个衣衫褴褛的小女孩，刚从圣拉萨教堂里走出来。小女孩很美丽，但从她那一双可怜的孤苦无助的眼睛里，梵高一下子就看出来了，她也正处在饥寒交迫之中。

“可怜的孩子！”梵高用忧郁的目光注视着这个正在哀求的女孩，喃喃地说道：“没有错，当风雪降临到世界的时候，所有的穷人都是困苦的，可是那些富人是不会懂得这些事的。”

这样想着的时候，梵高完全忘记了房东此时正守在他的住处，等着他回去交房租呢。他毫不犹豫地把自己刚刚拿到手的5个法郎，全部送给了这个素不相识的、楚楚可怜的小女孩。他甚至还觉得自己所给予这个小女孩的帮助太少、太无济于事，于是便满脸惭愧地、逃也似的离开了小女孩，消失在凛冽的风雪之中……

4年之后，文森特·梵高——这位尝尽了世间的饥饿炎凉和人生的孤独贫困的艺术家，便在苦难中凄惨地辞别了人世。这个可怜的画家，他仅仅活了37岁！

梵高生前的绘画成就始终没有得到世人的承认，但他死后，所留下的作品却成了整个世界仰之弥高、光彩夺目的珍品。

更没有人会想到，1886年冬天的那个黄昏，他那幅仅仅卖了5个法郎的静物画，若干年后，在巴黎的一家拍卖行的第九号画廊里，有人出价数千法郎买下了它！

善是心灵的美德，它不是一种学问，而是一种行为。不同的时代里，人们需要的总是同一种善良。因为它会带给我们幸福，始终如一。善良的心就是太阳。

真正的礼物

有限的爱情要求占有对方，而无限的爱情则只要求爱的本身。

——纪伯伦

一家新开业的礼品店热闹了一阵后，慢慢静了下来。年轻的女老板黛丝刚把凌乱的柜台整理好，一位20多岁的男青年进了店。他瘦瘦的脸颊，戴副近视眼镜。他冷冰冰的目光在店中游弋、搜索，最后落在窗边那只柜台里。黛丝顺着男青年的目光看去，见他正盯着一只绿色玻璃龟出神。

她走过去轻声问道："先生，你喜欢这只龟吗？我拿出来给你看。"

男青年似乎对看与不看并不在意，伸手把钱包掏出来，问道："多少钱一只？"

"20美元。"

青年连价都没讲，"啪"地把钞票拍在柜台上。

面对黛丝递过来的乌龟，青年人眯起眼睛慢慢欣赏着，脸上的肌肉时不时地抽动一下，继而一丝笑容勉强地跳了出来。他自言自语道：

“好，把它作为结婚礼物是再好不过了。”青年人的脸兴奋得有点扭曲，两眼灼灼闪着光。

黛丝在一旁细心观察着青年人，她对青年人自言自语道出的那句话感到极大的震惊。虽然她刚刚离开校门不久，但她知道那种东西若出现在婚礼上，将无疑是投下一颗重磅炸弹。

黛丝表情平静地问道：“先生，结婚的礼物应当好好包装一下的。”说完弯腰到柜台下找着什么。

“真不巧，包装盒用完了。”黛丝说道。

“那怎么行，明天一早我就要急用的。”

黛丝忙说：“不要紧，你先到别处转一下，20分钟以后再来。我马上让人送来包装，包装好等你，保证让你满意。”

20分钟以后，青年人如约取走了那盒包装得极精美的礼物，像战士奔赴战场一样，去参加他以前曾经深深爱过的一位姑娘的婚礼。婚礼的第二天晚上，青年人终于等到姑娘打来的电话，当他听到那久违而又熟悉的声音时，双腿一软竟坐在了地板上。这一天他度日如年，是在悔恨和自责的心态中熬过的。他像一个等待法官宣判的罪人一样，等待着姑娘对他的怒斥。可他万万没想到，电话中传来的却是姑娘甜甜的道谢声：“我代表我的先生，感谢你参加我们的婚礼，尤其你送来的那件礼物，更让我们爱不释手……”

“爱不释手？”他简直不相信自己的耳朵。他不知通话是怎么结束的……

青年人度过了一个不眠之夜。清早，他来到礼品店，进门一眼就看见那只乌龟还安详地躺在柜台里，他似乎一切都明白了。

对青年人的突然出现，黛丝的确有些感到意外。望着他那红肿的眼睛。发现里面已不再是那绝望的冷酷。青年人嘴唇哆嗦了一下，似乎要说些什么。突然他走到黛丝面前深深地鞠了一躬，等他再抬起头时，已是泪流满面。他哽咽地说道：“谢谢你，谢谢你阻止我滑向那可怕的深渊。”

黛丝见青年人已经明白了一切，从柜台里取出一个盒子，打开后交给了他，轻声说道：“这才是你送去的真正礼物。”原来那是一尊水晶玻璃心，两颗相交在一起的、什么力量也无法把他们分开的水晶玻璃心。此时，一缕晨光透过窗子照在水晶心上，折射出一串绚丽的七彩光来。

青年人惊叹道：“太美了。实在太美了！这么贵重的礼物，我付的钱一定不够的。”

黛丝忙打断他说道：“论价值它们是有差别的，但它如果能了却你们以前的恩恩怨怨，化干戈为玉帛，那它也就物有所值了。至于两件礼物之间所差的那点钱，也不必想它，将来你还会遇到更好的姑娘，那时候你再到我的店里多买些礼物送给她，就算感谢我了。”

爱一个人并不等于要占有她，而是学会尊重你所爱的人的选择，不尊重别人感情的人，最终只会引起别人的讨厌和憎恶。

结婚纪念日

爱一个人意味着为他的幸福而高兴，为使他能够更幸福而去做需要做的一切，并从中得到快乐。

——车尔尼雪夫斯基

威尔斯本来不打算近几天给妻子科拉买任何礼物，但当他看见红色玻璃水果盘时，不由心头一动，那几乎是他见过的最漂亮的水果盘。他心想无缘无故地给她买件礼物肯定会让她大吃一惊，她太喜欢这一类东西了，不过他自己对这些东西可一窍不通。

“让我看一下这个吧。”威尔斯对售货员说。

“好的，先生，您要不要和水果盘配套的水果碟？”

他突然想起带的钱不够，连忙抱歉地说：“今天不买了，谢谢，以后再买吧。”几分钟后，他踏上了回家的路。

他们住在一间面积不太大的房子里。尽管这间房子相当古老，可位置很佳，这儿离威尔斯工作的办公室不远。在屋前拐弯处，有一个车站，过两条横马路就是大商场，科拉在那儿几乎能买到她需要的所有东西。邻居都非常友好，他们经常在一起度过一些美好的时光。总之，他俩在这儿生活得非常幸福。第二天早上，当威尔斯离家上班时，发现科拉似乎心事重重。她是一个温柔、多情的女人。每天，她都要吻别他，说声“再见”，然后，有点不舍地目送他去上班。可今天她很少说话，只提醒他一定给弗兰克大伯送去生日卡片。

威尔斯问她是不是不舒服。

“不。”她答道。

但威尔斯明显感觉到肯定有什么事情搅乱了她的心。会是什么事呢？

“晚上回来不要迷路。”她说。

“她说这句话是什么意思？”威尔斯问自己，“算了，人一年四季不可能天天高兴。”

威尔斯倚坐窗前，眺望车外，心里还想着科拉那奇怪的举动：“是不是我说的什么话惹她生气了？不可能，因为如果她不喜欢我说的话，会给我指出来的。既往不咎，一切会好起来的……”

一到办公室，威尔斯就埋头工作，把科拉忘得一干二净，当他下班路过前一天去过的商店时，蓦地，想起那个水果盘，它肯定能让她忘掉心中的烦闷。他非常爱她，不想让这个世界上的任何事情伤害她的心。就他来说，使妻子高兴是他的首要责任。

这车为什么开得这么慢？威尔斯抱怨起来。他小心翼翼地打开裹着水果盘的纸包，放在膝盖上独自欣赏起来。他好像看见妻子双手捧着水果盘，像小孩似的，高兴地跳了起来。一位年轻的妇女羡慕地对水果盘看了一眼，然后看了看威尔斯，最后又以责备的目光看着自己的丈夫。

威尔斯心想：对呵，让你丈夫也给你买个吧！

下车后，威尔斯兴奋地向家里奔去。当科拉打开门，接过纸包，高兴得几乎晕过去。他看她身着盛装，有点异常，良久，才懵懂地说："你真漂亮！"科拉激动得说不出话来，好半天，才喃喃地说："我还以为你忘了。"

"忘了？"

"看来，你比我记得更清楚，你真沉着，早上走时对今天的日子不露声色，我不由地伤心起来。现在，我才明白你故意这样，真会捉弄人。"趁着她打开纸包这个间隙，威尔斯用手捶着头想，这天究竟是什么日子？

"噢，真好看，这是我见过的最漂亮的水果盘，哪位妻子在结婚周年能收到比这更好的礼物？"她欣喜若狂地吻着他。

他心有余悸地接受着她的亲吻，不免恨起自己："今天是我们结婚5周年，我怎么这么大意？"

爱情是浪漫的，婚姻是平淡的，但这并不意味着爱情和婚姻是两码事。将两者划上等号的决定因素是相爱双方的精心经营和彼此珍惜。

错过的生日

对孩子来说，家庭应是休憩的场所，培养丰富的人性的土壤以及明亮无比的孩子之梦的温床。

——池田大作

雷蒙总是忙，抽不出时间陪陪家人。女儿洁尔迎来了她7岁的生日。她好几个星期前就念叨着她的首次“成长”派对了。雷蒙的妻子塔米告诉他，这个派对他必须参加。但那天他在旧金山有一单不能错过的生意。他查到，会面之后有班飞机能够在女儿生日派对前及时赶回西雅图，就订了票。

到了那天，会面顺利地结束了。即将做成一笔大生意，他兴奋不已。他赶到机场，飞机晚点了，而他必须赶回家。他试着订另一班飞机，但是没门儿，他赶不回去了。他坐在候机室，用手机拨通了办公室电话，对他的搭档弗兰克说：“会面很成功，但是我被困在飞机场，错过了洁尔的生日。”一阵失落的感觉袭击了他，他非常难过。

他回到家时，餐桌上的一束气球向他摇摆，他不胜悲哀。气球上贴着一张卡片，上面写着：“对不起，我迟到了——爱你的爸爸。”他想，这肯定是弗兰克的主意。这时妻子塔米从后院走进来，疲惫却面带微笑的洁尔跟在后面，尖叫道：“爸爸！”

“生日快乐！”他说着走到女儿面前，给了她一个热烈的拥抱和一个吻。他不好意思地对妻子说：“至少这些气球没有迟到。”

妻子说："雷蒙，你知道，这张生日卡片很有趣——真的，一点也不像你的作风。"

"嗯，实际上……不是我送来的。肯定是弗兰克的主意，他知道我会迟到的。"

他害怕这时他的妻子会开始骂他，但没有，只见她握着卡片，说："雷蒙，你不明白这意味着什么吗？"

他看着卡片上的笔迹——这些话是送给妻子、女儿这样的亲人的，却是由一个根本不认识她们的人写下的……他感到很惭愧。

一天早晨，他把公司的每个人都叫到了会议室。他宣布："从今天开始，公司将有一些改变。新的工作时间将从星期一到星期四，每天早晨9点到下午5点——最迟到6点。休息日时我不接任何有关工作的电话。过去我花了太多的时间守着你们工作；现在，我要让你们独立做自己的工作。"他看得出来，大家费了很大的劲，才忍住要欢呼的冲动。

他想他的妻子和女儿也会高兴和欢呼起来。

一个幸福美满的家庭是通向事业成功的平衡木。任何时候都不要因为你所谓的事业而忽视家的存在，要知道，它可以使你占尽一切，也可以让你一无所有。

最满意的答案

诚实比一切智谋都好，而且它是智谋的基本条件。

——康德

在国际函授学校丹弗分校经销商的办公室里，古德曼正在应征销售员工作。

经理约翰先生看着眼前这位身材瘦弱，脸色苍白的年轻人，忍不住先摇了摇头。从外表看，这个年轻人显示不出特别的销售魅力。

约翰先生在问了姓名和学历后，又问道：

“干过推销吗？”

“没有。”古德曼回答道。

“那么，现在请回答几个有关销售的问题。”

接着，约翰先生开始提问：“推销员的目的是什么？”

“让消费者了解产品，从而心甘情愿地购买。”古德曼不假思索地答道。

约翰先生点点头，接着问：

“你打算对推销对象怎样开始谈话？”

“‘今天天气真好’或者‘你的生意真不错’。”

约翰先生还是只点点头。

“你有什么办法把打字机推销给农场主？”

古德曼稍稍思索一番，不紧不慢地回答：“抱歉，先生，我没办法把这种产品推销给农场主，因为他们根本就不需要。”

约翰先生高兴得从椅子上站起来，拍拍古德曼的肩膀，兴奋地说：“年轻人，很好，你通过了，我想你会出类拔萃的。”

约翰先生心中已认定古德曼将是一个出色的推销员。因为测试的最后一个问题，只有他的答案令他满意。以前的应征者总是胡乱编造一些办法，但实际上绝对行不通，因为谁愿意买自己根本不需要的东西呢？

古德曼认识到了这一点，据实回答，所以被雇佣了。

诚实比一切智谋更好，而且它是智谋的基本条件。自以为聪明的人往往是没有好下场的。世界上最聪明的人是最老实的人，因为只有老实才经得起事实和历史的考验。

姑妈的金首饰

爱情是一种伟大丰富的感情，它像世界一样壮阔，而绝不是在床上打滚。

——库普林

露茜的姑妈有一个圆形的金首饰，她用一根细细的链，总是把它系在脖子上。露茜猜想，这里准有什么异乎寻常的缘由，里面究竟放着什么使露茜纳闷。

露茜终于使姑妈同意给她看看那个金首饰。她把首饰放在平展开的手上，用指甲小心翼翼地塞进缝隙，盖子猛地弹开了。

令人失望的是，里面只有一根极为寻常的、结成蝴蝶结状的女人头发。难道全在这儿了吗?

“是的，全在这儿，”姑妈微微地笑着，“就这么一根头发，我发结上的一根普普通通的头发，可它却维系着我的命运。更确切地说，这纤细的一根头发决定了我的爱情。你们现在这些年轻人也许不理解这点，你们把自爱不当回事，不，更糟糕的是，你们压根儿没想过这么做。对你们说来，一切都是那样直截了当，来者不拒，受之坦然，草草了事。”

“我那时19岁，他不满20岁。一天，他邀我上山旅行。我们要在他父亲狩猎用的僻静的小茅舍里过夜。我踌躇了好一阵。因为我还得编造些谎话让父母放心，不然他们说啥也不会同意我干这种事的。当时，我可是给他们好好地演了出戏，骗了他们。”

“小茅舍坐落在山林中间，那儿万籁俱寂，孤零零地只有我们俩。他生了火，在灶旁忙个不停，我帮他煮汤。饭后，我们外出，在暮色中漫步。两人慢慢地走着，此时无声胜有声，强烈的心声替代了言语，此时还有什么可说的呢？”

“我们回到茅舍。他在小屋里给我置了张床。瞧他干起事来有多细心周到！他在厨房里给自己腾了个空位。我觉得那铺位实在不太舒服。”

“我走进房里，脱衣睡下。门没上栓，钥匙就插在锁里。要不要把门拴上？这样，他就会听见栓门声，他肯定知道，我这样做是什么意思。我觉得这太幼稚可笑了。难道当真需要暗示他，我是怎么理解我们的欢聚吗？话说到底，如果夜里他真想干些风流韵事的话，那么锁、钥匙都无济于事，无论什么都对他无奈。对他来说，此事尤为重要，因为它涉及到我俩的一辈子——命运如何全取决于他，不用我为他操心。”

“在这关键时刻，我蓦地产生了一个奇妙的念头。是的，我该把自己‘锁’在房里，可是，在某种程度上说，只不过是采用一种象征性的方法。我踮着脚悄悄地走到门边，从发结上扯下一根长发，把它缠在门把手和锁上，绕了好几道。只要他一触动手把，头发就会扯断。”

“嗨，你们今天的年轻人呀！你们自以为聪明，聪明绝顶。但你们真的知道人生的秘密吗？这根普普通通的头发——翌日清晨，我完整无损地把它取了下来！——它把我们俩强有力地连在一起了，它胜过生命中其它任何东西。一待时机成熟，我们就结为良缘。他就是我的丈夫——多乌格拉斯。你们是认识他的，而且你们知道，他是我一生的幸福所在。”

在事业上，需要一个清醒的头脑，在生活上，需要一个清醒的头脑，在情感上同样需要一个清醒的头脑。要理智对待爱情，不要让一时的冲动和狂热的迷恋冲昏了头脑。

后　记

本书在编辑的过程中凝聚着主编的心血，每篇入选的文章都是流传已久的名家精品。由于涉及作者较多，截至发稿，主编已与绝大多数作者取得联系。其中极个别文章文笔优美、立意深远，但我们尚未能与作者联系上，又不忍割舍，便收录到本书中。为了保证本书的顺利出版并尊重作者的著作权，特此声明，敬请来电来函，以便付酬。

联系方式：北京通商律师事务所　张一飞律师
地　　址：北京朝外大街19号华普国际大厦
邮　　编：100020
电　　话：（010）88876681
电子邮箱：tougao@cooldu.com